프롬

The Prom

조금 특별한 두 소녀의
졸업파티 참석 프로젝트

The Prom

프롬

손드라 미첼 외 지음
신윤경 옮김

문학수첩

사랑해요, 엄마.

내게 세상을 선물해 줘서 고마워요.

―손드라 미첼

Contents

Prom

《브로드웨이 스코어!》가 디디 앨런과 배리 글리크먼의 새로운 작품 〈엘리너〉 무대에서 두 사람을 만납니다!

(2면에서 계속)

글리크먼과 앨런이 자신들의 은밀한 내실에 저를 초대해 주었습니다. 이곳은 얼라이언스 극장의 백스테이지입니다. 일렬로 늘어선 고무 머리 모형들은 앨런이 엘리너 루스벨트로 변신할 때 사용하는 철회색 가발을 쓰고 치아보철물을 물고 있군요. 물론 한쪽에는 프랭클린 루스벨트의 휠체어도 보입니다. 그 위에는 진짜 시가와 무대 소품용 안경이 놓여 있네요. 작품의 주제는 진지하지만, 드라마데스크상 수상자 글리크먼과 토니상 수상자 앨런은 그저 유쾌합니다. 큰 웃음과 함께 우리를 맞아줬죠.

브스!(브로드웨이 스코어!): 브로드웨이 최고의 배우에게 이 작품은 어떤 의미가….

배글(배리 글리크먼): 저한테 물으신 것 같네요, 디디!

디앨(디디 앨런): 저한테 쏠리는 스포트라이트를 가로채려고 안달이시군요, 배리!

[다 같이 웃고, 다시 묻는다.]

<u>브스!</u>: 브로드웨이 최고의 배우 두 분이 〈엘리너〉같은 작품에 함께 출연한다는 것은 과연 어떤 의미일까요?

디앨: 저희는 사람들의 삶을 변화시키고 있어요. 그렇죠, 배리?

배글: 맞아요. 저는 미국 대통령의 삶이 유명인의 삶과 다르지 않다는 것을 깨달았어요.

디앨: 2막에서 제가 폐결핵에 걸리는 걸 보면, 감정이 말라버린 사람도 자리에서 벌떡 일어나게 될 거예요.

배글: 눈물 닦은 휴지가 무릎까지 쌓일 거고요! 관객들이 이곳을 떠날 때 슬픔에 잠겨 있지 않다면, 저희가 일을 제대로 못 한 거죠.

디앨: 이건 굉장한 힘이에요. 말 그대로 힘이랍니다.

배글: 한 제작자와 유명 팝스타, 그리고 코믹북 히어로를 망쳐버린 어떤 영화를 인용하려는 건 아니지만… 큰 힘에는 큰 책임이 따르는 법이죠.

디앨: 저희 두 사람은 충분히 그걸 해낼 능력이 있답니다.

《뉴욕 타임스》 공연 리뷰 발췌문

프랭크 루스벨트가 설사 두 발로 설 수 있다 해도,
이 공연을 보고 일어서지는 않을 것이다.

(…) 디디 앨런의 엘리너 루스벨트 연기는 애나벨 시리즈에서 악마가 괴물 같은 인형에 빙의하는 것과 다르지 않다. 다만 그보다 덜 우아하고 덜 매력적일 뿐이다. 앨런은 행동주의자로서 영부인이 보인 모습을 관객에게 소개한다기보다 목구멍에 쑤셔 넣듯 강요한다. 시럽에 적신 미국 국기로 주둥이를 막은 화염병에 불을 붙이는 것 같다.

앨런의 비명 같은 목소리에 비해, 무대를 망치는 글리크먼의 괴상한 연기는 그나마 덜 괴로울 것이라고 생각한다면 그것은 오산이다. 글리크먼의 프랭클린 루스벨트는 필자가 몸부림을 치며 견뎌야 했던, 가장 잘못된 해석이자 모욕적인 연기다. 글리크먼의 노인 연기는 전 대통령의 열정과 우아함을 전혀 담아내지 못했고, 그가 흉내 낸 중부 애틀랜타 억양은 웃음이 나올 정도로 처참했다.

이 공연을 볼 생각이라면, 차라리 폐결핵에 걸릴 방법을 찾아보는 게 나을 것이다. 폐결핵은 끔찍한 병이지만, 엘리너가 자신을 천천히 죽음으로 몰아넣는 것을 지켜보는 일보다는 덜 끔찍할 테니 말이다.

11

1장

인디애나
에지워터

반드시 기억할 것! 인디애나에서는 동성애자로 살면 안 된다.

사실 이것은 다른 사람들을 위한 조언이다. 난 이미 인디애나에 사는 동성애자고, 미리 말해두지만 그 삶은 아주 거지 같다.

난 부모님보다 인터넷에 이 사실을 먼저 알렸다. 〈에마 노래하다〉라는 내 유튜브 채널에서였다. 그냥 나 혼자 기타 하나 들고서, 그때그때 유행하는 노래를 부르는 곳이다. 사람들은 자기가 아는 노래를 불러야 댓글을 더 많이 써주는데, 난 그 글들이 좋다. 친구가 별로 없다 보니, 이런 소소한 온라인 인사만으로도 외로움이 조금 누그러지는 것 같다.

사람들 눈에 띄어 유명해질 생각 같은 건 전혀 없다. 그런 일은 절대 일어나지도 않을뿐더러, 난 유명해진다는 생각만으로도 등골이

오싹해진다. 세상 모두가 내 사정을 아는 것 같은 기분이 들기 때문이다. 사실 사람들은 이미 내 사정에 대해 알고 있다. 비밀이란 한번 새어 나가면 곧 온 세상에 퍼지기 마련이기 때문이다.

무슨 일이 있었냐면….

때는 1학년이 시작되기 전 여름이었다. 나는 두꺼운 테 안경을 써서 눈이 올빼미처럼 둥그레진 소심하고 내성적인 아이였다. 사건은 빈야드 교회 청소년부 피크닉에서 벌어졌다. 빈야드는 새로운 종류의 교회였다. 드럼 키트를 가진 청년 목사가 이끌고, 이미지를 중요시하는 그런 교회 말이다.

이들 새 교회들은 첫 루터교회, 선교 자유 침례교회 등 인디애나 에지워터를 가득 채우고 있던 전통적인 예배당의 심기를 제대로 건드렸다. 이들 교회 앞에는 '이 교회에 정말 필요한 것은 바로 당신!' 같은 오글거리는 간판이 걸려 있었는데, 빈야드 교회가 생긴 뒤에는 온통 날카로운 비난조로 바뀌었다.

이런 상황에서 십 대들이 빈야드 교회에 몰리는 것은 당연한 일이었다. 꽤 고차원적인 반항이 아닌가?

'싫어요, 엄마. 저는 청바지를 입고도 예배에 참석할 수 있는 멋진 교회에 가겠어요!'

그동안 우중충한 교회 회관에서 펀치(커다란 볼에 탄산음료, 설탕, 우유, 레몬, 향료 등을 섞고, 과일을 잘라 넣거나 때로는 술을 넣기도 하는 파티용 음료—옮긴이)와 케이크를 두고 모이던 청소년부 모임이 성대한 야외 피크닉으로 바뀐 것은 어쩌면 당연한 일이었다. 하지만 교회는 교회인지라, 별 볼 일 없는 음식을 내는 것은 여전했다.

그날 난 바비큐 소스를 뿌린 미트볼 접시를 들고 있었다. 감자 샐러드, 에그 샐러드, 마카로니 샐러드 등 마요네즈가 들어가는 음식에 대해서는 끔찍한 얘기를 워낙 많이 들어서 손을 댈 수 없었다. 미니 당근은 일반 당근 중 상품으로 인정받지 못한 것을 표백하고 깎아낸 것이라는 사실을 읽은 적이 있었기에, 그 또한 먹어서는 안 될 음식이었다.

도기 냄비에 담긴 뜨끈뜨끈한 미트볼이 여름에 어울리는 음식은 아닐지라도(스웨덴에서는 괜찮을지도 모르겠다) 내용물을 생각하면 제일 안전할 것 같았다. 미트볼을 접시에 담는 것까지는 성공했지만, 이것들을 깔끔하게 입 안에 넣는 문제가 남았다. 내가 가진 포크와 나이프로는 이것들을 도무지 집어 들 수가 없었던 것이다.

음식 테이블에는 긴 줄이 늘어서 있었고, 난 스푼 하나 가져오자고 그 긴 줄에 합류하고 싶지는 않았다. 그렇다고 사람들이 다 쳐다보는데 줄 제일 앞에 끼어들어서 "저 스푼 하나만 가져갈게요!"라고 변명하듯 소리칠 생각도 없었다. 교회 포트럭(참가자들이 각자 음식을 조금씩 가져와 나눠 먹는 식사—옮긴이) 피크닉에서 음식을 가져가기 위해선 줄에 끼어들면, 아무리 사랑스러운 사람일지라도 눈총을 받을 수밖에 없는데, 난 잘 봐줘 봐야 귀여운 축에 들까 말까 했다.

그리고 누가 미트볼을 스푼으로 먹나? 미트볼을 스푼으로 먹는 아이라고 놀림이라도 당한다면, 그것은 인생 최악의 사건이 되고 말 것이다. 적어도 당시에는 그렇게 생각했다.

물론 최악의 사건은 따로 있었다. 그 얘기는 차차 하기로 하자.

난 그 자리에 선 채, 음식을 입에 넣기 위해 내가 가진 도구를 이리저리 휘둘렀다. 그리고 바로 그때 그 아이가 내게 다가왔다. 출렁이는 적갈색 머리카락, 구릿빛 피부, 검은 눈동자의 그 애가 걸음을 멈추는 순간, 난 그대로 굳어버렸다. 세상이 멈춘 듯했다. 온 우주가 그대로 멈춰버린 것 같았다. 물리학으로 설명할 수 없는 일이 일어나고 있었다.

그것은 마법이었다. 나를 똑바로 바라보는 얼리사 그린은 여신이었고, 친절하고 똑똑하고 재미있는 그 눈부신 여신의 반짝이는 입술에 나는 당장이라도 입을 맞추고 싶었다.

놀라지들 마시라. 내가 얼리사 그린에게 반한 것은 놀랄 일이 아니다. 난 늘 여자를 좋아했으니까. 난 아주 어렸을 때에도 레즈비언이었다. 6학년 때에는 〈손에 대고 말해!〉라는 드라마의 매디슨에게 푹 빠져 있었다. 단순히 친구가 됐으면 하는 마음은 분명 아니었다. 이제 나는 더 이상 꼬맹이 레즈비언이 아니라, 어엿한 십 대 레즈비언이 되었다. 난 아리아나 그란데를 보며 생각(엉큼한 생각)에 빠지고, 〈내가 사랑했던 모든 남자들에게〉의 라라 진을 만나면 〈그 남자들을 싹 잊게 만든 모든 여자들에게〉라는 속편을 만들어야 한다고 말해줄 셈이다.

하지만 얼리사가 디저트 테이블에 모인 모든 사람들을 지나쳐 내게 다가왔을 때는 나도 놀라지 않을 수 없었다. 그 애는 눈부신 미소를 지으며 내게 커다란 꼬치를 내밀었다.

프롬

"그거 먹으려면 이 방법뿐이야."

내가 놀란 건 그 다정함 때문이 아니었다. 그 아이가 날 알아보았다는 것, 살아 숨 쉬는 사람 중 가장 아름다운 여자애가 나라는 존재를 인식했다는 점 때문이었다. 놀라운 일은 계속되었다. 그 아이는 내 손을 만졌고, 내가 미트볼을 꼬치에 하나씩 끼우는 동안에도 그 자리에 서 있었다. 심지어 그중 하나를 나눠 먹기까지 했다. 바로 그곳, 교회 피크닉에서 말이다!

잔디밭에서는 사람들이 주머니 던지기―말 그대로 옥수수 사료 주머니를 던져 목표물을 맞히는 게임이다―를 했고, 스피커에서는 크리스천 록이 울려 퍼졌다. 잭 목사님이 자신의 아이폰에 담긴 플레이리스트를 틀어준 것이었다. 끝없이 펼쳐진 하늘은 구름 한 점 없이 푸르렀고, 얼리사 그린은 내 휴대폰에 자신의 번호를 입력했다. 그리고 내 번호를 받기 위해, 자신에게 문자 메시지를 보내게 했다.

그날 밤, 난 〈에마 노래하다〉에서 테일러 스위프트의 노래를 불렀다. 마음이 온통 달달한 공상으로 가득해, 내가 아름다운 한 여자와 사랑에 빠졌다는 사실을 온 세상에 알렸다. 주저할 이유가 없었다. 난 영상을 업로드하고, 그럭저럭 괜찮아 보이는 썸네일을 고른 뒤, 곧장 잠자리에 들었다.

다음 날, 엄마가 나를 깨웠다.

언젠가는 깔깔 웃으며 그날 일을 이야기하게 되겠지만, 그날 엄마는 내 유튜브 페이지를 출력해 코앞에 들이밀며 이렇게 말했다.

"이게 뭐니?"

내가 할 수 있는 말은 하나뿐이었다.

"몰라요."

정말 몰랐기 때문이다.

"우린 널 이렇게 키우지 않았다."

엄마가 다시 소리쳤다.

"이렇게가 어떻겐데요?"

이 말 역시 진심이었다. 잠에 푹 빠진 사람을 갑자기 깨워놓고 종이 한 장을 콧구멍에 쑤셔 넣을 듯 들이미는데, 그게 다 무슨 일인지 내가 어찌 짐작이나 하겠는가?

엄마는 자리에서 벌떡 일어섰지만, 164센티미터의 체구가 딱히 위압적으로 느껴지지는 않았다.

"내가 무슨 말 하는지 알잖니, 에마."

난 정말 몰랐다! 나를 이렇게 키우지 않았다니…. 인터넷에서 노래 부른 걸 말하는 건가? 할머니가 크리스마스 선물로 사주신 끝내주게 예쁜 연핑크 파자마 차림으로 찍은 영상을 올려서?

몇 초 후, 잠에서 깨어난 뇌가 서서히 작동을 시작했다. 어젯밤 난 나에게 마시멜로 꼬치를 건네준 한 소녀에 대한 사랑을 아무 거리낌 없이, 있는 그대로 인터넷에 쏟아놓았다. (내 입으로 말하기는 좀 그렇지만, 〈아워 송(Our Song)〉 연주는 꽤 들어줄 만했다.)

내가 영상을 올린 후 동네 사람 중 누군가가 그것을 보았고, 여린 감수성에 상처를 입은 그 친절한 이웃은 즉시 엄마에게 사실을 알렸다. (그리고 엄마는 '바삭한 라면 샐러드' 레시피를 뽑듯 내 채널 프로필 페

프롬

이지를 인쇄했다. 그것을 엄마 혼자 찾았을 리는 없다.)

순간 두려움이 피어오르기 시작했다. 처음에는 너무 당황해서 생각 못 했지만, 부모님은 평생을 교회 안에서 살아온 분들이다. 공식적으로 동성애자를 미워하면서도 '너무 선량해서' 차마 내놓고 말하지는 못하는 사람들 말이다. 나는 그분들의 침묵을 승낙으로 생각했던 것 같다. 그런 태도는 늘 더 큰 문제를 만들고 마는데 말이다. 나는 이참에 사실을 말하기로 했다.

"나 그 애가 좋아요."

"이제 안 된다."

엄마는 동성애가 넷플릭스처럼 취소할 수 있는 것인 양 딱 부러지게 대답했다.

"이 집에선 안 돼! 있을 수 없는 일이야!"

마음이 따뜻해지는 힐링 스토리에서라면, 나는 이렇게 이야기할 수 있을 것이다. 물론 처음에는 힘들었지만 부모님은 결국 내가 자신들의 소중한 딸이고 무슨 일이 있어도 사랑할 수밖에 없다는 사실을 기억했어요. 두 분은 동성애자 가족모임에 참석하고, '엄마, 아빠의 프리허그'라는 낯간지러운 문구가 적힌 티셔츠를 입고 퀴어 퍼레이드에 참여하기도 했죠. 난 여자 친구를 집에 데려와 소개했고, 졸업할 즈음 부모님은 그 애를 더 이상 '친구'라고 부르지 않게 되었답니다.

미안하지만, 내 인생에 이런 따뜻하고 말랑한 이야기는 없다.

그 후 몇 주 동안 부모님은 나를 대화 캠프에 보낼 것인지 쫓아낼 것인지를 두고 말싸움을 벌였다. 마침내 결론이 나자 두 분은 내게 기타와 책가방을 챙기고 집 열쇠를 내놓으라고 말했다. 날 쫓아낸 것이다. 내 옷과 컴퓨터, 여섯 살 때부터 모은 생일 카드 상자는… 기부할 수 있는 것만 빼고 다 불태웠다고 한다. 너무 호들갑 아닌가?

그날 이후 난 할머니와 함께 살고 있다. 부모님 집에서 겨우 두 블록 떨어진 곳이고, 여전히 인디애나 에지워터다. 난 우리 학교에서 유일하게 커밍아웃한 동성애자다. 다행히 내겐 아직 유튜브 채널이 있다.

심하다 싶을 정도로 평범해 절대 유명해질 리 없지만, 그래도 내겐 구독자가 있고 그들이 보여주는 반응이 내겐 친구처럼 느껴진다. 나와 비슷한 퀴어 친구들 말이다. 내겐 그들이 필요하다. 너무나 절실하게 필요하다. 난 이 친구들을 포켓몬 잡듯 하나도 빠짐없이 붙잡아야 한다.

커밍아웃이 유행인 곳들도 있다. 뉴욕, 샌프란시스코 같은… 상상에만 존재하는 저 멀고 먼 도시, 상상의 장소들 말이다. 하지만 인디애나는 그런 곳이 아니다. 그래서 처음에 경고한 것이다. 인디애나에서는 동성애자로 살면 안 된다. 피할 수 있다면 반드시 피하라.

실패하면 남는 것은 고통뿐이다.

2장

인디애나
에지워터

대부분 이곳에 한 번도 와본 적이 없을 테니, 소개부터 하는 게 좋겠다. 인디애나는 아름다운 곳이다.

밤이 되면 때때로 구름이 달을 가려 하늘 전체가 뽀얀 진주색 비단이 된다. 학교에 가려고 아침 다섯 시에 일어나면 길은 은빛 안개에 휩싸여 있다. 그러다가 해가 뜨기 시작하고 내가 탈 버스가 좌회전을 해 550번 주도로에 접어들 때면, 모든 것이 자주색으로 변한다. 그다음은 연보라색, 그리고 다시 핑크색이 된다.

여름에는 온통 반딧불이 천지다. 숲에 연못이 하나 있는데, 물이 깨끗해서 수영도 할 수 있다. 울타리를 따라 라즈베리, 멀베리, 블랙베리가 열리면, 마음껏 따 먹어도 좋다. 가을이 되면 세상은 가을 빛으로 바뀌고, 과수원에는 사과가 주렁주렁 열린다. 직접 딴 사과를 으깨 넣은 뜨끈뜨끈한 애플파이를 먹어본 적 있는가? 정말 끝내준다.

겨울의 인디애나는 크리스마스카드 속 풍경과 비슷하다. 비탈진 언덕은 하얀 눈에 뒤덮이고, 함박눈은 소리 없이 떨어진다. 깜깜한 밤이 되면 하늘에 은하수가 반짝이고, 맑은 날에는 들판이 끝없이 펼쳐진다. 은빛으로 반짝이는 들판은 파르스름한 지평선에 닿을 때까지 몸을 쭉 뻗어낸다.

인디애나에는 작은 도시들과 독립기념일 퍼레이드, 그리고 농구가 있다. 어디에 가든 농구를 볼 수 있다. 솔직히 너무 심하다 싶을 정도다. 스포츠를 넘어서서 종교에 가깝다고나 할까? 인디애나 주립대 후지어스 팀 혹은 퍼듀대 보일러메이커스 팀에 충성을 맹세하지 않고 고등학교에 들어갔다가는 영원히 끔찍한 지옥을 맛보게 될 것이다.

(노트르담 대학의 파이팅아이리시는 특별히 좀 받아주는 분위기다. 좋아해도 괜찮지만, 그래도 의심스러운 눈길을 피할 수는 없다.)

우리 학교 농구팀, 즉 제임스 매디슨 골든위블스를 응원하는 것은 에지워터에서 가장 중요한 일이다. 홈커밍(1년에 한 번 열리는 동창회로, 졸업생들이 고향에 찾아온다는 의미에서 홈커밍이라고 한다—옮긴이)은 축구팀을 위한 행사가 아니다. 절대! 축구팀은 우리 주 팀들 중 끝에서 3등이다. 우린 그냥 없는 셈 친다.

홈커밍의 주인공은 당연히 농구팀이다. 프롬(특히 미국 고등학교의 댄스파티—옮긴이) 무대 또한 그들 것이다. 응원전, 빵과 선물 포장지 판매, 초대형 통에 담긴 다양한 맛의 팝콘까지 모든 것이 농구팀을 위한 것이다. 골든위블스 파이팅!

결과적으로, 프롬 입장권이 엄격하게 제한된 것도 바로 농구팀 때문이다. 대표팀(1군부터 3군까지), 후보팀(그 뒤 두 개 군), 그리고 신입생 연습팀(무려 네 개 군!)을 다 합치면 150명이고, 이들 모두 파트너를 데려올 테니 150명이 추가된다. 그런데 시 소방국장은 우리 학교 체육관에 400명 이상은 들어올 수 없다고 분명히 못을 박았다.

따라서 '미국의 미래 옥수수 지킴이(미옥지)'는 프롬 입장권을 팔기 위해 우승자 전당(트로피가 진열된 학교 정문 바로 앞 복도를 이렇게 부른다)에 테이블을 설치하고, 다음 세 가지를 준비했다.

1. 현금 상자. 프롬은 현금 장사다. 부모님한테 받은 수표를 내밀 생각은 하지도 마라. 미옥지는 귀여운 아이들 그림이 그려진 너희 엄마 수표에 침을 뱉을 것이다.

2. 학교 유일의 포토샵 전문가가 디자인한 입장권 한 무더기. (여기에서 전문가라 함은 포토샵을 사용할 줄 안다는 뜻이다. 인스타용 사진에 필터 적용하는 거야 누구나 할 줄 알지만, 글씨가 들어가면 상황이 달라진다. 서브레딧이 폰트 식중독에 걸려서 파피루스체와 코믹산스체를 토해내는 꼴을 면하기 쉽지 않다.)

3. 명단. 명단에는 칸이 두 개 있다. 입장권 구입자의 이름을 적는 칸과 데이트 상대 이름을 적는 칸이다. 이 둘은 불가분의 관계이다. 데이트 상대가 없는 사람에게는 프롬 입장권을 팔지 않는다. 이것 때문에 나와 내 여자 친구는 최근 몇 번의 심각한 대화를 나눴다.

우린 3학년이고, 이번이 마지막 기회다. 난 정말 프롬에 가고 싶다. 종이로 만든 달과 알루미늄 포일로 만든 별 아래에서, 여자 친구의 녹갈색 눈을 들여다보며 춤추고 싶다. 그의 눈은 희한하게도 입고 있는 옷 색깔에 따라 파란색이 되기도 하고 초록색이 되기도 한다. 두 팔로 그를 감싸 안으면, 온 세상이 사라지는 것처럼 느껴지겠지….

하지만 그런 일은 일어나지 않을 것이다.

이곳에선 불가능한 일이다. 엄마가 지켜보고 있으니 말이다.

분명히 말해두지만, 내가 레즈비언이라는 사실이 부끄럽지는 않다. 난 사랑을 사랑하고, 내 여자 친구를 사랑한다. 숨죽여 나누는 속삭임과 비밀스러운 키스가 좋고, 서쪽에서 비가 몰려오는 날 그의 할머니 집에 있는 이상한 면벨벳 소파에 그와 바싹 붙어 앉아 영화 보는 것도 좋다. 우리 둘의 손은 똑같은 크기인데 그의 발은 나보다 작고 대신 발가락이 엄청나게 길다는 점도 좋고, 그가 노래를 부를 때면 내 사랑은 더 깊어져 가슴이 아플 지경이 된다. 마치 보이지 않는 손이 내 심장을 꽉 쥐고서 다이아몬드가 될 때까지 짓이기는 것 같다.

그는 반딧불이처럼 희미한 빛을 깜빡인다. 그의 머리카락은 금발이지만 갈색에 더 가깝기 때문이다. 눈동자는 파랗지만 녹색으로 보이기도 하는데, 그가 안경을 벗을 때면 난 그와 코를 맞대고 그 신비스러운 눈을 들여다본다. 그러면 그는 웃음을 터뜨리며 얼굴을 붉히고, 양 볼은 입술처럼 핑크색이 되어버린다. 하늘을 향해 소리치고 싶은 우리 사랑을 남몰래 속삭이기만 하는 것은 너무 힘든 일이다.

하지만 이럴 수밖에 없는 이유가 있다. 엄마다. 엄마는 아직 준비가 안 됐다. 부서질 듯 위태로운 상태다. 아빠가 떠난 이후 줄곧 그랬다. 아빠에겐 너무 간단한 일이었다. 운동 가방에 짐을 챙겨 넣고는 어두운 밤 속으로 사라져 버렸다. 그리고 새 가족을 꾸렸다. 그들에게 아기가 태어난 날짜를 보면, 아빠는 집에서 나가기 전에 이미 새 가족을 꾸렸던 것 같다.

그때부터 엄마는 이 얇디얇은 크리스털 거품 속에서 살고 있다. 교회에 더 자주 나가면, 더 열심히 기도하면, 집 청소를 더 깨끗하게 하면, 몸무게를 10킬로만 줄이면, 날 올바르게 키우면, 시어머니가 알려준 소고기 찜 요리를 완벽하게 해내면, 비로소 아빠가 돌아올 것이라는 믿음 속에서 하루하루를 보내는 것이다. 엄마의 눈을 보면 알 수 있다. 엄마의 두 눈은 번개 맞은 변압기처럼 강한 믿음으로 번쩍인다. 뜨겁고 빠르게, 그리고 끊임없이 모든 것을 쏟아내고 있다.

이는 곧 내가 완벽한 딸이 되어야 한다는 뜻이기도 하다. 성적은 모두 A여야 하고, 성적우수생 전용 과목도 빠짐없이 이수해서 평점 4.0을 넘겨야 한다. 남들은 겨우 턱걸이로 들어갈 대학을 나는 차선책 정도로 제쳐놓아야 하기 때문이다. 주일학교 아이들을 가르쳐야 하고, 내가 가르친 아이들은 최고의 공예품을 만들어 부모의 눈에 눈물이 차오르게 해야 한다.

하지만 학생회 회장이 된 것은 내 의지였다. 바꿀 필요가 있는 것은 바꾸고, 강화할 필요가 있는 것은 강화할 수 있을 거라고 생각했기 때문이다. 하지만 난 여전히 엄마가 고른 무릎 길이 연보라색 드레스를 입고 프롬에 가야 한다. 가느다란 어깨끈이 달린 이 드레스를 마련하기 위해 엄마는 한 달 동안 주 60시간 근무를 견뎌야 했다. 드레스의 가슴과 배 부분에는 스와로브스키 크리스털이 주렁주렁 달려 있다. 스와로브스키 크리스털 말이다.

왜 이렇게까지 하는지 궁금한가? 엄마는 학부모회 회장이다. (모든 일에 완벽해야 한다고 하지 않았나!) 그리고 프롬을 주최하는 곳이 바로 학부모회다. 올해 프롬은 완벽해야 한다. 내가 그 드레스를 입고, 턱시도 차림의 남자 팔에 안겨 프롬에 입장해야 그렇게 될 수 있다.

그렇다. 남자다. 어떤 남자일지는 엄마도 모르지만, 몇 가지 기대를 가지고 있긴 하다. 예를 들면, 우리 교회에 다니는 파올로 같은 사람이다. 파올로는 대학 2학년 학생인데, TV에 등장하는 대학 2학년생을 그대로 현실 세계에 옮겨놓은 것처럼 생겼다. 단단한 조각 몸매에 걸음걸이에는 자신감이 넘쳐흐른다. 오해하지 마시길. 파올로는 분명 매력적이다. 하지만 그는 우리 교회 성가대 지휘자와 몰래 사귀고 있다. 그러니 쉬잇! 이건 우리끼리 비밀로 하자.

내 말은 그 위태로운 거품이 당장이라도 터질 수 있다는 것이다. 엄마는 자신이 우리 가족을 마법처럼 잘 유지하고 있다고 생각하지만, 사실 스스로를 속이고 온 세상에 거짓말을 하고 있다. 이 모든 것들은 한순간 무너져 내릴 것이다. 마법이 끝나면, 난 쓰러진 엄마를 일으켜 세울 수 있어야 한다.

이런 이유 때문에 난 엄마에게 자정을 알리는 시계가 되고 싶지 않다. 내가 여자 친구와 프롬에 대해 '말다툼'이 아닌 '심각한 대화'를 여러 번 나눈 것도 같은 이유 때문이다. 그는 마법 같은 하룻밤을 원하고 나 역시 같은 마음이지만, 우린 인디애나주 에지워터에 살고 있고, 프롬 명단에 우리 이름—에마 놀런, 얼리사 그린—을 나란히 적는 것은 학교 체육관 입장권 두 장을 사는 것 이상의 의미가 있다.

에마는 이런 이야기가 보통 어떻게 전개되는지 누구보다 잘 알고 있다. 그의 부모님은 아직도 나와 같은 교회에 다닌다. 매주 같은 자리에 앉아, 한결같이 무뚝뚝한 얼굴로 설교단 뒤쪽의 예수님 스테인드글라스를 바라본다. 빛이 스테인드글라스를 통과할 때면, 발치에 양 떼를 불러 모은 예수님의 머리카락은 황금색에 가까워진다.

내 경우, 아빠는 이미 사라졌고 엄마는 꿈나라에 살고 있다. 마법 같은 춤과 노래만 있으면 엄마의 세상은 그대로 한 편의 뮤지컬 영화다. 이런 상황에서 내가 프롬에 가는 것은 단순히 드레스를 입고 코르사주를 다는 것이 아니다. 흠 잡을 데 없는 이상적인 딸이 될 것인지, 방망이를 집어 들고 엄마를 산산조각 낼 것인지를 결정하는 문제이다.

그럼에도 난 에마를 향해 자유롭게 날아가 '예스'라고 말하고, 깜빡이는 디스코볼 불빛 아래에서 그에게 키스하고 싶다. 그러고 나서 진지하게 대화를 하는 것이다. 말다툼이 아니다. 난 싸우고 싶지 않다. 봄이 되면서 인디애나는 다시 아름다워지고 있다. 우리끼리 얘기지만, 파란 하늘과 싹이 움트는 배나무와 하늘을 향해 작은 잎을 내미는 튤립을 보면서, 난 조금씩 '예스' 쪽으로 기울고 있다. 그에게 그렇게 답해주고 싶다.

결과는 곧 알게 되겠지.

3장

속임수

내 주머니에는 100달러가 있지만, 난 아직 입장권 판매 테이블에 다가가지 못하고 있다.

그럴 수가 없었다. 닉 리벨이 바로 이곳 우승자 전당에서 프롬 프러포즈를 선보일 참이기 때문이다. 이 시끌벅적한 공연에는 입석뿐이다. 이곳이 고등학교 복도라는 점이 가장 큰 이유일 테지만, 자신의 삶을 소중히 여기는 사람이라면 어차피 (1)계단이나 (2)미옥지의 프롬 입장권 테이블에 앉지는 않을 것이다.

자기도 모르는 사이 관중이 되어버린 학생들은 기대감에 들썩인다. 닉 뒤에는 후보팀 선수 한 무리가 서 있다. 그들은 가슴 앞에 두꺼운 종이 한 장을 들고, 입에는 (아마도) 편의점에서 산 것 같은 카네이션을 물고 있다. 농구팀 점퍼에 선글라스를 쓰고, 내가 본 것 중 가장 반짝이는 신발을 신은 닉은 두 손가락을 입에 넣어 날카로운 휘파람을 분다.

우승자 전당에 있는 사람들이 모두 걸음을 멈추고 그를 향해 고개를 돌린다. 닉은 가만히 서서, 자신의 기적과 영광을 목격하게 될 떠들썩한 군중을 향해 흘낏 시선을 던진다. 농담 같겠지만 진짜다. 그는 케일리 브룩스에게 프롬 프러포즈를 하는 것만으로 만족할 수 없다. 자신의 모든 것을 내보여야 한다. 골든위블스의 스타 센터라면 어떤 상황에서든 돋보여야 하기 때문이다.

"케일리!"

닉이 그녀의 손을 잡고 한 바퀴 빙그르르 돌린다. 불편하게 뒤엉킨 팔을 슬쩍 풀고는 아무 일 없었다는 듯 평온한 표정을 짓는 닉의 모습이 우스꽝스럽다. 그는 번드르르한 정장 구두를 바닥에 끌며, 여자 친구 앞에 무릎을 꿇는다. 그리고 고개를 들어 여자 친구를 바라보며 아무 말도 하지 않는다.

그가 고개를 끄덕이자, 후보팀 선수들이 움직이기 시작한다. 연습한 티가 역력하다. 그들은 닉 뒤에 반원을 그리고 서더니, 케일리의 발아래에 카네이션을 던진다. 그리고 한 명씩 들고 있던 종이판을 홱 뒤집는다.

한편으로 보면, 잘 연습된 사려 깊은 프러포즈라 할 수 있겠다. 내 마음속 깊은 곳에 박혀 있는 눈곱만 한 감성을 자극해, 미소까지 짓게 했으니 말이다. 하지만 현실적으로 생각해 보자. 덩치가 산만 한 고등학생들이 꽃 키우기 게임(동그란 종이를 화면에 인식시키는 방식의 증강현실 게임─옮긴이)을 하는 초등학교 3학년짜리들처럼 종이판을 들고 허둥대고 있다. 심지어 이 모든 일이 고등학교 복도에서, 그것도 '노(NO)라고 하세요!'라고 쓰인 오래된 마약 중독 예방 포스터 앞에서 벌어지고 있다. 누가 봐도 빵 터질 수밖에 없는 상황인 것이다. 하지만 난 애써 웃음을 참는다.

"케일리."

후보팀 첫 번째 선수가 종이판을 들어 올리며 말한다. 그 위에는 많은 글자들이 적혀 있는데, 닉은 관중들을 배려해 큰 소리로 글을 읽어준다. 그는 먼저 어깨 너머로 뒤를 흘끗거리며 자기 자리를 확인한다.

"자기야!"

그가 케일리의 손을 잡으며 심야 디제이 같은 톤으로 말한다.

"1학년 때부터 모두 이렇게 될 줄 알고 있었지. 너도 알다시피 난 이 동네 원조 갱스터지만 최고는 언제나 외로운 법."

나도 모르게 눈알을 너무 세게 굴려, 눈이 아플 지경이다. 잘 모르는 사람들을 위해 설명하자면, 자신이 마치 터프한 흑인 힙합가수라도 되는 양 갱스터 운운하는 이 사람은 백인들이 대다수인 우리 학교에서도 가장 백인스러운 사람이다. 밝은 갈색 머리에 옅은 파란색 눈이 다가 아니다. 그는 거품이 잔뜩 낀 우유가 담긴 유리컵이다. 인디애나 남부에서 제일 길쭉한 컵일 것이다. 게다가 케일리는 막 구조된 아기고양이처럼 그 우유를 덥석 받아 들고 있다.

다음 종이판이 뒤집힐 즈음, 난 계단 근처를 서성인다. 계속 보고 싶긴 하지만, 내가 보는 것을 남들에게 들키고 싶지는 않기 때문이다. 가방 끈을 붙잡는 순간, 난데없이 온몸이 부르르 떨린다. 추위나 과도한 냉소주의 때문이 아니다. 그가 온 것이다.

얼리사가 가까이 오면 난 온몸이 간질거린다. 정말 온몸이 그렇게 된다. 그는 적당한 거리를 두고 선다. 아무도 우리 사이를 모르기 때문이다. 하지만 난 그가 머리에 바르는 코코넛 오일 향과 그의 핸드크림이 풍기는 짙은 바닐라 향을 느낄 수 있다. 그의 등장을 일부러 자극적으로 묘사하는 것이냐고 묻는다면, 내 대답은 '물론'이다.

닉이 세 번째 종이판을 소리 내어 읽고 있는데('바로 그때였지. 자기가 내 인생을 완전히 바꿔놓았어'), 얼리사가 내게 속삭인다.

"우린 이런 거 못 해서 속상해?"

난 최대한 미소를 지어 보인다.

"이런 거? 바보 같은 사랑 시 발표? 하나도 안 속상한데."

그가 손가락으로 내 팔 뒤쪽을 스치듯 쓸어내린다.

"내 말이 무슨 뜻인지 알잖아."

내 팔에 닿은 그의 피부가 마치 비단 같다. 두 팔로 그를 감싸고, 부드럽게 굴곡진 따스한 그의 목에 얼굴을 파묻고 싶은 마음이 샘솟는다. 난 그 앞에 한쪽 무릎을 꿇을 수도 있고, 학교 발코니에서 그를 위해 직접 쓴 노래를 부를 수도 있다. 진심으로 그렇게 하고 싶다. 하지만 이런 것을 원한다고 말하는 것보다는 내가 가질 수 없는 것들에 대해 빈정대는 쪽이 편하다. 얼리사만 허락한다면 난 이보다 훨씬 거창한 프러포즈를 할 테지만, 그는 허락하지 않을 것이다. 그러니 생각해 봤자 무슨 소용인가?

"난 너랑 프롬에 가고 싶을 뿐이야."

내가 뒤를 흘끗 확인하고 말한다.

"말이 나왔으니 말인데…."

그가 힘겹게 입을 연다. 호킨스 교장 선생님과 졸업생 교외 점심 행사에 대해 협상할 때와 비슷한 목소리다. 거의 마무리됐다고 생각했던 주제에 대해 이런 목소리로 대화를 시작하는 것은 좋은 징조가 아니다.

"이렇게 하면 어떨까?"

이런! 금속 셔터를 내리고 깊은 마음속 진심을 잘 묶어둘 때다. 난 일부러 닉과 그의 버라이어티 쇼에 눈을 돌리고, 정작 주인공들은 그다지 특별하게 생각하지도 않는 저 백인 스타일 로맨스에 집중한다.

물론 케일리는 추바카 소리를 내며 깡충깡충 뛰고, 닉의 프러포즈를 받아들인다. 닉도 그 모습을 보며 좋아하는 것 같다. 케일리의 베프인 셸비는 행복한 표정을 짓고 있지만, 뭔가 갈구하는 눈빛으로 남자 친구를 바라보는 것을 보면 이 순간의 주인공이 자신이 아니라는 사실에 짜증이 난 것 같다. 하지만 이런 쇼는 이미 유튜브에서 다 본 것이고, 솔직히 영상들보다 훨씬 조악하다. 저들에게는 너무 쉬운 일이라 노력할 필요조차 없기 때문이다. 저들은 애쓸 필요가 없다. 사람들은 고전 영화의 한 장면처럼 이 순간을 기억할 것이다. 저들에게 이건 늘 있는 일이니까….

난 얼리사에게 대답할 때 내 목소리에 실망감이 섞이지 않기를 바라지만, 목이 메어와 잘 될지는 모르겠다.

"어떻게?"

"프롬에는 우리 둘이 같이 갈 거야."

얼리사가 매끄럽게 말을 잇는다.

"그런데 오늘 명단에는 각자 사인하자. 엄마가 충격 받지 않게 천천히 말씀드려야지. 요즘 들어서 기분도 좀 좋아지시는 것 같아."

하마터면 나도 추바카 소리를 낼 뻔했다. 물론 케일리처럼 기쁨에 찬 소리는 아닐 것이다. 난 당혹스러운 표정으로 그에게 고개를 돌린다.

"엄마한테 오늘 말씀드리는 거랑 3주 뒤에 말씀드리는 거랑 뭐가 달라?"

"엄마는 아직 준비가 안 됐어. 게다가 엄마가 학교 일이라면 꽉 잡고 있는 거 알지?"

얼리사가 다시 말한다.

"우리가 입장권을 같이 샀다가는 내가 집에 돌아가기도 전에 엄마 귀에 들어갈 거야. 난 내 입으로 직접 말씀드리고 싶어. 엄마한테 딱 맞는 방식으로 말이야. 그러려면 시간이 필요해."

그의 주장은 명백하고 타당하다. 하지만 시간이 지날수록 입장권 수는 줄어들 것이다. 제임스 매디슨 골든위블스 선수 중 하나가 우리를 데려갈 일은 없을 테니, 결국 시간은 절대적으로 중요한 요소이다.

그래서 난 이렇게 말하기로 한다.

"데이트 상대의 이름을 적는 칸에 아무 이름이나 하나 쓸게. 그런데 이렇게 하면 우린 쓰지도 않을 입장권을 두 장 더 사는 거야. 동성애 세금을 내는 셈이지.”

“내가 나중에 돌려줄게.”

얼리사가 말하며, 다시 한 번 내 팔 뒤쪽을 부드럽게 쓸어내린다. 둘만의 비밀스러운 스킨십이다. 우린 다리 밑에 숨어 사는 트롤들처럼 계단 아래서 서성거리고 있으니, 누구도 보지 못할 것이다.

“내가 다 보상해 줄게.”

얼리사가 맹세하듯 말한다.

돈이 아까워서 이러는 게 아니다. 그보다 훨씬 중요한 것 때문이다. 난 우리만의 하룻밤, 몰래 숨어 다닐 필요도 없고 진짜 우리 모습을 감출 필요도 없는 그 하룻밤을 원하는 것이다. 어렵다는 건 안다. 난 이미 말했듯, 우리 학교에서 유일하게 커밍아웃한 동성애자다. 난 내 방식대로 부모님께 상황을 알리지도 못했고, 결국 할머니 집에 얹혀살고 있다. 그러니 그 어려움에 대해서는 당연히, 너무나 절실히 잘 알고 있다. 데이트 상대를 숨기는 것은 내 본모습을 숨기는 것에 비하면 쉬운 일이지만, 그래도 난….

“너랑 꼭 춤추고 싶어.”

난 팔을 뻗어 그의 손을 잡는다. 손가락이 닿는 순간, 그도 잠시지만 내 손을 마주 잡는다. 우리는 수많은 사람이 모인 그곳에서 하나가 된다. 내 눈에는 그만 보이고, 내 귀에는 그의 심장박동만 들린다. 내 입술은 키스를 갈구하지만, 난 그가 내 손을 놓기 전에 먼저 그의 손을 놓는다. 여기에서는 안 된다. 지금은 아니다.

“그렇게 해줄 거지?”

그가 묻는다.

"직접 봐."

말을 하는 순간, 낯선 느낌의 용기가 온몸에 흐른다. 나는 곧장 미옥지 테이블을 향해 걷는다. 여자 친구가 보는 앞에서 입장권을 사서, 우리 인생에서 가장 로맨틱한 밤을 보내기 위해 내가 무엇이든 할 수 있다는 점을 증명해 보일 것이다.

하지만 은밀히 움직이려 했던 내 의도와 달리, 모두의 눈은 이미 테이블에 쏠려 있다. 막 프롬 프러포즈를 마친 스타 센터 선수가 입장권을 사고 있기 때문이다. 그의 여자 친구는 후보팀 선수들의 침이 흥건하게 묻은 꽃다발을 쥐고 그를 바라본다. 사람들은 테이블 주변에 모여 조금 전 펼쳐진 공연에 대해 이야기한다. 바로 이런 상황에서, **에지워터 유일의 (커밍아웃) 동성애자**가 줄을 선 것이다.

미옥지는 누가 입장권을 사든 관심이 없다. 그저 돈을 바랄 뿐이고 (입장권 판매액의 25퍼센트가 그들에게 돌아간다. 비싼 살충제라도 사려는 걸까?) 내가 내민 지폐는 눈 깜짝할 사이 상자 속으로 사라진다. 브리아나 로는 테이블을 내려치듯 입장권 두 장을 착 내려놓는다. 그리고 마일로가 명단이 꽂힌 클립보드를 내 앞에 불쑥 내미는 동안, 입장권에 나와 내 데이트 상대의 이름을 적으려고 준비한다.

"여기에 네 이름 쓰고…."

마일로가 한쪽 칸을 톡톡 두드리며 말한다.

"여기에 데이트 상대 이름을 써."

난 기막히게 똑똑한 말을 한마디 한다.

"어어…."

그리고 내 이름을 천천히 적는다. 브리아나가 내 이름을 모를 것도 아니건만, 난 직접 소리를 내어 읽기까지 한다. 그래, 내 이름은 에마 놀런이다. 확실하다. 첫 번째 입장권에 '에마 놀런'이라는 글자가 또박또박 쓰인다.

"같이 가는 사람은?"

케일리가 장난기 어린 표정으로 묻는다. 그 애가 나에게 말을 건넨 건 중3 영어시간 이후 처음인 것 같다. 당시 케일리는 형광등 불빛 때문에 속눈썹이 떨린다며 내게 자리를 바꿔줄 수 있는지 물었다.

케일리의 시원찮은 똘마니 셸비가 의자 팔걸이에 걸터앉는다.

"그래, 에마, 누구랑 같이 갈 거야? 우리 동네에 너 말고 레즈비언이 또 있는지 몰랐네."

당장 뒤를 돌아보고 싶은 마음이 샘솟는다. 고개를 돌려 얼리사의 얼굴을 보고 싶다. 강인한 그의 검은 눈동자 속에서 이 순간을 버텨낼 힘을 얻을 수 있을 것이다. 우린 다시 하나가 되고, 난 더 이상 외롭지 않겠지. 하지만 그러면 모든 것이 탄로 날 것이다. 그에게 그런 짓을 할 수는 없다. 난 뱀파이어 집회에 참석한 사람처럼 목을 뻣뻣하게 고정한 채, 빈 칸을 바라본다. 데이트 상대의 이름이라. 데이트 상대의 이름.

"데이트 상대가 있어야 해."

브리아나가 통명하게 말한다. 단검같이 날카로운 브리아나의 눈빛은 나 때문에 괜한 입장권 한 장을 낭비했다면 가만있지 않겠다고 말하는 듯하다.

"네 왼손은 안 쳐줘."

케일리 말에 닉이 코웃음을 친다. 그의 유치한 프러포즈를 조금이라도 좋게 보려 했던 마음이 싹 가시는 순간이다. 닉은 내가 마음이 넓은 사람이라는 사실에 감사해야 할 것이다. 그렇지 않았다면 그가 다음 말을 하는 순간 펜으로 그를 찔렀을지도 모른다.

"오른손도 안 되지."

유머감각 하고는!

난 이를 악물고, 제일 먼저 떠오르는 이름을 휘갈겨 쓴다. 순간 그 이름이 생각난 건 내 잘못이 아니다. 어쩌다 보니 그렇게 된 것이다. 여기 모인 여러 천재들께서 관련성을 발견해 내지 못하기를 바랄 뿐이다. 굳이 변명을 하자면, 그 사람은 적갈색 머리의 미인이고 난 그런 스타일에 사족을 못 쓴다.

"애나 켄드릭… 슨?"(애나 켄드릭이라는 실제 여배우 이름의 뒷부분을 변형한 것—옮긴이)

테이블 맞은편에서 클립보드를 거꾸로 보고 있던 케일리가 이름을 읽는다.

"너 애 몰라?"

내가 중얼중얼 말한다.

"누군데? 교환학생이야?"

셸비가 다시 묻는다.

"맞아."

닉이 모처럼 케일리의 귀에서 입술을 떼고 나를 바라본다.

"그럼 얘를 남자로 교환하는 건 어떠냐?"

난 남은 인내심을 박박 긁어모아 그의 말을 무시하고, 브리아나에게 손을 쑥 내민다.

"입장권 줘."

케일리는 다시 닉의 품에 쓰러지듯 기댄다.

"네 데이트 상대 너무 궁금하다, 에마. 진짜 존재하는 동성애자 애나 켄드릭… 슨 말이야! 이름 너무 예쁘네. 안 그래, 닉?"

닉은 벽돌을 휘감는 담쟁이덩굴처럼 두 팔로 그녀를 감싸 안는다. 둘의 아이큐를 합치면 한 명분 정도 될 테니 이렇게 한 몸이 되는 것도 나쁘지 않은 듯하다. 그는 여자 친구 어깨에 턱을 올리고 귀에 입을 비비적댄다. 꼭 식인종이 식사하는 모습 같다. 잠시 후 그의 입에서 더 징그러운 것이 흘러나온다.

"너만큼은 아니야, 예쁜이."

난 주머니에 입장권을 찔러 넣고, 아무 말 없이 몸을 돌린다. 얼리사를 향해 미소를 보낼 생각이었지만, 그의 시선은 다른 곳을 향하고 있다.

그의 엄마가 갑자기 학교에 나타났기 때문이다. 놀랄 일도 아니다. 학교에서 호킨스 교장 선생님보다 그린 부인을 더 자주 보는 날도 종종 있으니 말이다. 분명 정상은 아니다. 얼리사와 관련된 일이라면 무엇이든 좀 집착하시는 게 아닌가 싶다.

그린 부인이 얼리사의 두 손을 잡고 있다. 입장권 판매 테이블을 향해 자꾸 몸짓을 하는 걸 보니, 프롬에 대해 말하고 있는 듯하다. 얼리사는 금방이라도 토할 것 같은 표정을 짓고 있지만, 결국 고개를 끄덕인다. 그는 고개를 끄덕이고, 미소를 짓고, 영혼 없는 표정으로 걸음을 옮기기 시작한다.

춤에는 들어가야 할 때와 나가야 할 때가 있고, 난 그 스텝을 잘 알고 있다. 지금은 내가 사라져야 하는 순간이다. 난 고개를 한껏 숙이고, 닉의 후보팀 선수들 사이를 지나간다. 그들은 이번에는 합창단이 되어 "레즈, 레즈, 레즈"를 입을 모아 불러댄다. 하지만 얼리사는 내 곁을 지나면서도 아무 말이 없다.

마침내 그곳을 벗어나면서 난 주문을 외우듯 혼자 중얼거린다.

'그를 위해서야! 그를 위해서! 그를 위해서!'

           난 세상에서 제일 나쁜 사람 같다. 아니, 확실히 그렇다.

요즘 엄마가 학교에 너무 자주 오는 것 자체도 별로지만, 이번에는 타이밍이 최악이다. 케일리와 아이들이 에마에게 뭐라고 말하는지는 듣지 못했지만, 난 그의 표정을 보았다. 주근깨가 가득한 하트 모양의 얼굴, 내가 이 세상 어떤 얼굴보다 사랑하는 그의 얼굴에 모든 것이 쓰여 있었다.

그와 아무 사이도 아닌 척해야 할 때면 거대한 손들이 다가와 나를 반으로 쪼개는 것 같다. 가슴 한가운데가 찢어지는 느낌이다. 골수와 신경이 그대로 드러나고, 난 그저 살아 있는 커다란 상처가 되고 만다.

"이게 다 무슨 일이니?"

엄마가 날카롭게 묻는다. 에마를 지나쳐 걷는 동안 후보팀 선수들이 사납게 내뱉는 소리가 들려온다.

"레즈, 레즈, 레즈."

애들은 이게 무슨 모욕이라도 되는 양 에마를 향해 이 말을 하곤 한다. 아마도 이게 어떤 사실을 말하는 게 아니라, 그 자체로 욕이라고 생각하는 것 같다. 이런 상황에서 난 대개 한마디 하는 편이다. 하지만 지금 난 엄마에게 팔짱을 끼인 채 프롬 입장권 테이블에 끌려가고 있다.

난 분노와 좌절, 그리고 창피한 마음을 꾹 내리누른다. 아무 말도 할 수 없기에 느끼는 고통과 실제 아무 말도 하지 않는다는 수치심을 지금은 그저 감추는 수밖에 없다. 난 완벽한 딸에게 어울리는 미소를 짓고, 아무 걱정 없다는 듯 가볍게 머리를 흔든다.

"모르겠는데. 와! 100달러잖아. 지금 이만한 돈이 있을지…."

엄마가 20달러 지폐 다섯 장을 손에 쥐고 쫙 펼친다. 엄마는 자랑스러운 표정으로 그 돈을 마일로에게 건넨다.

"내가 다 챙겨 왔지. 자, 이제 그동안 꽁꽁 숨겨온 그 엄청난 비밀을 밝혀줄래?"

난 너무 당황해 바닥에 붙어버린 기분이다.

"비밀은 무슨! 그런 거 없어."

엄마는 수년간 연습을 통해 완벽해진 태평한 미소를 지으며, 테이블에서 클립보드를 집어 든다. 그리고 마일로의 손에서 낚아채듯 가져온 펜을 요란스럽게 흔들면서 한 칸에 내 이름을 적고, 나를 뚫어지게 바라본다.

"데이트 상대는 누구? 그동안 그렇게 칭찬을 했으니, 이제 누군지 좀 알자꾸나."

심장이 벌써 날갯짓하듯 빠르게 뛴다. 너무 빨라 멈춰 있는 것 같을 정도다. 내가 데이트 상대에 대해 좋은 얘기를 많이 한 것은 사실이다. 성별이 드러나지 않게 각별히 신경 쓰면서 말이다.

'엄마도 그 아이를 만나면 마음에 들 거야.'

'그 아이는 용감하고 재능도 많고 엄청 귀여워.'

'엄마도 그 아이랑 곧 만나게 될 거야.'

하지만 우승자 전당 한가운데에서, 심지어 케일리와 셸비가 지켜보는 앞에서 커밍아웃 할 준비는 되어 있지 않다. 이 두 사람은 제임스 매디슨에서 제일 말을 잘 퍼뜨리는 사람들 아닌가! 엄마가 충격받는 모습을 이들에게 보일 수는 없다. 이들의 '단톡방' 대화거리가 되어서는 안 된다.

"존."

난 평범한 이름을 하나 댄다. 누구나 한 명쯤 알고 있을 법한 무던한 이름이다. 하지만 엄마는 눈썹을 둥글게 치켜 올린다. 물음표가 된 엄마의 눈썹은 오래전부터 내 안에 존재해 온 바로 그 버튼을 누른다. '엄마한테 당장 대답하지 않으면 어떻게 되는지 알지!'라고 쓰인 빨간 버튼이다. 순간, 나도 모르게 입술 사이로 말이 흘러 나간다.

"성은 조야."

이럴 수가! 내가 방금 엄마에게 술루(배우 존 조가 연기한 〈스타트랙〉의 캐릭터로 극 중 최초의 게이 캐릭터이기도 하다―옮긴이)와 프롬에 가겠다고 말한 것인가? 얼굴이 얼얼해진다. 엄마가 곧 거짓말인 것을 알아채겠지? 하지만 엄마는 밝아진 표정으로 그의 이름을 내 이름 옆에 적는다. 아무 의심도 없는 것이 분명하다. 엄마는 기쁜 얼굴로 이렇게 묻는다.

"존 조랑은 어떻게 아는 사이야?"

얼굴이 더 붉어지고 있지만, 침착해야 한다.

"모의 유엔. 모의 유엔 회의 하다가 만났어. 존이 호주 대표를 했거든."

"오!"

엄마는 손부채질 시늉을 한다.

"저 남쪽 사람이구나?"

엄마는 어색한 호주 억양과 기대에 찬 눈빛으로 내게 뭔가를 말하려는 듯하다. 하지만 그 모습을 보며 내가 생각한 것은 하나뿐이다. 엄마에게 에마에 대해 조금씩 알리려고 한 내 계획이 순식간에 3주 정도 후퇴했다는 사실이다.

엄마는 왜 하필 이런 순간 학교에 나타나야 했을까? 다른 엄마들처럼 궁금한 게 있으면 전화로 해결하면 안 되나?

난 브리아나에게서 입장권을 건네받고, 더 활짝 미소를 짓는다.

"그런 셈이지."

"어쩜! 빨리 만나고 싶다!"

우승자 전당에 있는 사람들 모두 나를 바라보고 있을까? 아마도 그렇겠지. 갑자기 눈부신 스포트라이트가 나를 비춰 대사를 깡그리

잊어버린 것 같은 기분이다. 난 지갑에 입장권을 밀어 넣고, 고개를 끄덕인다.

"굉장한 순간이 될 거야."

"당연하지."

말을 마친 엄마가 클립보드를 마일로에게 돌려주기 위해 팔을 뻗는다. 그런데 순간 엄마의 표정에 변화가 생긴다. 이마 주름에 어두운 기운이 어리고 있다. 엄마는 참가자 명단을 다시 와락 움켜쥐더니, 내 이름 바로 위 이름들을 소리 내어 읽는다.

"에마 놀런과 애나 켄드릭슨?"

'제발, 제발, 지금 당장 바닥이 양쪽으로 갈라져 나를 삼켜버렸으면!'

난 엄마 손에서 클립보드를 빼내 마일로에게 내민다.

"맞아, 둘이 간다더라."

"여자애 둘이서?"

엄마가 턱을 높이 치켜든다.

"규칙이 명확하잖니. 데이트 상대가 없으면 프롬에 갈 수 없어. 프롬에 가려는 사람은 많고 입장권은 부족하니까. 커플들만 갈 수 있다고!"

"아, 얘네 커플 맞아요."

브리아나가 도움이랍시고 말을 거든다. 그 애의 목소리에 악의라고는 눈곱만큼도 없다.

"에마 놀런은 동성애자거든요."

순간 엄마 주변에서 얼음 깨지는 소리가 들린다.

"뭐라고?"

마일로는 외양간에서 연기를 너무 많이 들이마신 모양이다. 엄마가 불 뿜는 용이 되려 하는데 전혀 눈치를 못 채고 있다. 그는 그저 이해를 돕겠다는 생각뿐인 듯하다.

"맞아요, 얘 1학년 때 커밍아웃 했어요."

엄마는 태평한 그의 말투에 대해 한마디 하고 싶은 것을 겨우 참고 있다.

"그렇구나. 정말 잘된 일이네."

엄마는 참가자 명단을 한 장씩 넘기며 날카로운 눈으로 이름을 훑어본다. 그리고 검사가 끝나자 마일로와 브리아나를 향해 말한다.

"오늘 입장권 판매는 이걸로 끝이다. 비켜다오."

두 사람은 당황스러워 보이지만, 엄마와 이런 실랑이가 처음은 아니기에 입을 꼭 다문 채 현금 상자를 잠그고 자리를 뜬다.

심연의 소용돌이가 나를 둘러싼다. 소용돌이는 점점 더 크고 깊어지고, 어둠은 사방에서 나를 죄어온다. 난 미소를 짓고 분위기를 밝게 만들어 보려 한다. 이 상황을 바로 잡아야 한다. 진심으로 그러고 싶다.

"엄마, 점심시간이 30분이나 남았는데 입장권 판매를 중단시키면 안 되자."

"안 되긴 뭐가 안 돼? 이미 했는걸."

엄마의 말투가 단호하다. 명단을 다시 바라보는 엄마의 꼭 다문 입술에 역겨움이 배어 있다.

"대체 이 에마라는 애는 무슨 생각으로 이런 거라니? 여긴 엄연히 기준이라는 게 있어. 도덕도 있고."

"그냥 댄스파티잖아. 괜찮아."

순간 엄마가 허리를 꼿꼿이 세우고 나를 노려본다.

"괜찮긴 뭐가 괜찮니, 얼리사? 이건 심각한 문제야! 내가 장담하는데, 학부모회 다른 부모님들도 모두 나와 같은 생각이실 거다."

"왜 괜히 문제를 만들려고 해?"

질문을 하고는 있지만, 난 엄마가 뭐라고 말할지 이미 알고 있다. 지난 3년 동안 이와 비슷한 대화를 수없이 머릿속에서 상상했다. 내가 어떤 말을 꺼내든 상상 속 엄마는 이 문제, 그러니까 동성애를 받아들이지 못했다. 상상 속 일이 막상 실제로 벌어지니, 가슴이 갈기갈기 찢어지는 듯 아프다.

"한 커플뿐이잖아."

"이건 원칙의 문제야!"

엄마는 콧구멍을 벌름거리며 고개를 돌린다. 통제의 끈이 떨어져 나간 것이다. 엄마는 교장실을 가리키며, 혼잣말을 큰 소리로 내뱉는다.

"호킨스 교장 선생님과 얘기를 좀 해야 되겠어."

난 엄마 손을 잡는다.

"엄마, 그러지 마!"

순간 한 줄기 의심이 엄마를 휘감는다.

"얼리사, 너 이 일에 관심이 많구나."

지금이다. 고백하자.

'걔가 내 여자 친구란 말이야!'

그리고 이렇게 말하는 거다.

'엄마, 걔가 내 데이트 상대야. 걘 날 사랑하고 나도 걔를 사랑해. 이건 잘못이 아니야. 오히려 그동안 잘못했던 걸 바로잡는 거지.'

하지만 엄마는 분노와 공포로 점점 부풀어 오른다. 순식간에 3미터까지 자라버린 엄마는 연약한 심장을 보호하기 위해 주위를 둘러싼 단단한 돌이 되어 무서운 눈으로 나를 내려다본다.

난 정말 겁쟁이다. 머릿속으로 생각한 말들은 한마디도 하지 못하고, 이렇게 말해버린다.

"관심 없는데."

엄마는 내 속을 꿰뚫어 보는 것 같다. 고개를 살짝 기울이고 내 얼굴을 샅샅이 살핀다. 정신없이 깜빡이는 점멸등이 꺼지고, 모든 것이 밝은 빛 아래 드러나는 순간이다. 하지만 다시 어둠이 몰려오고, 엄마는 내 뺨을 어루만진다.

"그럼 그렇지. 이 문제는 내가 해결하마."

엄마는 곧장 교장실을 향해 걸어간다. 그 모습을 보며 아무 말 하지 못하는 나는 정말 세상에서 제일 나쁜 사람이다.

무기를
들어라

그린 부인 덕분에 학교는 온통 '에마 사건'
으로 떠들썩하다.

그린 부인은 당연히 교장 선생님께 이야기를 했다. 그리고 무슨 말
을 들었는지 모르겠지만, 학부모회 긴급회의를 소집했다.

교육기관 역사상 학부모회에서 긴급회의를 소집한 적은 단 한 번
도 없다. 뭐 때문에 긴급회의가 필요하겠는가? 공동체 주간(주제를
정하고 모든 학생이 그에 맞는 복장을 입고 등교하는 주—옮긴이)에 쓸
주름종이가 부족하니 분노한 신의 주먹처럼 월마트를 박살내고 즉시
이 문제를 바로잡기 위해서?

그들이 내 존재를 바로잡으려고 하는 것만큼은 분명해 보인다.

내가 희생제물을 자처한 다음 날, 다시 말해서 내가 한 유명인과
나를 위해 프롬 입장권 두 장을 구입한 바로 다음 날, 학부모회는 전

체 학생과 학부모에게 이메일을 보냈다. 참고로 난 그 유명인이 혹시 올지 모른다는 헛된 희망을 품고 인터넷에서 그 사람을 프롬에 초대하는 바보짓은 절대 하지 않았다. 절대! 어쨌든 학부모회가 보낸 이메일 내용은 다음과 같다.

제임스 매디슨 가족들께

모두 아시다시피 학부모회와 미국의 미래 옥수수 지킴이는 우리 학교를 위해 매년 프롬을 주최합니다. 학생들은 1년 내내 프롬을 기다리고, 특히 3학년에게 이 행사는 학교생활을 마무리하는 하이라이트가 됩니다. 이러한 프롬에 참석하는 것은 권리가 아니라 특권임을 잊지 마시기 바랍니다. 최근 프롬에 대해 제기된 몇 가지 질문과 관련하여, 학생들이 반드시 갖춰야 할 요건을 명확히 밝히고자 합니다.

평균평점은 2.5 이상이어야 합니다.(1)

남성은 정장을 입고 넥타이를 착용해야 합니다.

여성은 단정한 이브닝드레스를 입어야 합니다. 길이가 무릎 위인 드레스, 어깨끈 없는 드레스, 배가 드러나거나 스커트 부분의 긴 틈을 통해 무릎 위 신체 부위가 노출되는 드레스, 시스루 소재나 투명 소재로 된 드레스 혹은 이 둘처럼 보이게 디자인된 드레스, 특이한 소재(예:청

테이프)로 만들어진 드레스를 금하고, 인솔자가 보기에 성적 자극을 주기 위한 드레스라고 판단되는 것도 금지합니다.(2)

입장권은 남녀 커플에게만 판매됩니다.(3) 공간적 제한으로 인해, 1인 혹은 동성 친구 2인에게는 입장권을 판매하지 않습니다. 이성 데이트 상대와 함께 정당한 권리를 획득한 모든 이들에게 입장권을 살 수 있는 기회가 주어지기를 희망합니다.

프롬 입장권은 제한되어 있고, 프롬은 우리 제임스 매디슨 학생들을 위한 보상의 의미를 가지므로, 자격을 갖춘 제임스 매디슨 재학생(4)만 프롬 입장을 허가합니다. 우리 학교에 등록된 학생이 아닌 데이트 상대는 입장 불가합니다.

읽어주셔서 감사합니다. 올해에도 성대한 프롬이 치러지길 기대합니다.

학부모회 드림

골든위블스 파이팅!

이런 메일이다, 와! 난 내 유튜브 채널에서 메일 내용을 조목조목 비판했다. (1) 평균 평점부터 시작해 보자.

평점 기준이 왜 이렇게 낮은지 아는가? 이렇게 해주지 않으면, 농구팀 선수의 절반은 프롬에 가지 못할 것이기 때문이다. 그런 일은 당연히 일어나선 안 된다. 그건 이곳 주민들에게 세상의 종말이나 다름없다. 선생님들도 선수에겐 평균 이하 점수를 줄 수 없다는 말을 들은 적도 있다. 운 좋은 녀석들 같으니!

(2)로 가보자. 이건 가부장제와 젠더이분법을 충실히 따르겠다는 뜻이다. 남자들은 낡은 재킷에 넥타이만 매면 되지만, 쉬이, 물렀거라! 무릎이 드러난 드레스를 입은 여자 귀신은 경계의 대상이다. 이게 있을 수 있는 일인가? 하지만 실제 벌어지고 있다. 이것이 바로 '세련되고, 격식을 갖춘' 일반적 복장 규정이란다. 태어날 때 생물학적으로 남성을 부여받은 사람은 아무 거나 걸치고 오면 된다. 생물학적 여성을 부여받고 태어난 사람은 단정하고 품위 있는 옷차림에 대한 끝없는 리스트가 있으니, 기대하시라. 다른 성은? 아예 존재하지 않는다.

(3)과 (4)는 정말 최고이지 않은가? 이번에 처음 만든 규칙들인데, 충격적일 정도로 고상하다. 우리 학교 학부모회의 편견쟁이들이 자랑스러울 정도다. 동성애자 출입금지라고 대놓고 말하지 않고, 자신들의 속내를 두 번씩이나 감추고 있다. 마치 자기들이 나쁜 짓을 하고 있다는 걸 알고 있는 것처럼 말이다. 나는 결코 나쁜 사람이 아니라는 내재된 마음속 외침의 승리다. 골든위블스 학부모회, 아주 대단하다! 그들에게 박수갈채를 보내고 싶지만, 난 그럴 수가 없다. 그들이 뿌린 악마의 씨앗들로부터 나 자신을 보호하느라 정신이 없기 때문이다.

학교 말이다. 애들은 1학년 때부터 날 괴롭혔고, 2학년 때도 상황은 변하지 않았다. 최근 들어서야 이런 일상적인 공격에 상처받지 않을 수 있었는데….

학부모회 이메일이 퍼지고, 나의 패배에 대한 댓글이 온라인에 수두룩하게 올라오면서 이것도 끝이 났다. 내 유튜브 채널에는 당연히 내 편을 드는 댓글들이 대부분이었다. 그런 곳에 나를 공격하는 글들이 달리는 이 상황을 어떻게 상처 없이 견디란 말인가!

할머니의 참전도 일을 키우는 데 한몫했다. 할머니는 내가 누구와 프롬에 참석하든 내 자유이고, 이를 방해하는 사람이 있다면 미국시민자유연합(뭐 하는 곳인지는 나도 모르겠다)에 당장 알리겠다고 했다.

사실 할머니는 내 의견을 먼저 물었다. 할머니는 내가 원할 때에만 팔을 걷어붙이는 편이기 때문이다. 애들한테 기분 나쁜 일을 당할 때마다 교장실을 찾아가 봤자 상황이 악화될 뿐이니 제발 그러지 마시라고 내가 신신당부한 뒤로는 늘 그랬다. 하지만 할머니는 내 부모님에게 불호령을 내리고 그게 통하지 않자 쥐젖을 떼어내듯 그들과 연을 끊은 분이다. 그리고 우는 나를 두 팔로 감싸 안고, 필요할 때면 언제든 곁에 있어주겠다고 약속했다.

학부모회 이메일 사건 후에도 할머니는 두 손으로 내 얼굴을 잡고 내 눈을 똑바로 바라보았다.

"네가 정말 원하는 거 맞니? 많이 힘들 텐데."

잠시 망설였지만 결론은 하나였다. 내 유튜브 구독자들은 내 편이고, 그 사실은 언제나 내게 힘이 된다. 게다가 내가 원하는 걸 한다고 누군가에게 피해를 주는 것도 아니다. 커밍아웃 이후 난 모든 학대를 참고 견뎌야 했다. 이제 지겹다. 난 내 여자 친구와 함께 프롬에서 내 학창시절에 작별을 고할 것이다. 모두가 그러듯 말이다.

난 눈물이 맺히고 목이 멨지만 할머니께 말씀드렸다.

"할머니, 난 그냥 개랑 춤추고 싶어요."

할머니는 고개를 크게 끄덕였다.

"그래, 그럼 해야지."

그리고 지난 월요일, 행진하는 병사처럼 씩씩하게 학교에 들어선 할머니는 나를 방문객 사무실로 데리고 가, 교장 선생님과의 면담을 요청했다. 교장 선생님이 시간 날 때까지 앞에서 기다리겠다면서 말이다. 할머니는 원하는 것을 얻는 방법을 아는 분이다.

먼저 밝혀두고 싶은 것이 있다. 호킨스 교장 선생님은 정말 좋은 분이다. 선생님은 우선 할머니 이야기를 들었다. 할머니의 하얀 손을 선생님의 갈색 손으로 감싸 잡고, 할머니의 말씀 한마디 한마디를 단 한 번도 끊지 않고 듣기만 했다.

할머니의 이야기가 끝나자 마침내 선생님이 나를 향해 말했다.

"프롬은 학교 주관 행사가 아니란다. 학교 예산이 쓰이지 않고, 우리가 계획하지도 않지. 학교는 그저 위원회가 이곳에서 무료로 행사를 주최하도록 허가할 뿐이야."

"하지만 돈은 학교 클럽이 가져가잖아요. 학부모회가 행사를 주최하고요."

내가 말했다.

"회의에서 그 부분을 반드시 지적하마. 이 문제에 대해서는 내 권

한이 매우 제한적이라는 점을 이해해다오. 상황이 악화되면, 난 할 수 있는 모든 일을 할 거란다. 하지만 이 일을 나 혼자 막을 수는 없다는 걸 알아줬으면 한다."

학교 프롬인데 이 학교의 교장이 규칙을 만들 수 없다는 건 부당하게 느껴졌다. 하지만 그게 현실이었다. 솔직히 난 내가 울 줄 알았지만, 그저 멍할 뿐이었다. 할머니가 손을 뻗어 등을 쓰다듬는데, 마치 유령 손길 같았다.

호킨스 교장 선생님은 잠시 기다렸다가 다시 말했다.

"프롬에 널 입장시키지 않으면, 다른 장소를 찾아야 할 거라고 경고해 보마. 그걸로 효과가 있기를 바라보자. 공장 문을 닫은 후로는 다들 형편이 넉넉하지 않으니 말이다."

"알겠어요."

"오히려 상황이 더 나빠질 가능성도 있단다. 가볍게 생각할 일이 아니야, 에마. 내가 일을 진행시켜도 괜찮겠니?"

괜찮을까? 당연히. 나는 몸속에서 아드레날린이 솟구치는 기분이 들었지만 웬일인지 '네'라는 간단한 대답조차 할 수 없었다. 난 대답 대신 고개를 끄덕였다. 계약이 성사된 것이다. 교장 선생님은 학부모회에 이야기하겠다고 했고, 그 약속을 지켰다.

어떻게 아느냐고? 학부모회에서 또 다른 이메일을 보내는 대신 소문을 퍼뜨렸기 때문이다. 소문은 까만 밤하늘을 배경으로 번쩍이는 불꽃처럼 확실하게 퍼져나갔다. 에마 놀런이 계속 프롬을 망치려 들면, 올해에는 프롬 자체를 취소할 수도 있다는 내용이었다. 학부모회는 학교 외의 다른 장소를 대여할 여력이 없다. 이렇게 된 건 모두 내 탓이다.

알다시피 에지워터에는 재미있는 일이 많지 않다. 지금쯤이면 모두 눈치 챘으리라 믿는다. 가끔 부흥회가 오기도 하는데, 사람들이 쓰러지고 방언을 말하는 등 구경거리가 꽤 있다.

농축산물 품평회가 열리면, 상품으로 나온 송아지와 누비이불을 두고 마을 사람 모두가 경쟁을 벌인다.

토요일 밤 월마트 주차장에 수많은 차들이 몰려드는 경이와 영광의 순간도 빼놓을 수 없다. (극장이 하나 있긴 하지만, 영화를 한 편씩만 상영하는 데다 엄청 옛날 영화만 보여준다.)

친구들, 골든위블스 농구 경기, 그리고 프롬. 이것들이 바로 몇 안 되는 사교 행사의 하이라이트다. 그런데 그중 하나가 취소될 위기에 놓였고, 사람들은 그게 나 때문이라고 생각하는 것이다.

1학년 때 같은 괴롭힘이 다시 시작된 것은 당연한 결과다. 차이가 있다면 이번엔 그 목적이 분명하다는 점이다. 여러 명이 구호 외치듯 그 단어를 말하는 것은 짜증나지만 무시할 수 있다. 그보다 더 심한 말도 많으니 말이다. 하지만 "레즈, 레즈, 레즈"라는 말은 예술적인 면에서 볼 때 심히 불쾌하다.

창의성이 전혀 없기 때문이다. 스스로 생각하지 못하는 사람들을 위해 인터넷이라는 세상이 존재한다. 그곳에 가면 오만 가지 신랄한 욕들을 찾을 수 있다. 그런데 이 얼간이들은 나 같은 사람을 사전적 정의로 하는 그 단어를 골라, 속 좁은 개구리 합창단처럼 개굴개굴

불러대고 있다.

아, 인디애나 남부에 모세가 나타난 것을 아는가? 바로 나다. 내가 어딜 가든 사람들이 양쪽으로 갈라져 길을 터준다. 우승자 전당, 영어 수업, 카페테리아, 어디서든 말이다. 내가 동성애자라는 사실을 신경 쓰지 않던 아이들이 갑자기 다시 몸을 움츠리기 시작했다. 유치원 때 이후 가동하지 않던 내 몸속 세균 생산 공장이 다시 돌아가기 시작하나 보다.

오늘 아침에는 잠시 잊고 지냈던 교훈을 상기시키는 사건이 있었다. 사물함에는 절대 중요한 것을 보관하면 안 된다는 교훈이다. 1학년 때 애들이 카페테리아에서 냄새가 강한 샐러드드레싱을 가져와 내 사물함 통풍구로 짜 넣었는데, 그 일로 내가 제일 좋아하는 재킷이 망가졌다. 아직도 난 단내가 섞인 식초 냄새가 나면 나도 모르게 긴장한다.

2학년이 되어 이런 일이 줄어들면서 난 다시 사물함을 쓰기 시작했는데, 그래도 중요한 물건은 넣지 않았다. 그런데 또 그 일이 벌어진 것이다.

오늘 제임스 매디슨 고등학교의 똘똘이 몇몇이 통풍구로 로션 짜 넣는 법을 찾아냈다. 점심 식사 후 내가 사물함을 열었을 때에는 모든 것이 걸쭉하고 반짝이는 하얀 로션에 덮여 있었다. 역사 교과서도 참사를 피하지 못했으니, 특히 남북전쟁의 원인 부분은 다시 볼 수 없게 돼버렸다.

난 엉망이 된 책을 들고 방문객 사무실로 향했다. 새 책을 받기 위해서였다. 사무실 직원(지난번에 할머니가 교장 선생님을 만나기 위해 윽박질렀던 그 사람이다)은 새 책을 받으려면 돈을 내야 한다고 했다. 직원은 책이 왜 그 모양이 되었는지, 누가 그런 짓을 했는지 전혀 궁금해하지 않았다. 내 책이니 내 책임이란 뜻이겠지. 80달러만 내면 서로 볼 일 없는 거다.

할머니는 지갑에서 그만한 돈을 척 꺼내줄 형편이 되지 않는다. 페이트리언(창작자가 일시적 혹은 정기적 후원금을 받고 그에 따른 혜택을 제공하는 크라우드펀딩형 창작자 후원 사이트—옮긴이) 후원금을 빼 쓰는 수밖에 없겠구나. 올해 새 기타를 사기는 그른 듯하다.

이런 일이 생기면 보통 난 여자 친구에게 의지해 마음을 추스른다. 하지만 학교 밖에서 얼리사를 본 지 거의 2주가 다 됐다.

그의 엄마가 잔뜩 성난 마을 사람들 무리를 이끌기 시작한 이후, 그는 거의 감금 상태에 놓이게 되었다. 우린 밤에 문자를 주고받는다. 숙제하는 도중 짬을 내 재빨리 스냅챗을 보낸다. 자동파괴 기능이 있어 증거가 남지 않기 때문이다. 그가 왜 이렇게 자신을 감추는지 나도 안다. 드러나지 않은 덕분에 그가 안전한 것이 기쁘기도 하다. 대부분은 그렇다.

난 그저 모두의 시선을 혼자 감당해야 하는 상황이 싫을 뿐이다.

호킨스 교장 선생님은 뒤에서 할 수 있는 것은 뭐든 하겠다고 하신다. 얼리사는 비밀 장막 뒤에 숨어서 마음 아파한다. 하지만 난 사람들 앞에 그대로 드러나 있다. 덩그러니 혼자 말이다.

난 꾸역꾸역 학교에 가고 모든 수업에 들어간다. 매일 발걸음은 점점 무거워지지만, 3시 정각이 되고 종이 울리는 순간 난 자리에서 벌떡 일어나 교실을 뛰쳐나온다.

3학년은 수업이 끝나면 제일 먼저 나올 수 있다. 덕분에 총 20분의 이동 시간이 확보된다. 그래야 차를 가져온 사람들이 버스가 움직이기 전에 먼저 주차장에서 빠져나갈 수 있기 때문이다. 가족이 차를 가져와 태워 가는 경우에는 학교 정문에 차를 대고 기다리는데, 이번 주에는 할머니가 나를 데리러 오신다. 적들로 가득한데 탈출구도 없는 새 버스보다는 40년 된 할머니 차가 차라리 안전하기 때문이다.

오늘은 평소와 다른 점이 있다. 비가 와서 건물 안에서 차를 기다려야 한다. 난 양팔로 몸을 감싸 안고, 할머니의 파란색 폭스바겐 비틀을 찾아 정문을 바라본다. 내 주변에서는 어김없이 모세의 기적이 일어나고 있다. 혼자가 되었지만 안전하긴 할 거다. 그런데 뒤에서 소리가 들린다. 뭔가 시끄럽게 바스락거리는 소리다.

난 안경을 밀어 올리며 고개를 돌린다.

순간 모두가 내 시선을 피하며 고개를 돌린다. 모두 내가 아는 아이들이다. 심지어 엄청 잘나가는 애들도 아니다. 그저 중간쯤 되는 보통의 애들이다. 하지만 저들은 자신이 이성애자라는 이유만으로 나보다 우월하다고 생각한다.

그들은 턱이 떨어져 나갈 것처럼 열심히 이야기를 나누고 있다. 분명 부자연스러워 보이지만, 딱히 수상쩍은 행동을 하지는 않는다. 난 최대한 어두운 표정을 지어 경고 사인을 보내고 싶지만, 오히려 애처로워 보일까 걱정이 된다.

난 다시 정문을 향해 고개를 돌린다. 금속 문틀에 몸을 기대자, 안경알이 입김에 뿌예진다. 문자를 보내도 소용없다. 할머니는 운전할 때 휴대폰을 글러브박스에 넣어두기 때문이다. 텔레파시를 보내보자.

'할머니, 빨리요, 제발 빨리 오세요.'

그 순간 일이 벌어진다.

뭔가 딱딱한 것이 내 뒤통수를 때리고 바닥에 떨어진 것이다. 난 반사적으로 손을 뻗어 보지만, 상처는 없다. 피도 보이지 않는다. 아마 멍도 들지 않았을 것이다. 잠시 후 난 내 머리를 때린 물체를 발견한다. 바닥에서 흔들거리던 그 물체는 점점 속도를 잃어가고 있다.

25센트짜리 동전이다.

동전이 너무 많아서 1센트, 5센트, 10센트 다 건너뛰고 바로 25센트 동전을 던진 건가? 난 다시 한 번 주변 사람들을 둘러본다. 그들은 이번에도 하나같이 다른 방향으로 고개를 길게 빼고 내 눈을 피하지만, 웃음까지 감추지는 못한다. 참으려 애쓰지만 낮은 낄낄 소리가 여기저기에서 새어 나오고 있다.

속에서 끈적이는 초록 덩어리가 쏟아져 나올 것만 같지만, 난 허리를 숙여 동전을 집어 든다. 그리고 모두 보란 듯 팔을 흔들고 동전을 주머니에 밀어 넣는다.

"고맙다. 돈 생겼으니 너희 엄마한테 데이트 하러 가자고 해야겠네."

난 곧장 문을 박차고 나와, 빗속으로 들어간다.

6장

위장 전략

셸비 키누넨이 문을 잡아준다. 난 판지가 가득 든 커다란 상자를 안고 뒷걸음으로 체육관에 들어간다.

판지는 재생 종이로 만든 것이다. 학생위원회가 올해 카페테리아에서 재활용 프로그램을 시작한 덕분이다. 핫도그 냄새가 나긴 하지만 공짜인 데다가 양도 엄청나다. 난 상자를 살짝 들어 올리며 셸비를 바라본다.

"이거면 별은 원 없이 많이 만들 수 있겠다."

"왜 이런 쓸데없는 짓을 하는지 모르겠어."

셸비가 문을 놓고 몸을 빙글 돌려, 나를 따라 체육관 안으로 들어온다. 눈길 닿는 곳마다 작업에 몰두 중인 사람들이 보인다. 교내 모든 클럽 회장과 부회장들이 프롬 장식을 돕기 위해 체육관에 모였다. 이건 전통이다. 이래야 정말 우리들의 프롬이 되기 때문이다.

"근사하게 꾸미면 좋잖아. 특별한 날이 될 테니까."

내 대답에도 셸비는 그저 천천히 어깨를 들었다 내릴 뿐이다. 셸비는 치어리더 대표로 이 자리에 와 있지만, 난 친구라는 느낌이 앞선다. 여기 모인 모두가 마찬가지다. 여긴 큰 학교도 아니고 대도시도 아니다. 우린 비슷한 점이 많은 사람들이다.

내가 판지 상자를 바닥에 내리려 하자, 셸비가 몸을 기울여 힘을 보태며 나에게 조용히 속삭인다.

"프롬 취소될 거래."

가슴에 얼음장같이 차가운 공포가 내려앉는다. 나 역시 그런 말을 들었다. 엄마한테서 말이다. 물론 나에게 직접 한 말은 아니지만, 요즘 들어 통화하는 엄마의 목소리가 종종 높아진다. 엄마는 금세 소리를 낮춰 소곤거리지만, 난 엄마가 다른 부모님들을 설득해 힘을 모으는 것을 알고 있다. 그들은 프롬에 대한 새로운 규칙을 함께 만들어 냈고, 메일을 발송하던 날 함께 기뻐했다.

하지만 웬일인지 그들은 에마의 할머니가 준비한 반격을 전혀 예상하지 못했다. 사실 난 엄마한테 미리 알려줄 수도 있었다. 3년 전부터 엄마 몰래 에마와 에마의 할머니랑 함께 저녁을 먹었기 때문이다. 할머니는 뭔가 하기로 결심하면 제대로 끝장을 보는 스타일이다. 집을 자주색 페인트로 칠한 것도 할머니 의지였다. 농담이 아니라 진짜다. 포도맛 사탕 색깔로 집 전체를 칠하고, 노란색이 도는 녹색으로 테두리를 둘렀다.

그러니 엄마가 잠깐이라도 그런 점에 대해 생각을 했다면, 미국시민자유연합을 끌어들이겠다는 말이 단순한 협박이 아니라는 사실을 깨달았을 것이다. 물론 겁먹으라고 한 말이 맞긴 하다. 호킨스 교장 선생님까지 할머니 의견에 동조하자 엄마는 더 화가 났다. 약이 오른 정도에서 순식간에 투우장의 빨간 깃발, 야구 배트로 힘껏 친 벌집 상태가 돼버린 것이다.

그 뒤로 엄마는 프롬 취소 의견을 묻기 시작했는데, 그렇게 된 데에는 내 잘못이 크다.

난 엄마가 만든 규칙 때문에 존 조와 프롬에 갈 수 없게 됐다고 말했다. 우리 학교 학생이 아니면 데이트 상대가 될 수 없기 때문이다. (존 조가 유명인이고, 성인이고, 나라는 사람의 존재를 전혀 모르고 있다는 사실은 일단 제쳐두자.) 난 엄마가 만든 규칙으로는 절대 완벽한 프롬을 열 수 없다는 점을 지적하고 싶었다.

"아이 참, 얼리사, 넌 그런 거 지킬 필요 없어."

엄마가 손사래를 치며 말했다.

"아니지!"

대답과 함께 나는 발로 바닥을 쿵 내리찍었다. 동시에 쓸데없이 우스꽝스러운 짓을 했다는 생각이 들었다.

"규칙은 규칙이야. 다른 사람이 지키는 거면 나도 당연히 지켜야 해."

엄마는 아무 말 없이 뒤로 물러섰다. 바로 그때부터 비밀스러운 통화들이 시작되었다. 하루 종일 전화가 오고 정신없이 메시지가 쏟아졌다. 엄마의 손가락은 휴대폰 위를 날아다녔고, 문자 알림음은 오락실 기계음처럼 소란스럽게 울렸다. 엄마는 학부모회 사람들과 우리 교회 학생 부모님들 모두에게 연락을 했다. 부모님들은 당연히 아이들에게 말했고, 그렇게 소문이 시작되었다.

내가 이런 상황을 견딜 수 있는 유일한 이유는 프롬 취소에 관한 모두가 복잡한 감정을 느낀다는 점이다. 그들은 대체로 '3학년은 한 번뿐인데, 한 사람이 규칙을 어긴다고 모두 같이 벌을 받는 것은 부당하다'고 생각한다. 이번만큼은 이런 혼란스러운 마음 덕을 볼 수 있을 듯하다.

그래서 난 편한 마음으로 셸비에게 이렇게 말한다.

"그런 일 없을 거야. 프롬은 모두를 위한 행사인데, 모두가 프롬이 열리기를 기대하고 있잖아."

셸비는 검은 곱슬머리를 느슨하게 땋아 내리며, 다시 한 번 어깨를 으쓱한다.

"나도 알지. 너도 알고. 걔는 왜 그걸 모를까? 그냥 그날 하루만 다리 털 밀지 않고 집에 좀 있으면 어디 덧나느냐고?"

가슴속에서 불꽃이 타오른다. 셸비는 에마를 모른다. 전혀, 아무것도 모르고 있다. 에마 놀런에게는 놀라운 장점이 수없이 많다. 그런 사람이 에지워터에 있다는 걸 우린 고맙게 생각해야 한다. 그는 마음이 참 넓다. 자기 마음을 스스로 보호해야 할 때만 아니라면 말이다.

예를 들어, 에마는 다람쥐들에게 먹이를 챙겨준다. 사람들이 마당에서 쫓아내기만 하니 불쌍하다는 것이다. 또 누구든 에마의 관심을 받으면 가슴이 저리는 느낌을 받게 된다. 그만큼 자신을 이해해 준 사람은 처음일 것이기 때문이다.

그런데 이 속 좁은 시시한 인간들이 아무 이유도 없이 자꾸만 그런 그에게 침을 뱉는다. 목사님 말씀 혹은 부모님 말씀을 무작정 따르는 것이다. 단 한 번도 스스로 생각해 보거나 신경 써보지 않고, 스스로 결정하지도 않는다. 이런 말들을 내 입으로 할 수 있으면 좋으련만! 하지만 광이 나는 나무 바닥에 앉아 가위를 향해 팔을 뻗으며 내가 실제로 하는 말은 고작 이렇다.

"그건 너무 못됐다."

"농담이야."

셸비가 곧바로 대답하지만, 그건 절대 농담이 아니었다.

"너무 속상해서 그래, 얼리사! 닉이 케일리한테 프롬 프러포즈한 다음 날 케빈도 나한테 프러포즈하기로 했거든. 그런데 입장권 판매가 중단됐잖아. 그러니까 얘가… 어떻게 될지 좀 두고 보겠다는 거야. 왜 아무 죄 없는 내가 이런 벌을 받아야 되냐고!"

내 평생 참 다행스럽다 싶은 점이 한 가지 있다. 난 아무리 화가 나도 얼굴이 붉어지지 않는다. 귀 끄트머리가 좀 발개지긴 한다. 가슴도 달아오른다. 하지만 겉으로 봐서는 전혀 알 수 없다. 목소리에도 분노의 기운은 묻어나지 않는다. 덕분에 난 뭐가 뭔지 모르는 멍청이들에게 옳은 소리를 해야 할 때에도 꽤 설득력 있게 다가갈 수 있다.

"그건 걔도 마찬가지야."

셸비가 동작을 멈춘다. 그 애가 종이 접시에 쏟고 있던 풀이 여전히 한 방울씩 떨어진다.

"그게 무슨 말이야?"

난 침착하게, 조금 전에 했던 말을 반복한다.

"프롬은 모두를 위한 행사잖아. 에마를 위한 것이기도 하지."

셸비는 역겨운 표정을 지으며 풀 통을 바닥에 내려놓고, 부서진 판지 조각으로 종이 접시에 쏟아놓은 풀을 젓기 시작한다. 내가 핫도그 냄새를 풍기는 상자를 잘라 별을 만들면, 우린 그 위에 풀을 묻혀 반짝이가 담긴 쟁반에 넣을 것이다. 우리가 이 대화를 잘 마무리하고 다시 일을 시작할 수 있다면 말이다.

"하지만 규칙을 지켜야 하잖아."

"학부모회가 갑자기 만들어 낸 규칙?"

"아니야. 그런 규칙은 늘 있었어. 불문율 같은 거라고."

난 한숨을 쉬고 셸비를 똑바로 바라본다.

"에마가 명단에 이름 쓰기 전에는 걔가 프롬에 가든 말든 신경이나 썼어?"

아하, 역시! 뭔가 깨닫고 있는 듯 셸비의 눈이 빠르게 깜빡인다. 당연히 신경 쓰지 않았겠지! 에마가 이름을 쓰기 전 셸비와 케일리의 관심은 오직 프롬 프러포즈와 프롬 그 자체였다. 하지만 셸비는 그 사실을 인정하는 대신, 나를 보며 이렇게 대응한다.

"그러고 보니, 너 그날 이후로 엄청 신경 쓰는 것 같다."

위험하다! 경고등이 들어왔다! 가슴이 확 달아오르더니, 아랫배까지 열기가 퍼진다. 그동안 날 주시했던 것일까? 그다지 관찰력 있는 아이는 아니었는데, 연기였나? 셸비의 두 눈이 나를 꿰뚫어 보는 것만 같다. 내가 에마만을 위해 이런 말을 하는 게 아니라는 걸 눈치 챌까? 나 또한 그와의 하룻밤을 원한다는 사실을 들키는 건가?

그런 소문이 나게 할 순 없다. 지금은 안 된다. 엄마가 적절한 때에 적절한 방식으로 나에 대해 알도록 해야 한다. 난 떨리는 손으로 가위를 내려놓는다.

"난 학생회장이잖아. 전체 학생을 위해 일해야지, 인기 있는 애들만 챙기면 되겠니?"

순간 어디에선가 불쑥 나타난 셸비의 남자 친구 케빈 맥칼라가 무릎을 바닥에 대고 판지 사이로 미끄러져 들어온다. 그는 낙엽 더미 위에 쓰러지듯 등을 바닥에 대고 털썩 눕는다.

이런 게 매력적이라고 믿는 눈치다. 셸비를 향해 느끼한 미소를 던지는 그의 얼굴을 보면 알 수 있다. 그는 셸비의 무릎을 거의 베다시피 그 애와 엉겨 있다. 이런 것도 불문율 위반 아닌가? 그럼에도 둘은 버젓이 그러고 있다.

"뭐가 이렇게 심각해?"

"에마 얘기하고 있었어."

셸비가 대답한다.

"아, 그 호모 커플?"

더 이상 참을 수가 없다. 내가 케빈의 머리 바로 옆 판지를 손으로 찰싹 내리치자 반짝이 부스러기들이 벼룩처럼 공중에 튀어 오른다.

"교내 괴롭힘에 대해서는 교칙이 엄격한 거 알지?"

케빈이 당황한 듯 웃음을 터뜨린다.

프롬

"걔 앞에서 한 말도 아니잖아."

"그건 중요하지 않아."

셸비가 다시 나를 가만히 바라본다.

"봐, 또 이러잖아. 너 이 문제만 나오면 영락없이 LGBT(레즈비언, 게이, 양성애자, 트랜스젠더의 앞 글자를 딴 것으로 성소수자를 의미한다 —옮긴이)처럼 굴더라. 뭐 하고 싶은 말이라도 있는 거야?"

"내가 하고 싶은 말? 알려줄까?"

난 숨을 깊이 들이마신다. 그리고 삐져나올 것 같은 모든 말들을 꿀꺽 삼켜버린다. 우스운 얘기지만, 〈겨울 왕국〉의 엘사가 된 기분이다. 마음을 진정시키기 위해 떠올릴 수 있는 게 애니메이션뿐이라니, 참 서글픈 일이다. 어쨌든 난 지금 이런 감정을 느끼면 안 된다. 사람들에게 표시 내선 안 된다. 케빈과 셸비가 유난히 촉이 좋은 애들은 아니지만, 내가 여기에서 화를 냈다가는….

난 양손을 움직여 가며 설명한다.

"난 프롬에 가고 싶어 하는 사람 모두와 함께 그 밤을 즐기고 싶어. 세상 누구도 그 밤을 방해하지 않으면 좋겠다고. 열두 살 때부터 꿈꿔왔던 순간이란 말이야. 드레스도 이미 준비됐고, 입장권도 샀어. 난 프롬에 꼭 가야 돼. 너희도 마찬가지고. 모두가 같이 가면 좋겠어. 그럼 안 되는 거니?"

셸비와 케빈은 죄책감을 느끼는 것 같진 않지만, 어깨를 으쓱한다.

"그러든가."

셸비가 말한다.

"그러든가. 난 관심 없다."

다음은 케빈이다.

이 엄청난 고백 앞에서 태평한 얼굴로 쌍둥이처럼 "그러든가"를 뇌까리는 걸 보니, 두 사람은 아무것도 모르는 것이 분명하다. 정말 다행이다.

이렇게 감추기만 하는 나 자신이 나도 싫다. 하지만 난 이 사건이 잠잠해지도록 나름 노력하고 있다. 적어도 내가 할 수 있는 것은 다 하고 있다. 프롬 취소에 대한 반대 목소리가 엄마 귀에 많이 들어가면, 학부모회도 결국 이렇게까지 할 필요는 없다는 결정을 내릴 가능성이 커진다. 제임스 매디슨 고등학교의 셸비와 케일리, 케빈과 닉 같은 아이들이 에마를 프롬에 오지 못하게 막는 것보다 자신들이 프롬에 가는 것이 더 중요하다고 생각한다면, 그것은 분명 긍정적인 신호다.

이들은 부모님에게 압력을 넣을 것이다. 호킨스 교장 선생님은 학교 차원에서 힘을 실어주시겠지. 그렇게 이 고비를 넘기면, 한 이틀만 견뎌내면, 엄마와 다른 학부모회 회원들도 두 손 들게 될 것이다. 체면을 구기지 않으면서 뒤로 물러설 방법만 고민하면 된다.

그렇게만 되면, 난 엄마를 자리에 앉혀놓고 마침내 차분히 이야기할 것이다. 엄마 생각을 모조리 바꿀 수는 없지만, 적어도 날 이해시킬 수는 있을 것이다. 난 에마에게 프롬에 함께 가겠다고 약속했고, 그 약속은 진심이었다.

그를 사랑하지만 그의 기대를 저버린 사람은 이미 그의 인생에 많이 있다. 난 그런 사람이 되어선 안 된다. 절대 되지 않을 것이다.

7장

요란한 등장

오늘 하루도 혼자다. 난 머리를 숙이고 몸을 최대한 작게 움츠린 채 과목별로 교실을 옮겨 다닌다.

얼리사는 소문이 잦아드는 중이라고 생각한다. 내가 보기에 그는 역사상 가장 두꺼운 색안경을 쓴 낙관론자다. 그의 입장에서는 상황이 나아진다고 믿는 게 쉬운 일이겠지. 토네이도가 온 거리를 휩쓰는 걸 저 멀리 다른 동네에서 바라보고 있으니 말이다. 난 그 안에 휩쓸려 빙글빙글 도는 소다.

가방이 무거워 등이 아프다. 사물함을 쓸 수가 없어서 책을 다 짊어지고 다니기 때문이다. 최소한 6톤은 될 것 같다. 내 주변의 멍청한 덩치들은 이런 사정을 전혀 모른다.

그래서 내가 사물함이 있는 복도를 따라 걷자, 모든 시선이 나에게 향한다. 이 정도 되면, 스파이더맨처럼 위험을 감지하는 능력이 생겼다고 봐야 한다. 숨어서 나를 지켜보거나 기다리는 사람이 있으면, 난 보지 않고도 알 수 있다.

저번처럼 25센트 동전을 던진다 해도 난 상관없다. 하지만 그새 누군가 그들에게 돈의 가치를 가르쳐 주었나 보다. 이번에는 동전이 아니다. 애들은 오히려 나에게서 조금씩 멀어진다. 난 한 걸음 한 걸음 조심스럽게 움직인다.

"호모."

누군가 중얼거린다.

"레즈."

또 다른 속삭임이 들려온다.

모욕적인 말들은 내 안에 들어와 서로 뒤엉켜 검은 매듭이 되고, 그것은 마음속 깊은 구덩이에 영원히 자리를 잡는다. 난 사람들이 뭐라고 하든 더 이상 신경 쓰지 않는다고 생각했는데, 이제 보니 그렇지 않다. 정말 슬픈 건, 난 더 이상 사람들이 날 좋아해 주길 바라지 않는다는 사실이다. 그저 날 괴롭히지 않길 바랄 뿐이다. 만약 인디애나가 아닌 다른 곳에 살았다면, 난 누구도 기억하지 못하는 투명 인간이 되었을 것이다.

슬쩍 눈을 들어 보니, 우리 머리 위에서 빨간 풍선 두 개가 깐닥거리고 있다. 작전 위치를 알리는 X 표시라는 것은 더 자세히 들여다보지 않아도 알 수 있다. 하지만 대체 어떤 깜짝 쇼를 준비한 것일까?

공동체 주간이 되면 치어리더들은 운동선수들 사물함을 장식해 준다. 표지판, 풍선, 리본, 작은 차양, 가짜 보석, 실크 커튼, 장식용 색

테이프 등을 어디서나 쉽게 볼 수 있다. 치어리더들이 액세서리를 고르는 안목이나 보석을 이어 붙여 글자를 만드는 것을 보면 과학이라고 부를 수 있는 수준에 이르지 않았나 싶다. 살면서 나중에 꽤나 유용하게 활용할 기술들이다.

하지만 현실을 직시하자. 지금 장식이 된 사물함은 하나뿐이고, 이렇게 갑자기 고백하면 놀랄 수도 있지만 난 운동선수도 아니다.

속삭임이 잦아들고, 복도는 으스스할 정도로 고요해진다. 나 같은 사람을 보면 '마녀를 불태워라'라고 끈질기게 요구하던 300년 전 사람들에 비해 발전했다고 해야 할까? 잘 모르겠다. 내가 아는 것은 단 하나다. 사물함에 뭐가 있든 모르는 척해야 한다는 것이다. 저들이 기대했던 반응을 보여서 만족을 주는 일은 절대 하지 않을 것이다.

난 고개를 빳빳이 들었지만 시선은 여전히 아래를 향하고 있다. 아마도 노트르담의 꼽추 같은 모습이겠지. 하지만 어떤가? 그냥 걷자, 에마. 숨을 들이마시고, 한 걸음씩 천천히 걷는 거야. 난 황금빛 모래가 깔린 해변을 떠올리려 애써본다. 호숫가의 칙칙한 베이지색 모래도 좋다. 워터파크에서 얼리사와 손잡는 모습을 생각하자. 그의 손은 작고 부드럽다. 내 곁의 그는 부서질 듯 여리다. 얼리사는 내가 웃으며 고개를 끄덕이길 원하겠지. 하지만 난 못 할 것 같다. 이곳에서 어서 벗어나게 해달라고 온갖 힘 있는 신에게 기도하는 것 외에 난 아무것도 할 수 없다. 내 미래 어딘가에서 난 고속버스 표를 쥐고 있다. 어디로 가는 표인지는 중요치 않다. 그냥 표에만 집중하자. 난 이곳을 벗어나 자유로워질 것이다….

좋아, 이거다. 숨을 쉬자. 난 숨을 쉬고 있다. 듣지도 않고 보지도 않는다. 아예 안 보는 건 아니고, 눈만 살짝 돌려 보자. 하지만 한번 돌아간 시선은 제자리로 돌아오지 않는다.

이번에는 로션도 아니고 샐러드드레싱도 아니다. 관리인이 박박 문질러 닦아야 할 낙서도 아니다. 빨간 풍선 두 개는 무지개색 테디베어 인형이 교수형 당한 자리를 표시하고 있다. 누군가 정성껏 올가미를 만들고, 시간을 들여 그것을 사물함 통풍구에 매달았다. 성소수자 곰돌이를 사형시키기 위해 이런 수고를 한 것이다.

이런 것을 보면서 숨을 쉴 수는 없다. 난 손을 뻗어 사형대에 매달린 곰을 확 뜯어낸다. 내가 하염없이 작고 불안정하게 느껴진다. 난 날카로운 눈으로 주변 아이들을 본다. 그들은 파도처럼 자신을 억누르고 있다. 나와 정면충돌하고 싶지만, 감히 나서지 못하는 것이다. 저들은 겁쟁이다. 모조리 다!

"기발하네."

내가 인형을 흔들어 보이며 말한다.

"고생했다."

케일리가 파도에서 떨어져 나와 나를 향해 다가온다.

"마음에 드니? 너 생각하면서 준비했어."

케일리가 능글맞게 알랑거리며 말한다.

"그래, 근데 너 그거 알아? 이건 교칙 위반 수준이 아니야, 케일리. 살해협박이거든."

케일리는 아무것도 모르는 순진한 표정을 지어 보이며 두 눈을 커다랗게 뜬다.

"그게 무슨 소리야, 에마. 이건 감사 표신데."

케일리가 물꼬를 터서 내게 말을 걸었으니, 다음은 그녀의 부하 셸비가 나설 차례다.

"맞아! 프롬 취소해 줘서 진짜 고맙다!"

내가 떨리는 손을 들어 내젓는 순간, 몸이 균형을 잃고 흔들린다. 가방이 너무 무거워서 그렇다. 마음은 찢어질 듯 아프고, 뇌는 새까맣게 타버려서 그런 것이다. 난 갈라지는 목소리로 말한다.

"프롬 취소 안 됐거든!"

바로 그때 얼리사가 등장한다. 해가 떠오르는 것 같다. 내 마음에도 순식간에 희망이 차오른다. 그는 비밀을 지켜야 하는 상황이지만 나를 구하려 애쓰고 있다. 내 편을 들면 정체가 탄로 날 수도 있는데 말이다. 그는 나와 눈도 마주치지 않지만, 나와 케일리 사이에 끼어들어 이렇게 말한다.

"그만해. 애 괴롭히지 좀 마."

"우리 그냥 얘기하는 거야."

케일리가 대답한다. 그리고 얼리사를 피해 나에게 협박 메시지가 담긴 미소를 보낸다.

"그렇지, 에마?"

난 아무 말도 하지 않는다. 내 수준을 떨어뜨리는 짓은 하지 않겠다. 저들과 공범이 되고 싶지 않다. 하지만 나는 그곳에 존재하는 것만으로도 이미 많은 말을 하고 있다. 난 그곳에 서 있는 것만으로 저들을 화나게 하고, 숨 쉬는 것만으로도 상황을 악화시킨다. 난 얼리사의 손을 잡고 그 애와 함께 도망치고 싶다. 이곳에서 멀리 떨어진 곳, 우리가 자기 자신의 모습으로 존재할 수 있는 곳으로 가고 싶다. 하지만 현실의 난 그곳에 꼼짝도 않고 서 있다. 울지 않으려 애쓸 뿐이다.

"물러서."

얼리사가 학생회장으로서의 위엄을 최대한 끌어모아 말한다.

"아, 이제 알겠네."

케일리가 고개를 한쪽으로 기울이며 말한다. 약간 상처받은 목소리다. 하지만 상처는 곧 사라지고, 초등학생 같은 유치한 분노가 그 자리를 차지한다.

"너 쟤 편이구나!"

"아니야."

얼리사의 말이 화살처럼 내 심장을 관통한다.

"애처럼 굴지 말라는 거야."

분노에 찬 속삭임이 복도에 차오른다. 누군가 2초를 넘기지 못하고 소리친다.

"싸워라! 싸워라!"

그러자 닉과 케빈이 기름방울처럼 무리에서 미끄러지듯 떨어져 나온다. 자신들의 여자 친구를 지원하기 위해서다. 하지만 내 남자 친구가 그런 식으로 날 지원했다면, 난 그 자리에서 그를 차버렸을 것이다.

닉이 먼저 입을 연다.

"케일리, 그냥 둬. 그 잘난 여자 친구를 프롬에 데려오라고 하지 뭐. 대신 둘이 어떻게 하는지 보여 달라고 하자."

케빈이 음흉한 미소를 지으며 고개를 끄덕인다.

"자위할 때 떠올릴 기억이 하나 더 늘겠네."

그의 말이 끝나자마자, 굵은 목소리가 복도에 울려 퍼진다. 안도감에 무릎이 풀리는 것만 같다. 호킨스 교장 선생님이 복도를 따라 성큼성큼 걸어오자, 학생들은 재빨리 흩어져 사라진다. 오락용 범죄는 걸리지 않을 때에나 재미있는 법이다.

"얘들아!"

호킨스 교장 선생님이 다시 말한다.

"학생들! 무슨 일이 있었는지 모르겠지만, 이제 그만해라."

케일리는 어깨를 으쓱하고 걷기 시작한다. 케일리는 얼리사 주변을 크게 한 바퀴 돌면서 내 어깨에 '우연히' 몸을 부딪친 후 확신에 찬 목소리로 속삭인다.

"에마, 네 인간관계는 끝났지만, 이건 아직 안 끝났어."

케일리가 어딜 가든, 고교 시절이 인생 황금기일 게 분명한 그녀의 멍청한 오합지졸 무리가 그 뒤를 따른다. 셸비는 덩굴식물처럼 케빈에게 엉기고, 닉은 팔을 뻗어 케일리의 어깨를 감싼다. 그들이 모퉁이를 돌아 시야에서 사라지는 순간, 난 마침내 한숨을 내쉬고 마음을 놓는다. 얼리사와 호킨스 교장 선생님이 내 편이라는 걸 알지만, 이런 순간에 그들을 똑바로 마주 보는 것은 힘든 일이다.

"죄송해요."

내 잘못은 아니지만, 난 이렇게 말한다. 내 손에는 아직 교수형 당한 곰이 들려 있다.

호킨스 교장 선생님은 내 손을 보더니, 허리를 곧게 세운다. 그의 친절한 얼굴이 잔뜩 굳어 있다.

"이건 용납할 수 없는 일이다, 에마. 누가 한 짓인지 밝혀서 적절한 처벌을 내려야 해."

"그러지 마세요. 더 힘들어질 거예요."

내가 대답하자, 얼리사는 말없이 한 손을 내 팔에 올려놓는다. 그 애의 눈도 촉촉이 젖어 있다. 난 분명한 끌림을 느낀다. 버티기 힘든 강한 힘이다. 그의 두 팔에 안길 수만 있다면, 모든 것이… 다 해결되지는 않겠지.

하지만 나아지긴 할 것이다. 적어도 잠시 동안은 그럴 수 있을 것이다. 그가 다시 천천히 입을 연다.

"이런 짓을 봐주면…."

"싫어. 그럴 필요 없어."

난 그에게서 팔을 빼내어 몸을 움츠린다. 그리고 속삭임이나 다름없는 목소리로 다시 말한다.

"전부 소용없는 짓이야."

호킨스 교장 선생님이 고개를 젓는다.

"아니다. 너에게도 권리가 있어, 에마. 미국시민자유연합 담당자에게서 메일이 왔단다. 필요하면 개입할 준비가 되어 있다고 하는구나.

이번 사건이 이미 온라인에서는 어느 정도 관심을 끌고 있다고 했어."

"제 유튜브 채널 말고 또 다른 곳에서요?"

당황스러운 말에 난 어리둥절해진다.

"그렇단다. 이건 중요한 일이야."

호킨스 교장 선생님이 대답한다.

"너에게는 물론이고, 너와 비슷한 다른 모든 아이들에게도 중요하지."

난 믿을 수 없어 두 눈을 껌뻑인다.

"무슨 말씀이세요? 제가 백인 동성애자 로자 파크스(흑인 인권운동의 도화선이 된 인물—옮긴이)라도 된다는 뜻인가요?"

호킨스 교장 선생님이 얼굴을 찌푸린다.

"아니! 절대 그런 말이 아니다."

"넌 백인 동성애자 에마 놀런이야. 네가 사람들을 움직이고 있어!"

얼리사가 말한다.

"맞다. 나도 그중 하나라는 게 자랑스럽구나. 약에 취한 애들을 잡는 것보다야 훨씬 보람 있는 일이지!"

교장 선생님의 말에 얼리사와 나는 고개를 뒤로 빼며 동시에 소리친다.

"네?"

호킨스 교장 선생님은 오해하지 말라는 듯 손을 흔든다.

"테러호트 지역에서 교장을 하는 친구가 있는데, 하루 종일 약과 지독한 냄새와 싸움을 벌인다는구나."

왠지 모르겠지만, 순간 무거웠던 분위기가 싹 바뀐다. 난 나도 모르게 웃음을 터뜨린다. 나뿐 아니라, 그 누구도 예상하지 못했을 것이다. 나는 약을 하지 않는다는 생각에 웃음이 나오고, 나와 함께 싸워줄 사람들이 오고 있다는 사실에 웃음이 나오고, 그리고… 웃음이 절실히 필요하기 때문에 웃는다. 난 얼리사에게 몸을 기대기도 한다. 아주 잠깐, 그리고 아주 가볍게 말이다.

"저는 아직 약은 해보지 않았어요. 앞으로 어떻게 될지는 모르겠네요."

"네가 이겨낼 수 있게 우리가 도와주마."

호킨스 교장 선생님이 다짐하듯 말한다.

그때 모퉁이에서 미옥지 회계 담당자인 마일로 포츠가 비명을 지르며 나타난다. 전속력으로 달려온 그의 목소리는 다급한 듯 갈라지고 있다.

"호킨스 교장 선생님! 교장 선생님! 어서 와보세요!"

교장 선생님은 차분하게 그에게 다가간다.

"아무 문제도 없을 거다, 마일로. 무슨 일이니?"

"밖에 사람들이 있어요."

마일로가 소리친다.

"프롬에 대한 피켓을 들고 왔어요."

이런, 젠장!

이곳 인디애나 에지워터에 문제가 생겼다. 나는 에마와 함께, 주차장 쪽으로 난 양쪽 여닫이문 세 쌍 뒤에 서서 바깥의 시위자들을 바라본다.

우리 둘만 있는 게 아니다. 우리 학교 학생 대부분이 다닥다닥 붙어 한곳을 바라보고 있다. 좁은 공간이 벌집처럼 윙윙거리고, 열기는 참을 수 없을 정도로 치솟는다. 게다가 모인 사람 중 최소한 절반에게서 체육 수업 후 샤워도 하지 않고 이곳에 달려온 것 같은 냄새가 난다. 하지만 우린 유리문에 바짝 붙어 있을 수밖에 없다. 제임스 매디슨 고등학교에서 벌어진 가장 큰 사건을 놓칠 수는 없기 때문이다.

밖에는 호킨스 교장 선생님이 우리에게 등을 보인 채 도로경계석 위에 서 있다. 한 손은 허리를 짚고, 또 다른 한 손은 추측건대 이마를 톡톡 두드리고 있을 것이다. 우린 밖에서 무슨 일이 벌어지는지

들고 싶어 죽을 지경이지만, 교장 선생님은 우리에게 나오지 말라고
분명하게 말했다. 선생님이 근엄한 아버지 목소리를 사용했기에 그
말씀을 어기는 자는 큰 죄책감에 시달리게 돼 있다. 수백 개의 휴대
폰이 촬영 상태로 주차장을 향해 있다. 항의 피켓을 들고 그곳을 가
득 채운 낯선 이들을 찍는 것이다.

"이 사람들은 누굴까?"

내가 낮은 목소리로 묻는다.

에마는 남들 몰래 자기 새끼손가락을 내 새끼손가락에 걸고 지그
시 힘을 준다.

"나도 몰라."

피켓 하나가 잠시 우리를 향하는 순간, 근처의 누군가가 글자를 소
리 내어 읽는다.

"정식으로 훈련받은 가수 댄서 활동가?"

"그게 대체 뭔데?"

다른 누군가 묻는다.

문자 그대로 할 말이 없다. 진갈색 머리카락의 어떤 여자가 '애니
여, 너의 여자를 잡아라'(《애니여 총을 잡아라[Annie get your gun]》라는
1950년 작 영화 제목의 패러디—옮긴이)라고 쓰인 피켓을 들고 있다.
하지만 그 글귀는 다른 것에 비하면 놀랄 축에도 못 든다. 그 사람의
짧은 머리카락은 머리에 딱 붙었고, 스틱은 핏빛보다 붉다. 그녀는
슬랙스와 재킷이 하나로 연결된 점프슈트를 입었는데, 그 역시 입술
만큼 진한 빨간색이다. 하이힐 굽은 어찌나 날카로운지 우리 동네

프롬

농축산물 품평회 때 스테이크를 꽂아 내놓아도 될 정도다. 걸음을 멈추고 호킨스 교장 선생님과 마주 선 그 여자는 온몸으로 말을 하기 시작한다. 어깨는 한껏 뒤로 젖히고, 두 손은 하늘을 향해 휘젓듯 움직인다.

저 여자가 무슨 말을 하는지 모르겠지만, 호킨스 교장 선생님은 한마디도 놓치지 않으려는 듯 집중한다. 마치 불빛에 이끌린 나방처럼, 선생님은 연신 고개를 끄덕일 뿐이다.

그때 뒤에서 닉과 케빈의 굵은 목소리가 울려 퍼진다.

"파이팅, 파이팅, 고오오오올든!"

다른 모든 학생들이 화답한다.

"위이이이블스, 파이팅, 파이팅!"

닉과 케빈은 그렇게 운동선수로서 자신들의 특권을 모두에게 상기시킨 뒤, 모여 선 사람들을 뚫고 앞으로 나선다. 그리고 두 팔을 쭉 뻗어 문을 밀어 젖힌다. 학교에서 제일 인기 있는 아이들이 앞장을 서자, 나머지는 두 사람의 뒤를 따라 문 밖으로 쏟아져 나온다.

혼란이 시작되자 에마의 손가락이 내게서 떨어져 나간다. 우리는 허둥거리는 아이들에 휩쓸려 각각 다른 문을 통해 밖으로 나온다. 이제 에마 곁으로 돌아가는 건 불가능해 보인다. 그때 누군가의 고함 소리와 함께, 문 밖으로 쏟아지던 흐름이 뚝 멈춘다.

"야, 저기 페커 씨다!"

그러고 보니… 진짜 그 사람이다! 난 입이 떡 벌어진 채, '더 이상 참지 않는 게이'라는 피켓을 들고 있는 건장한 체격의 남자를 바라본다.

나이는 우리 교장 선생님과 비슷할 텐데, 피부는 눈에 띌 정도로 매끄럽다. 그는 중학교 시절 우리 모두가 즐겨 본 〈손에 대고 말해〉라는 드라마에서 이상한 이웃 역을 연기했다.

워낙 인기 있는 캐릭터였기 때문에, 인터넷에 그가 주인공인 별도의 에피소드가 몇 편 공개되기도 했다. 아마 지금도 찾아보면 있을 것이다. 극중에서 아이들에게 곤란한 일이 생기면 어디선가 그가 불쑥 끼어들어 모든 일을 해결하려 했다. 하지만 그 계획이란 게 아주 황당한 것이거나 다른 사람 물건을 부수겠다고 협박하는 것들이었다.

그런 그가 제임스 매디슨 고등학교에 나타난 것이다. LGBT 지지 피켓을 들고, 은백색 정장을 입은 채 말이다. 아이들이 그를 알아보기 시작하자, 여기저기에서 "페커, 페커, 페커"를 부르는 소리가 들린다. 그는 이 무시할 수 없는 관심 표현에, 살짝 고개를 뒤로 젖힌다. 대중의 사랑에 안티에이징 성분이 들어 있기라도 하듯, 그는 이들의 관심을 최대한 빨아들인다. 그의 피부가 완벽에 가까울 정도로 매끄러운 걸 보면… 정말 효과가 있는지도 모르겠다.

"학생들 모두…."

호킨스 교장 선생님의 굵은 목소리가 아이들의 웅성거림을 덮어버린다.

"당장 자기 교실로 돌아가라!"

"왜 그래야 하죠?"

짙은 갈색 머리 여자가 쩌렁쩌렁한 목소리로 말한다. 교장 선생님 목소리보다 더 또렷이 잘 들리다니, 놀라운 일이다. 여자는 교장 선생님보다 체구가 작지만, 그 무리가 이룬 작은 원 안의 공간을 완벽히 장악하고 있다.

"진실이 두려워서 그러세요? 이 어린 인디애나 주민들이… 진실을 알게 될까 봐 걱정하십니까?"

호킨스 교장 선생님은 두 손을 들어 올린다.

"그런 게 아니라, 안전을 위해서…."

여자는 다시 교장 선생님의 말을 자른다.

"선생님, 저 디디 앨런이에요. 이 무대의 조명은 제가 허락할 때 꺼집니다. 에마 놀런이라는 아이에 대한 기사를 4분의 3쯤 읽었을 때, 전 당장 이곳에 와야겠다는 생각이 들더군요."

난 머리를 홱 돌린다. 그 속도가 너무 빨라서, 척추에서 뭔가 튕겨 나간 느낌이 들 정도다. 저 멀리 얼어붙은 듯 서 있는 에마가 보인다. 그의 표정을 보니 어떤 생각을 하는지 알 것 같다. 그는 싸울 게 아니라면 도망쳐야 한다고 생각하고 있다. 갑자기 모두의 시선이 그에게 향한다. 이보다 더 극적일 수는 없을 것이다. 에마의 얼굴이 붉게 달아오른다. 그는 교수형 당한 곰 인형을 두 손으로 꽉 움켜쥐고 있다.

"이건 말이죠…."

정체를 알 수 없는 디디 앨런이라는 시위자가 다시 입을 연다.

"이건 잔인무도한 일입니다! 당신들이 분노한 마을 사람들 역할을 하는 동안 에마의 마음은 산산조각 나고 있어요. 제가 〈미녀와 야수〉에서 주전자 부인을 연기해 봐서 잘 압니다. 분노한 군중이 어떤 일을 할 수 있는지 말이에요!"

"앨런 씨."

교장 선생님이 말을 꺼내려 하지만, 디디 앨런은 이번에도 그의 말을 자른다.

"프롬은 모두를 위한 것이어야 합니다. 이성애자, 동성애자, LGBTQIA(레즈비언, 게이, 양성애자, 트랜스젠더, 자신의 성정체성에 의문을 가진 사람, 간성, 무성애자―옮긴이) 모두요! 제가 빠뜨린 알파벳이 있다면 그것까지 다 포함해야죠. 누구나 사랑받아 마땅한 존재들이니까요!"

내 주변 아이들이 순간 발끈해서, 분노로 가득 찬 주전자처럼 끓어오르기 시작한다. 저쪽 사람들도 뭔가 외쳐대지만, 소리가 뒤엉켜 알아들을 수 없다. 이것은 명백한 폭동의 전조이다.

작고 뾰족한 공포의 조각들이 몸을 타고 흐른다. 정말 나쁜 일이 벌어질 거라고 생각하지는 않지만… 어쩌면 그렇게 될 수도 있을 것만 같다. 난 다시 에마를 바라본다. 그는 긴장되고 불안한 표정이다. 그 역시 아이들의 분위기가 달라졌음을 느낀 것이다. 그는 알고 있다. 우리 둘 다 알고 있다. 그 달라진 분위기의 칼끝은 결국 그를 향할 것이다.

난 학생회장이고 그에 따르는 책임을 지고 있다. 내게 최악의 상황은 모두가 나를 바라보며 내 정체성을 의심하는 것이다. 하지만 지금 그보다 더 피하고 싶은 상황이 있다. 여기 있는 모두가 에마에게 상처를 주는 일이다. 에마는 오늘 이미 살해협박을 당했다. 불꽃이 한 번 더 붙으면 정말 큰일이 터질 수도 있다.

더 이상 생각할 것 없다. 난 콘크리트 벤치 위에 펄쩍 뛰어올라, 양손을 앞으로 쭉 내던진다. 그리고 내가 낼 수 있는 가장 큰 소리로 외친다.

"파이팅, 파이팅, 고오오오올든!"

학생들은 마치 유전자에 새겨진 명령을 따르듯, 모두가 나를 향해 고개를 돌리고 우렁차게 소리친다.

"위이이이블스, 파이팅, 파이팅!"

사람들의 시선을 내게 빼앗기자 디디 앨런과 페커 씨—페커 씨라고 부르긴 싫지만, 달리 부를 이름이 없다—는 무척 약이 오른 듯하다. 어쩔 수 없다. 지금 내가 신경 써야 할 사람은 그들이 아니라 우리 학교 학생들이다.

그들은 기대감 가득한 표정으로 나를 바라보고 있다. 가슴속에서 토할 것처럼 울렁거리는 느낌이 너무 멀리 퍼지지 않게 해야 한다. 내가 이대로 기절해 버리면 위험한 상황은 종료되겠지만, 시멘트에 머리를 박는 것은 그다지 현명한 행동 같지 않다.

난 청바지에 손을 문지르며 입을 뗀다.

"여기 이분들이 누군지 모르지만, 자신의 의견을 말할 권리가 있습니다. 그리고… 여러분도 마찬가지입니다. 누구나 자기 생각을 말할 수 있어야 합니다. 우린 너무 오랫동안 프롬에 대해 수군대기만 했습니다. 저는 학생회장으로서, 지금 이 자리에서 이렇게 제안합니다. 의견을 말할 기회를 가지도록 합시다. 오늘 저녁 6시 30분에 체육관에서 공개회의를 열 테니 모두 참석해 주십시오. 이 문제에 대한 논의를 그곳에서 끝내도록 합시다."

디디 앨런이 중얼거리는 소리가 들린다.

"쟨 뭐니?"

분명히 이렇게 말했지만, 난 상관없다. 에마는 나와 눈이 마주치자, 어깨 위로 엄지를 올려 보인다. 그는 바보가 아니다. 분위기가 다시 험악해지기 전에 재빨리 자리를 빠져나간다. 모두들 주차장 쪽을 바라보고 있으니, 그는 반대쪽으로 움직여 금세 시야에서 사라진다. 학교에서 아예 나가버릴지 어떨지는 알 수 없지만, 지금 내가 그것까지 알 필요는 없다. 어디로 가든 그는 이제 안전하고, 내게 중요한 건 바로 그것 하나뿐이다.

입이 완전히 말라버렸지만, 난 시위자들을 향해서도 손을 흔든다.

"디디 앨런 씨, 그리고…."

페커 씨라고 부를 수는 없다.

고맙게도 그 남자는 과장된 몸짓으로 손을 흔들며 나를 향해 소리친다.

"글리크먼이에요. 배리 글리크먼. 무대와 스크린의 스타죠!"

"고맙습니다! 글리크먼 씨와 앨런 씨도 오늘 밤 회의에 와주세요."

난 다시 학생들을 향해 돌아선다. 모두 나를 바라보고 있지만, 어떤 표정인지 도무지 알 수가 없다. 완전히 몰입한 것 같은데 동시에 멍한 것 같기도 하다. 난 애들을 향해 두 팔을 뻗는다.

"여러분도 모두 환영입니다. 여러분의 부모님도요. 누구에게나 발언권이 있습니다. 우리 학교는 우리 스스로 지켜야 합니다. 하지만 우린 지역사회의 일원이기도 하니 우리 지역의 목소리도 존중해야 합니다. 하나도 빠짐없이요."

호킨스 교장 선생님은 마침내 마법이 풀린 듯, 디디 앨런의 팔에 손을 올린다. 굳이 표현하자면, 꽤나 친근한 몸짓이다. 하지만 선생님은 곧바로 권위를 되찾는다. 가장 막나가는 졸업반 학생마저도 겁먹게 할 그 날카로운 표정도 돌아왔다.

"얼리사, 고맙다. 이 문제에 대해 상의할 시간을 정했으니, 이제 그만합시다. 한 사람도 빠짐없이 다들 자기 교실로 돌아가도록."

"하지만, 톰….."

디디 앨런이 마치 오랜 친구를 부르듯 진지한 목소리로 교장 선생님의 이름을 부른다. 디디 앨런의 얼굴에 당혹감이 뚜렷하다.

"아직 그 아이를 만나지도 못했는데요."

"다음에 보시죠."

호킨스 교장 선생님이 대답한다.

학생들은 뿔뿔이 흩어져 천천히 안으로 들어가기 시작한다. 또 무슨 일이 벌어질지 몰라 최대한 질질 끌고는 있지만, 어쨌든 움직임은 멈추지 않는다. 지루한 행렬이 이어지고, 마침내 나와 호킨스 교장 선생님, 그리고 피켓을 든 몇몇 이방인이 자리에 남는다.

에마는 없다. 사라진 지 오래다. 난 그를 익사시키려 한 인간 쓰나미를 막는 데엔 성공했지만, 죄책감을 떨칠 수 없다. 난 더 많은 것을 했어야 했다. 더 잘했어야 했다. 뭐라도 했어야 했다. 아드레날린 효과가 옅어지면서, 난 내가 무슨 짓을 했는지 점점 더 또렷하게 인지하게 된다.

난 에지워터 주민 모두에게 에마의 마녀 재판에 참석해 증언하라고 한 것이다.

이럴 수가!

어지럽다. 난 벤치 아래로 내려가 두 발로 서는 대신, 그 위에 풀썩 주저앉는다. 호킨스 교장 선생님은 앨런 씨, 글리크먼 씨와 조용히 몇 마디 더 나눈 뒤 나를 향해 성큼성큼 걸어온다.

난 고등학교 시절 내내 단 한 번도 문제를 일으킨 적이 없지만, 점점 가까워지는 교장 선생님의 모습에 나도 모르게 주눅이 든다. 그런데 선생님은 놀랍게도 내 옆에 나란히 앉아 내 어깨에 손을 올린다.

"놀라운 리더십이었다, 얼리사."

난 기어드는 목소리로 대답한다.

"제가 상황을 악화시킨 거 아닐까요?"

"그렇지 않아."

교장 선생님이 따뜻하고 힘이 되는 목소리로 말한다.

"우리가 몇 주 전에 했어야 할 일을 네가 오늘 대신 해준 거야. 이 문제를 양지로 끌어냈지. 넌 이 문제를 인간답게 논의하고 해결할 방법을 제시한 거다."

교장 선생님 뒤로, 앨런 씨와 글리크먼 씨 무리가 자기들끼리 모여 이야기하는 모습이 보인다. 난 호킨스 교장 선생님에게만 사실을 말하기로 결심하고, 낮은 목소리로 입을 연다.

"사실 저 사람들 때문이었어요. 애들을 진정시키려고 그런 제안을 한 거예요."

"그게 해볼 만한 가치가 있는 일이라고 생각하지는 않니?"

난 잠시 아무 말도 하지 않는다.

"해볼 만한 일이죠."

내가 마침내 고개를 끄덕이며 대답한다.

"완벽하게 하려다가 발전 기회를 놓쳐서는 안 된다, 얼리사. 더 나아지기 위한 한 걸음은 언제나 옳은 방향을 향하고 있단다."

어디에선가 에마의 목소리가 들리는 듯하다. 그는 축하카드 문구 같은 유치한 소리라며 농담을 던진다. 교장 선생님의 진심을 비웃지만, 믿을 수 없어서 그런 것이지 조롱의 의미는 아니다. 이렇게까지 낙관적이고 희망에 찰 수 있다는 걸 믿기가 어려울 뿐….

그러나 난 웃지 않는다. 교장 선생님의 말씀은 갈비뼈 사이를 뚫고 내 안으로 깊숙이 들어와, 내 심장에 박힌다.

'완벽하게 하려다가 발전 기회를 놓쳐서는 안 된다.'

완벽하지 않아도 된다. 조금이라도 나아지자.

그렇게 해보는 거다!

9장

마녀 재판

보통은 재미있는 일을 꼽으라고 할 때, 방과 후에 학교에 다시 가는 걸 포함시키진 않는다.

지금도 그건 마찬가지다. 6시 15분 전, 할머니와 나는 학교에 도착한다. 들어가기 전 얼리사를 만나 이야기를 나눌 수 있으면 좋겠지만, 그건 불가능하다. 옆면에 '전국으로 찾아가는 브로드웨이'라는 글자가 쓰인 버스에서 사람들이 강물처럼 쏟아져 내리고 있기 때문이다. 그들은 화려한 색깔의 옷을 입고, 피켓을 들고 있다. 머리는 이곳 사람이라면 남자에게든 여자에게든 적절하지 않다고 여길 만한 길이다.

줄지어 주차장을 가로지른 그들은 어두운 학교 건물에서 유일하게 불이 밝혀진 문을 향해 걷는다. 체육관으로 이어지는 문이다. 까만 밤하늘에 그들의 목소리가 울려 퍼진다. 그들은 뮤지컬 노래 부분 부분을 이어 부르고 있다. 모르는 곡들이지만 그들이 말하고자 하는 것이 무엇인지 난 안다. 그들은 동성애자들이고, 우리 학교 사람들에게 이 문제를 극복해 보자고 진심으로 권하고 있는 것이다.

그들은 보도에서 제임스 매디슨 고등학교의 성난 학부모들을 마주친다. 두 무리는 제정신인 사람이라면 누구도 맛보고 싶어 하지 않을 스무디처럼 난폭하게 뒤섞이고, 문 앞에서는 생각지 않았던 병목 현상이 빚어진다. 학부모들은 뒤엉킨 무리를 뚫고 어렵사리 문을 통과하는 브로드웨이 사람들을 향해 집으로 돌아가라, 더 정확히 말하면, 여기에서 꺼지라고 소리친다. 이 아수라장을 에워싼 수많은 기자들을 앞에 두고서 말이다.

도로경계석을 따라 방송 중계차가 두 대 서 있다. 한 대는 이곳에서 멀지 않은 에번즈빌(인디애나주 서남부 도시―옮긴이)에서 온 것이고 또 다른 한 대는 거리가 꽤 먼 주도 인디애나폴리스에서 온 것이다. 조명과 카메라도 보인다. 기자 옆에는 늘 카메라가 따라다니고, 그들은 사람들의 견고한 흐름 속에서 단 한 명이라도 빼내 인터뷰를 하기 위해 필사적이다.

우리 학교 경비원 투 씨와 곤살베스 씨는 부드러운 말로 사람들을 타이르며 모두가 차분히 건물 안으로 들어갈 수 있게 노력 중이다. 그 노력의 결과, 사람들은 가축 이동 통로에 몰아넣은 소 떼처럼 천천히 문을 통과한다. 무리의 이동은 계속되지만 그 모습이 그다지 우아하지는 않다는 뜻이다.

할머니와 나는 사람들에게서 조금 떨어져 있다. 할머니가 확신에 찬 듯 내 손을 꼭 잡는다.

"저 사람들, 네가 평화롭게 프롬에 갈 수 있게 해주려는 거 맞지?"

"그냥 남자 애랑 프롬에 가서 들어가자마자 차버리는 게 더 나을 것 같다는 생각이 드네요."

내 대답은 15퍼센트만 사실이다. 어쩌면 25퍼센트일 수도 있다. 걸음을 옮길 때마다 숫자는 오르락내리락한다. 체육관에서는 벌써 분개한 목소리가 쏟아져 나오고 있다. 회의가 시작되려면 아직 30분이나 남았건만, 그곳에서는 이미 난리법석이 벌어지고 있다.

체육관 양쪽 계단식 관중석이 모두 펼쳐져 있지만, 의자에 앉은 사람은 거의 없다. 브로드웨이 사람들은 한쪽에 모여 피켓을 흔들고 있다. 그들과 함께한 유일한 이곳 주민은 무정부주의자이자 고스족인데, 소란을 일으키는 일이라면 어디든 합류하는 편이다. 그 여자가 학생회장 선거에 후보로 나섰을 때 슬로건이 '점심시간에 감자튀김을 내놓는 폭압을 끝내라!'였다. (물론 떨어졌다.)

다른 한쪽에서는 분노에 찬 주민들이 응원용 카우벨(하나에 10달러로, 서점이나 골든위블스 홈게임이 열리는 모든 매표소에서 살 수 있다)을 흔든다. 구호를 외치거나 노래를 부르지는 않지만, 그들은 브로드웨이 사람들을 향해 고함을 지른다. 어찌나 힘껏 소리를 치는지, 소리치기 직전에 그들 이마에서 한꺼번에 핏줄이 벌떡이는 게 보일 정도다.

소리가 어떤 형상일지에 대해 진지하게 생각해 본 적은 없다. 하지만 난 조금 전 히에로니무스 보스(중세 네덜란드 화가로 난해하고 전례 없는 그림을 많이 남겼다—옮긴이)의 2019년판 〈불협화음〉이라는 고무

수채화 속으로 걸어 들어온 기분이다.

손끝이 간질간질하다. 발끝에도 비슷한 감각이 느껴진다. 몸속에서 뭔가 묵직한 것이 갈비뼈를 쿵쿵 두드리는 것 같더니, 머릿속에서도 같은 울림이 시작된다. 심장마비가 오는 것일까? 뇌졸중일 수도 있다. 어쩌면 둘 다일지도 모른다. 정말 그런 거라면 난 현대의 의학적 기적이 될 것이다. 이거야말로 어떤 여자와 사랑에 빠져 함께 프롬에 가고 싶어 하는 사람의 이야기보다 훨씬 흥미로운 뉴스거리가 아닌가!

얼리사, 나의 얼리사는 호킨스 교장 선생님 옆에 서 있다. 그의 짙은 머리카락이 폭포수처럼 어깨 위로 흐른다. 그는 모의 유엔 회의 때 입었던 회색 재킷과 펜슬 스커트를 입고, 검정색 에나멜 하이힐을 신고 있다. 저 멀리 서 있는 그는 이런 일에 너무나 능숙해 보인다. 뛰어난 전문가 같다.

하지만 확성기를 들고서 이미 엉망이 되어버린 회의를 바라보는 그의 눈엔 절망이 담겨 있고, 코랄색 입술에는 불만이 가득하다. 그는 내게 보낸 문자 메시지에서, 이 회의를 마치 다과회처럼 묘사했다. 모두가 한자리에 모여, 내게도 시민으로서의 정당한 권리가 있는지 없는지 정중하게 토의할 거라고 믿은 모양이다. 물론 그는 이런 식으로 표현하지 않았지만, 어쨌든 이 모임이 질서정연하게 이루어지리라고 생각했다는 건 분명하다.

이게 만약 영역 싸움이라면 꽤 질서정연하다고 할 수도 있을 것이다. 왼쪽에는 피켓을 뜬 샤크 갱단(〈웨스트 사이드 스토리〉에 등장하는

1957년 뉴욕의 갱단—옮긴이)이 있고, 오른쪽에는 카우벨을 흔드는 제트 갱단(〈웨스트 사이드 스토리〉에 등장하는 샤크의 라이벌 갱단—옮긴이)이 있다. 총도 없고 칼도 없지만, 방심하지 마시라. 생존자는 한 사람도 없을 것이다.

마침내 얼리사가 중요한 사실을 깨닫는다. 자신의 손에 확성기가 있다는 것이다. 그가 버튼을 만지작거리는 순간, 갑자기 체육관에 사이렌이 울려 퍼진다. 소리는 콘크리트 벽과 단단한 목재 바닥에 부딪치고 튕겨 나온다. 아마 200년 후 사람들도 이 메아리를 들을 수 있을 것이다.

효과는 만점이다. 마침내 사람들이 입을 다물었다.

얼리사는 확성기를 들어 입에 가져다 댄다.

"공개회의에 참석해 주신 여러분 모두 감사합니다. 저는 학생회장 얼리사 그린입니다."

그때 얼리사의 엄마 그린 부인이 확성기를 낚아채 꽥꽥 소리를 지르기 시작한다.

"엘레나 그린입니다. 학부모회 회장이죠! 전 우리 지역의 부모들을 대표해 이곳에 왔습니다. 그동안 여러 부모님들이 제게 염려를 전해 주셨고, 저 또한 그분들과 같은 생각을 가지고 있습니다. 그래서 우린 다 함께 올해 프롬에 대한 규칙을 만들었습니다! 에마 놀런뿐 아니라 모든 사람에게 똑같이 적용되는 규칙 말입니다!"

여자 친구의 엄마를 이렇게 만나게 되는구나. 그린 부인은 어떤 문제에 대해서든 마지막 정리 발언을 하는 데 익숙한 분이다. 그래서 디디 앨런이 불쑥 나타나 확성기를 가로채는 순간, 난 손으로 입을 꼭 틀어막아야 했다. 그러지 않으면 웃음이 터질 것이기 때문이다.

"아, 규칙을 만드셨다고요? 어떻게 된 일인지 짐작이 가네요. 솔직히 정말 끔찍합니다!"

끔찍한 것은 맞다. 아주 현실적이고 구체적인 이유가 있다. 내가 내 여자 친구와 하룻밤 데이트를 하려 했다는 이유로 온 동네 사람들이 체육관에 모였기 때문이다. 하지만 누군가 날 대신해서 그린 부인에 맞서는 모습을 보니, 한편 흐뭇하기도 하다.

호킨스 교장 선생님은 부드러운 몸짓으로 확성기를 넘겨받고, 차분한 손짓으로 모두에게 자리에 앉을 것을 권한다. 할머니와 난 내 존재 자체를 반대하는 바로 그 사람들 곁에 자리를 잡는다. 처음 본 사람들이랑 같이 앉는 것은 왠지 이상할 것 같기 때문이다. 하지만 동네 사람들 곁에 앉는 것도 이상하긴 마찬가지다. 모세의 기적은 여전히 작동하고 있다. 사람들이 슬며시 내 곁에서 물러나는 바람에 관중석에 작은 섬이 하나 생긴다. 나와 할머니 단 둘만의 섬 말이다.

"이렇게 와주셔서 감사합니다."

교장 선생님 말씀이 시작된다.

"모두 걱정해 주신 것 감사드립니다. 문제 해결을 위해 나서준 얼리사 그린 양에게도 감사 인사를 전합니다. 그린 양은 뛰어난 학생입니다. 우리 제임스 매디슨을 강하게 만드는 리더죠. 여러분, 얼리사 그린입니다."

사람들이 예의상 박수를 친다. 관중석에서 불만스러운 웅성거림과 날카로운 목소리가 들리는 것을 보아, 그저 예의를 차릴 뿐이라는 게 확실해진다. 사람들은 그저 자기에게 발언 기회가 오길 기다리고 있다. 내가 감히 짐작건대, 오늘 밤 다른 사람의 의견을 듣는 사람은 아무도 없을 것이다. 하지만 내가 뭘 알겠는가? 서머타임을 마치 악마의 수작처럼 생각하는 이 촌동네 사람들이 내 짐작이 틀렸음을 증명할 수도 있을 테니 말이다.

얼리사는 교장 선생님에게 감사 인사를 한다. 그의 손이 떨리는 것이 여기에서도 보인다. 내 두 손으로 그의 떨리는 손을 잡고 진정시켜 줄 수 있다면 얼마나 좋을까! 지금 그가 얼마나 대단한 일을 하려는 것인지 귀에 대고 속삭여 줄 수만 있다면! 지금 이 엄청난 순간이 가능한 것은 그 애가 자신을 드러내지 않고 감추고 있었기 때문이다.

그는 엄마와의 관계가 위험해질 것을 감수하면서, 나를 위해 저 자리에 서 있다. 학교 전체에 비밀이 탄로 날지도 모르지만 그 역시 감수하고 있다. 물론 난 우리의 사랑을 모두에게 알리고 싶다. 하지만 지금은 그저 그가 얼마나 용감한 사람인지 모두가 알아주기를 바랄 뿐이다.

"학생 여러분, 부모님들, 그리고 손님 여러분."

얼리사가 말하기 시작한다. 처음에는 뻣뻣하게 서서 멍한 표정으로 먼 곳을 바라보았지만, 그는 곧 정신을 차리고 부드럽게 이야기를 이어간다. 그는 고개를 돌려 좌우 사람들을 번갈아 바라보고, 말을 하면서 사람들 사이를 걸어 다니기도 한다.

"프롬은 제임스 매디슨 고등학교 학생 모두를 위한 행사입니다. 새로운 미래를 앞에 두고, 지금까지의 성취와 앞으로의 가능성을 축하하는 자리입니다. 우리 모두를 위해 마련된 것이죠."

그린 부인이 자리에서 벌떡 일어선다. 떠드는 사람이 없는지라, 그린 부인의 목소리는 확성기 없이도 충분히 체육관을 채운다.

"다들 아시다시피, 프롬은 학교 주관 행사가 아닙니다! 호킨스 교장 선생님은 프롬에 필요한 자금을 대지도 않고…."

"예산에 잡혀 있지 않습니다."

교장 선생님이 그린 부인의 말을 끊는다.

"우리 학생들이 쓰는 교과서는 10년이나 된 것이고, 장비는 더 오래됐습니다!"

하지만 그린 부인은 무슨 일이 있었냐는 듯, 말을 이어간다.

"프롬은 우리 부모들이 주최하는 행사이고, 따라서 거기 참석할 사람을 정할 권리도 우리에게 있습니다! 정부나 미국시민자유연합이 이래라저래라 할 문제가 아닙니다!"

"우린 미국시민자유연합이 아니에요."

디디가 소리친다. 그녀는 자기 뒤에 서 있는 사람들을 향해 팔을 흔들며 다시 입을 연다.

"여기 이 사람들은 〈갓스펠〉 전국 순회공연 팀이고…."

"내 아들이 동성애자 프롬에 가게 만들 순 없어요!"

누군가 디디의 말을 끊고 소리친다.

"동성애자 프롬이 아닙니다. 포괄적 프롬이에요."

얼리사가 항변한다.

"프롬에 동성애자가 오나요, 안 오나요?"

"옵니다."

얼리사가 한 걸음 물러서듯 대답한다.

그러자 배리 '페커' 글리크먼이 들고 있던 피켓을 홱 던지고, 자리에서 벌떡 일어선다.

"동성애자가 오는 게 뭐 어떻다는 거죠? 동성애자가 죄인인가요? 절 보세요. 저는 국제적으로 유명한 연기자이자, 드라마데스크상 수상자이며, 백 퍼센트 게이입니다!"

체육관 안에 사람들의 놀라는 숨소리가 가득 찬다. 박자를 맞춘 듯 동시에 겁에 질린 숨을 들이마시고 있다. 에지워터는 외진 동네이긴 하지만, 그렇다고 14세기에 머물러 있는 곳은 아니다. 튜닝한 차로 단거리 가속 경주를 하는 드레그레이스도 열린다.

요란스레 드러내진 않지만 동성애자들도 있다. 그들은 '룸메이트' 혹은 '친구'와 함께 있어도 사람들 앞에서 손을 잡지 않고, 당연히 데이트도 하지 않으며, 인디애나가 (전국 꼴찌로) 동성결혼을 합법화하며 다른 주와 어깨를 나란히 한 뒤에도 결혼하지 않을 뿐이다.

하지만 에지워터 어느 곳에서도, 절대, 누구도 학교 모임 도중 자리를 박차고 일어서서 스스로 게이라고 소리친 적은 없었다.

단 한 번도!

그러고 보니 나 역시 저렇게 대놓고 말해본 적이 없는 것 같다. 내 유튜브 채널에서 난 어떤 여학생과 사랑에 빠졌다고 말했다. 부모님에게는 그런 말을 할 필요가 없었고, 할머니에게도 역시…. 우와, 1학년 때 커밍아웃을 했는데 지금껏 단 한 번도 내가 동성애자라고 직접적으로 말해본 적이 없다니! 조금 전 모든 사람들이 약속이라도 한 듯 똑같은 반응을 보이는 모습을 보고 나니, 앞으로도 절대 말하면 안 될 것 같다.

배리는 중앙으로 걸어 나와 주변을 휙 둘러본다.

"에마! 어디 있니?"

관중석에 싱크홀이 생겨 당장 나를 삼켜버리면 좋겠지만, 그런 일은 일어나지 않는다. 사람들이 모두 나를 쳐다본다. 내가 바로 그 레즈비언이 아닌 척 연기할 수 있는 상황도 아니다. 격자무늬 플란넬 바지에 뭉툭한 신발을 신은 여학생은 나 하나뿐이니 말이다. 난 천천히 손을 든다.

배리는 내 쪽으로 몸을 내밀고 두 팔을 뻗는다.

"이 불쌍한 아이를 좀 보세요! 당신들 비난에 넋이 나갔네요. 얼마나 시달렸으면! 손쉬운 제물이 된 거죠!"

디디 앨런이 좀 더 대담한 동작으로 사람들을 향해 나선다. 펄쩍 뛰어 나오는 그 모습이 어쩌면 여러 번 연습한 게 아닌가 싶을 정도로 극적이다.

"우린 소란을 피우려고 온 게 아니에요!"

디디 앨런은 고개를 돌리다, 이 모든 상황을 찍기 위해 휴대폰을 들고 있는 셸비를 발견하고 그녀에게 말을 건넨다.

"학생, 사진 찍는 거면 해시태그 제대로 달아줘요. '브로드웨이 프롬을 박살내다', '디디 앨런', '무보정'…."

"문제는! 우리가 아니에요."

배리가 나에게 팔을 두르며 말한다. 그는 믿음직하고 강하다. 게다가 무지 비싼 비누 향이 난다. 그는 3학년 학생들과 그들의 부모, 그리고 두 명의 기자가 모여 있는 곳을 향해 고개를 돌리고, 이렇게 선언한다!

"문제는 당신들이죠. 그 좁아터진 속을 조금이라도 열어보잔 말이에요."

닉의 아버지—아들 이름이 적힌 저지 셔츠를 입고 있어서 한눈에 알아볼 수 있다—가 자리에서 일어나 굵은 목소리로 대꾸한다.

"당신이 뭔데 그런 소릴 해?"

"우린…."

배리는—세상에 이런 일이!—국기에 대한 맹세를 하듯 한 손을 가슴 위에 올리고 대답한다.

"뉴욕에서 온 자유주의 배우들이랍니다!"

난 할머니를 향해 몸을 살짝 기울이고 속삭인다.

"사탄과 그의 부하들이라고 하는 게 더 나을 텐데. 안 그래요?"

"그래서 우린 자유와 정의를 대변하죠. 우린 미국을 위해 여기 온 거예요!"

디디가 덧붙인다.

"여긴 미국이 아니에요."

그린 부인의 반격이 시작된다.

"여긴 인디애나주 에지워터라고요! 여기에는 도덕이 있어요. 우리가 자랑스럽게 여기는 삶의 방식이 있죠! 우린 신을 믿고 이 나라를 믿어요. 그리고 우린 옳은 것과 그른 것이 있다고 믿습니다!"

그린 부인과 디디 앨런의 대립이 전면전으로 번지기 전에, 교장 선생님이 두 사람 사이에 끼어든다. 물론 아직도 확전 가능성은 충분해 보인다.

"잠깐만요. 두 분 다 잠시만 참아주세요. 이 일이 가장 큰 영향을 미칠 사람의 말을 들어보죠."

뭐라고? 내가 말을 해야 된단 말인가? 난 얼리사가 오라고 해서 왔을 뿐이다. 사실 시위자들이 궁금하기도 했다. 할머니, 여자 친구, 교장 선생님 외에도 내 편을 들어주는 사람이 있다는 게 좋았기 때문이다. 이건 유튜브 채널에서 말하는 것과는 완전히 다르다. 거기 달리는 댓글은 다 친절하고 대부분 내 음악에 대한 것이다. 그리고 컴퓨터 화면을 보면서 하는 거라, 안전이 보장된다! 동성애가 옳지 않는다는 보장만 있으면 당장이라도 날 물어뜯을 것 같은 사람들 앞에서는 말하고 싶지 않다!

호킨스 교장 선생님이 넘겨받은 확성기를 들고 나에게 다가온다.

"이 학생이 에마 놀런입니다. 1학년 때부터 줄곧 우등생이었죠. 음악적 재능도 뛰어나고, 3년 내내 다른 학생의 모범이 되었습니다. 에마는 제임스 매디슨의 학생이고, 이제 프롬에서 고등학교 시절을 마무리하려고 하죠. 에마, 프롬이 네게 어떤 의미인지 이야기해 주겠니?"

수천 개의 따가운 시선이 느껴진다. 교회 수천 개가 나를 짓누르는 것 같다. 내 곁의 배우는 내 양 어깨를 으스러질 듯 꼭 움켜잡는다.

우리 부모님은 이 자리에 없다. 그들은 날 버렸다. 하지만 다른 애들 부모님은 모두 이곳에 와 자기 자리를 지키고 있다. 그들은 돌처럼 차가운 얼굴로 나를 바라본다. 그들의 회색 눈에 분노가 담겨 있다. 꼭 마주 잡은 손들은 어찌나 힘이 들어갔는지 마디가 하얘질 정도다. 교장 선생님은 이 사람들이 나를 얼마나 미워하는지 모르는 건가? 내가 무슨 말을 하든 아무것도 변하지 않을 거란 사실을 정말 모르나?

아무래도 그런 것 같다. 선생님은 내 옆에 서서 기대에 찬 얼굴로 나를 바라보고, 배리는 격려하듯 고개를 끄덕인다. 난 슬쩍 얼리사 쪽을 바라보지만, 이내 눈을 돌린다. 그 애의 엄마가 바로 여기 와 있다. 온 동네 사람들이 다 여기 있다. 나도 혼자가 아니라는 걸 알지만, 이 순간만큼은 난 철저히 혼자인 것처럼 느껴진다.

확성기를 통해 울리는 내 목소리가 불안정하게 흔들린다. 이제 곧 내가 할 말을 듣고 놀라지들 마시라! 사람의 마음을 뒤흔들고 감화를 주는 이런 엄청난 말을 내가 하다니! 자, 준비됐나? 시작하겠다.

"저도 다른 사람들처럼 프롬에 가고 싶어요."

이보다 더 단순할 수 있을까? 어떤 다른 말을 해도 이것보다는 심오할 것이다. 게다가 이 말은 미용실 안에 던져 넣은 벌통 같은 효과를 일으킨다. 사람들이 소리치기 시작한 것이다. 맙소사, 모두가 외치고 있다!

"네 맘대로 동성애자 프롬을 만들 순 없어."

"저 아이는 여기 학생이고 동성애자예요! 그대로 받아들여요!"

"우리 학교는 차별을 용납하지 않는다!"

모두가 소리치고, 아무도 듣지 않는 상황이 다시 펼쳐진다. 사람들은 서로를 비난하고, 브로드웨이 사람들은 뮤지컬 〈해밀턴〉 속 노래를 부르기 시작하고, 난 그저 물끄러미 그들을 바라본다. 이 모든 일이 나 때문에 벌어지고 있다. 내가 이 혼란의 씨앗이다. 망할, 요한계시록의 붉은 말 기수(요한계시록의 네 기사 중 제2봉인이 풀릴 때 나타나는 기사로, 지상의 인간에게 전쟁을 일으키게 하는 역할을 담당한다—옮긴이)가 된 기분이다.

정말 웃기는 게, 만약 내가 붉은 말의 기수면 우리 고향 사람들은 아무도 주님의 부름을 받지 못했다는 뜻이다. 다들 이곳에 버려진 것이다.

순간 발작 같은 웃음이 삐져나와 확성기를 통과한다. 난 재빨리 확성기를 밀쳐내고, 고개를 가로젓는다. 배리에게 고맙다고 인사하고 교장 선생님께는 죄송하다고 말씀드린 뒤, 난 곧장 옆문으로 빠져나가 차가운 밤공기 속으로 들어간다. 마침내 내 편을 들어주는 사람들을 만난 것은 당연히 좋지만, 일단 그곳에서 나와야만 했다. 난 주머니에서 휴대폰을 꺼내 얼리사에게 문자를 보낸다.

'꽤 재밌네.'

바로 땡 소리와 함께 답장이 온다.

'너무 속상해.'

나도 마찬가지다. 하지만 그에게 그런 말을 할 필요는 없다.

10장

나를 키워준 엄마

회의가 끝나고 집으로 돌아가는 길은 조용하지 않다. 사실 난 제발 조용히 갈 수 있길 바랐다. 입을 다물고 깊은 생각에 빠진 엄마 옆에 앉아서 가는 게 훨씬 편할 것 같았다. 어떤 면에서도 엄마를 실망시키지 않았다고 믿어버리면 마음이 편할 것 같았다.

"그리고 그건 또 무슨 말이니? '프롬은 우리 모두를 위한 행사입니다?' 얼리사, 내가 널 이렇게밖에 못 가르쳤니?"

"엄마, 엄마는 날 강한 여성으로 키웠잖아. 내가 믿는 것을 위해 싸울 줄 아는 사람 말이야."

내가 대답한다.

"난 널 훌륭한 기독교인으로 키웠어!"

속이 뒤틀리는 듯 아프다. 더 이상 아무 말 하지 말라는 신호다.

'침묵한다고 엄마 말에 동의하는 건 아니니까.'

나는 나름대로 합리화를 해본다. 토머스 모어(《유토피아》의 저자, 헨리 8세의 이혼을 반대하다가 처형당했다—옮긴이)가 죽음으로 이것을 증명하지 않았던가! 그렇지. 토머스 모어는 이걸 증명하고 결국 죽었다. 난 중얼중얼 다시 입을 연다.

"훌륭한 기독교인이니까 이렇게 하지. 네 이웃을 네 몸같이 사랑하라고 하잖아."

엄마는 목에서 두둑 소리가 날 정도로 고개를 홱 돌려 나를 노려본다. 두 눈에 분노가 담겨 있다. 그것은 지글지글 타오르는 작은 불꽃이 되어, 자칫하면 밖으로 뛰쳐나와 큰 들불을 일으킬 것만 같다. 엄마 입술에서 튀어나온 말 한마디 한마디가 바로 그 불씨다.

"그 애를 미워하란 말이 아니야. 죄는 미워하고, 죄인은 사랑해야지. 그 아이가 다른 학교 여자애랑 우리 프롬에 와서 어슬렁거리게 두는 건 죄를 사랑하는 일이다. 벌써 뉴욕의 그 미치광이들을 학교로 끌어들여서 온 동네 사람들을⋯."

"그 사람들은 걔가 부른 게 아니잖아, 엄마!"

핸들을 잡은 엄마의 두 손이 분노로 부들부들 떨리고, 속도계 바늘이 순식간에 휙 돌아간다. 시속 120킬로미터가 되자 차가 떨리기 시작한다. 12년 된 차에 타이어도 두 번밖에 바꾸지 않았으니 놀랄 일은 아니다. 엄마는 분노가 터져 나온 이 상황에서도 전혀 흔들리지 않고 일직선으로 차를 몬다.

"그런 순진한 소리 마라, 얼리사. 그 아이가 인터넷에서 우리 규칙을 비웃은 건 누구든 와서 참견 좀 해달라고 애걸복걸한 거나 마찬가지야!"

"걔가 프롬에 못 가게 하려고 그런 규칙들을 만들었으니 그런 거지! 걔는 그냥 한 사람일 뿐이야, 엄마. 해 끼칠 게 뭐가 있어?"

"해 끼칠 거? 전부 다지! 자신의 가치를 포기하는 건 곧 자기 자신을 버리는 거야. 그 아이를 프롬에 들인다고 치자. 그다음은 뭐가 될 것 같니? 남자 애들이 여자처럼 입고 여자 탈의실에 들어가는 거? 죄 하나를 받아들이면 어느 틈에 또 하나가 생기고, 그러다 보면 파멸에 이르는 거야!"

엄마가 이런 말을 할 때면 난 움찔할 수밖에 없다. 왜냐하면… 내가 동성애자라는 사실을 알면 엄마가 많이 힘들어할 것은 예상하고 있지만 이렇게까지…, 이 단어를 쓰기는 싫지만, 엄마의 마음속 '증오'가 이렇게까지 깊은 줄은 몰랐다. 엄마를 동성애 혐오자, 성전환 혐오자라고 부르긴 싫지만, 너무 빤히 보여 외면할 수가 없다.

"그런 일은 절대 일어나지 않을 거야! 동성애자를 괴롭히지 않는다고 세상이 망하진 않아."

"아, 그래?"

엄마는 다시 분노에 찬 목소리로 반격을 준비한다.

"동성애 결혼이 합법화되자마자 네 아빠가 우릴 떠난 건?"

"아빠는 캔자스에 사는 기상캐스터한테 갔잖아!"

"대법원에서 결혼으로 맺어진 관계가 별거 아니라고 판결을 내린 직후에 그랬지! 우리가 지켜온 가치들을 그들이 내버린 거야. 하나가 무너지면 또 하나가…. 얼리사, 너도 언젠가 이해할 거다. 우리가 결손 가정이 되다 보니, 네가 혼란스러워서 그래."

"엄마, 나 혼란스럽지 않아."

엄마는 듣기 싫다는 듯 손을 내젓는다. 합리적인 사고를 바탕으로 언쟁을 벌이는 것은 이 정도면 충분하다는 뜻이다.

"괜찮아. 네 아빠가 돌아오면, 교회에서 상담을 받든가 그러면 되니까. 히메네스 목사님이 아주 좋은 분이시더라. 우리 모두한테 좋은 기회가 될 거야. 너도 곧 알게 되겠지."

난 양손으로 얼굴을 문지른다. 난 엄마가 침착함을 잃지 않게 하려고 최선을 다하고 있다. 하지만 계속 그러다가는 내가 무너지겠다는 생각이 들기 시작한다. 아빠는 돌아오지 않는다. 그런데 난 그 일에 대해 화조차 낼 수 없다. 엄마는 아빠가 새로운 가정을 꾸렸다는 사실에 대해 나 스스로 뭔가를 느끼고 생각할 여유를 조금도 주지 않는다. 아빠는 나를 버리고 새 자식을 얻었는데, 난 그걸 친척의 페이스북 메시지를 통해 알게 됐다!

그런데도 난 엄마의 기분을 나아지게 하는 데 온 시간을 쏟는다. 하루 종일 엄마가 더 속상해지거나 슬퍼지지 않게 하려고 기를 쓰고 있다. 석 달 후면 난 열여덟 살이 되고, 넉 달 후면 대학에 간다. 그때까지도 엄마가 이 상태면… 완벽에 대한 집착을 극복하지 못하고, 모든 것을 완벽하게 해내면 아빠가 돌아올 것이라는 확신에서 깨어나지 못하면, 그때도 내가 엄마를 무너지지 않게 떠받치고 있어야 하나?

아니면 앞마당에 토마토를 내놓아 팔고 글로리아 부인이 배우자가 아닌 척하는, 마음씨 좋은 레이놀즈 부인처럼 살아야 할까? 에마에게 평생 거짓말을 하면서 나와 함께해 달라고 청할 것인가?

에마는 거짓말을 멈출 준비가 되어 있다. 나와 함께하기 위한 이 싸움을 그 애는 과연 얼마나 더 계속할 것인가?

앞으로 얼마나 더 엄마의 행복을 우선시해야 할까?

난 침을 한번 삼키고 창밖을 바라본다. 최근 새로 고랑을 판 밭에 흐트러짐 없이 깔끔한 줄이 쭉쭉 나 있다. 내가 좋아하는 풍경이다. 지금은 그저 땅에 그어놓은 줄에 불과하지만, 몇 주 후면 그 안에서 새싹이 돋아 봄을 알릴 것이다.

새 생명, 신선한 초록빛이 사방에서 뻗어 나오는 것이다. 난 그 평화로운 질서의 일부가 되고 싶다. 내가 사는 동네와 우리 집에 자연스레 어울리고 싶다. 엄마가 바라는 내 모습이 아니라, 있는 그대로의 내 모습으로 말이다.

"상담이야 원하면 얼마든지 갈 수 있지. 하지만 엄마, 그런다고 내 마음이 바뀌진 않을 거야. 프롬은 모두를 위한 자리가 돼야 해."

엄마는 턱을 앞으로 쑥 밀어낸다. 어떤 문제에 대해 깊이 생각하거나 해결책을 찾으려고 할 때면 늘 이런다.

"대체 어디서 이런 이상한 생각에 물이 들었는지 모르겠구나, 얼리사."

"나 서약도 했어."

내가 단호하게 말한다.

"학생회장이잖아. 내가 선택하고 고른 학생들의 회장이 아니란 말

프롬

이야. 야구팀 선수들이 올해는 새 저지 셔츠를 받을 자격이 안 된다고 생각하지만, 그래도 난 찬성해 줬어. 걔들한텐 중요한 일이니까! 프롬도 마찬가지야. 에마한테는 중요한 일이라고."

"에마, 에마, 에마."

엄마가 손을 흔들며 나를 놀리듯 말한다.

"걔는 지금 모든 관심이 자기한테 쏠려 있어서 좋아 죽을 거다. 그런 사람들이 원래 그래. 아까 체육관에서 그 사람들 하는 짓 좀 봐라! 부끄러운 줄도 모르고 말이야!"

"그건 그 사람들이 그런 거고, 에마는 아니잖아!"

"다 그 아이를 위해서 그런 거잖니. 유유상종이지. 네가 뭐라고 하든 내 생각은 변하지 않아! 이 모든 걸 조종하는 건 바로 그 아이야."

엄마 앞에서 언성을 높여본 게 언제였는지 기억도 나지 않는다. 그러니 내가 분노를 쏟아내듯 엄마에게 소리치는 순간, 우리 둘 다 깜짝 놀라는 건 당연한 일이다.

"시위할 거리가 애초에 없었으면 이런 일이 일어나지 않았겠지! 내가 장담하는데, 그 사람들은 우리가 바뀔 때까지 계속 그렇게 항의할 거야!"

"얼리사, 그만해라!"

칼끝처럼 날카로운 엄마 목소리가 우리 둘 사이를 가르고, 대화를 끊어버린다. 완벽하던 겉모습이 허물어지자, 그 아래 숨겨진 수많은 틈이 드러난다. 엄마는 무너져 내리기 직전이다. 차가 신호등 아래를 지나는 순간 엄마 얼굴이 잠시 초록색으로 빛나다가, 이내 어두워진다. 차 안에 다시 어둠이 깔리자, 모든 것이 제자리를 찾은 듯 매끄러워진다.

"그 존 조라는 애에 대해 얘기 좀 해보렴."

엄마는 조금 전 말다툼은 아예 없었던 일인 양, 태연하게 입을 연다. 마치 우리 삶에 리셋 버튼이 있어서 더 좋은 방향으로 나아갈 수 있다는 듯 말이다.

"모의 유엔 회의에서 만났으면, 똑똑한 애겠다. 우리 예쁜 딸만큼은 아니겠지만, 꽤 똑똑하겠어."

"엄마."

난 아직 화가 덜 풀린 목소리로 말한다.

"그런데 너 조심해야 된다."

엄마는 아랑곳 않고 말을 잇는다.

"남자애들은 너무 똑똑한 여자 안 좋아해. 하지만 네 얼굴 좀 보렴. 어쩜 이렇게 예쁜지! 그 얼굴만 보면 걔가 정신을 못 차릴 거다."

"엄마, 나 다 취소했어. 학교 밖 사람은 프롬에 못 가는 걸로 규칙을 바꿨잖아. 그래서 약속도 취소했어."

엄마는 경악한 표정으로 빽 소리를 지른다.

"얘, 얼리사! 대체 왜 그랬니? 넌 그런 규칙 안 지켜도 된다고 말했잖아."

"나도 지켜야 해."

난 딱 잘라 대답한다.

엄마 표정이 모든 것을 말해준다. 다 망했구나. 완벽한 밤이 준비

되어 있었다. 난 내 데이트 상대 품에 안겨 그 밤을 즐기기만 하면 됐다. 엄마는 울 것 같은 얼굴을 하고 있다. 하지만 잠시 후, 힘이 솟는 샘을 찾아낸 엄마는 이 장애물을 정신없이 날아다니는 파리 쫓듯 몰아내 버린다.

"아직 시간이 있어. 존한테 다시 연락해라! 갑자기 생각난 건데, 에든버러에 가서 네 드레스를 가져오길 정말 잘한 것 같아. 그걸 입고 가면, 넌 다른 누구보다 빛날 거야. 프롬 퀸에 출마하지 않는 건 좀 속상하네. 분명히 케일리가 퀸이 될 텐데, 네가 걔보다 두 배는 더 예쁘잖니."

난 조심스럽게 질문을 던져본다.

"프롬이 취소되지 않는다는 뜻이야? 확실해?"

밝고 가벼운 엄마의 웃음소리가 차를 가득 채운다. 엄마는 나를 흘끗 바라본다. 완벽하게 하얀 이를 드러내고, 흔들림 없이 완벽한 미소를 지은 채 말이다. 엄마는 정말이지 완벽하다. 그런 엄마가 이번에는 디즈니 영화에 나오는 요정 할머니처럼 이렇게 말한다.

"우리 딸이 프롬에 가는 걸 내가 막을 순 없지!"

난 조심스럽게 엄마를 바라본다. 나 때문에 마음이 바뀐 건가? 확실치 않지만, 직접 물어보기는 두렵다. 엄마가 마침내 주장을 굽힌 것이라면 너무 좋을 텐데! 하지만 솔직히 엄마가 마음을 바꾼 것인지, 아니면 현실감을 완전히 잃어버린 것인지 구분이 안 된다. 난 아무 말도 하지 않는다.

엄마는 팔을 뻗어 내 손을 꼭 잡는다.

"벽난로 앞이랑 오크나무 아래에서 꼭 사진을 찍었으면 하는데, 걔가 너보다 크니? 뭐, 크지 않아도 상관없지. 하이힐은 다음에 신으면 되니까. 몇 시에 데리러 올지 아니?"

"엄마, 취소했다고 말했잖아."

난 너무나 평범한 이야기를 하듯 평소 목소리를 내려고 애쓰며 대답한다.

"걔는 안 온다고."

"다시 부르라니까 그러네."

엄마가 행복한 듯 몸을 꿈틀대며 말한다.

말싸움이 다시 시작될 판이다. 하지만 상상 속 데이트 상대의 존재하지 않는 스케줄을 가지고 말싸움을 벌인다는 건 정말 바보 같은 일 아닌가! 그냥 이대로 조용히 놔두는 편이 훨씬 쉽다. 엄마 말대로 하겠다고 고개를 끄덕이자. 엄마가 원하는 건 그뿐이다. 그래봤자 바뀌는 건 없지만, 적어도 집까지 평화롭게 갈 수는 있다.

지금은 그것만으로 충분하다.

11장

정말 멋진 날이
될 거야

무슨 이유에서인지 할머니가 브로드웨이 사람들과 이야기를 나누고 싶다고 하신다.

우린 그들의 투어버스를 따라 고속도로 근처 컴포트인(중저가 호텔 체인—옮긴이)으로 들어간다. 난 그들이 맞은편의 나이츠인으로 가지 않아 마음이 놓인다. 거긴 시간 단위로 머물 수 있어서 화물차 운전자들에게 인기가 높다.

주차장 제일 안쪽에 투어버스가 서 있고, 〈갓스펠〉 배우들 반 정도가 그 주변에 삼삼오오 모여 있다. 그중 두 남자가 서로를 감싸 안고 있는데, 추워서 그런 것은 아닌 듯하다.

그들 곁을 지나면서, 난 한쪽 발을 잡아 머리 위까지 들어 올린 여자를 발견한다. 놀라운 광경이다. 그 여자는 허리를 둥글게 휜 채 한 발로 서서, 다른 사람과 대화를 나누고 있다.

"눈 튀어나오겠다."

할머니가 놀리듯 말하며 나를 호텔 안으로 끌고 들어간다. 로비 풍경도 주차장과 비슷하다. 문 바로 옆에 소파가 있는데 한 남자가 여자 무릎에 앉아 있고, 짐 선반 옆에서는 열띤 대화가 한창이다.

하지만 우리가 만나러 온 두 사람은 그 안에 없다. 할머니는 안내 데스크에 서 있는 두 사람을 발견하고, 손을 흔든다.

"글리크먼 씨! 앨런 씨!"

호텔 종업원 앞에서 길고 긴 독백을 늘어놓던 배리가 마침내 말을 멈춘다. 놀라지 마시라. 인디애나주 에지워터 컴포트인에는 사우나도 없고 룸서비스도 없다. 스위트룸도 없다. 겨우 3층짜리 건물인데 있을 리가 있겠나? 이 사람들은 대체 뭘 기대한 것일까? 배리는 재킷 앞자락을 한번 매만지고, 우리를 향해 걸어온다.

"에마!"

그는 악수를 하는 대신, 내 손을 자신의 두 손으로 꼭 감싸 쥔다. 허리도 약간 숙인 것 같은데, 확실하지는 않다.

"여기까지 무슨 일이니?"

"여러분한테 감사 인사를 하고 싶어서요."

할머니가 대답한다. 할머니는 작은 보호벽을 치듯 슬며시 걸음을 옮겨 내 앞에 선다.

"우리 에마를 위해 먼 길 와주셔서 감사합니다. 지난 2년 동안은 밭일이 꽤나 힘들었어요."

"농촌다운 비유네요."

디디가 말한다. 그녀는 바퀴 달린 여행 가방을 앞으로 홱 당겨 와 손잡이를 딸깍 접는다.

"멋져요!"

배리가 내 손을 놓으며 고개를 끄덕인다.

"나도 프롬에 못 갔단다. 정확히 말하면 프롬에는 열네 번 갔어. 하지만 다 남들 프롬이었지. 난….

"우리는….

디디가 말을 자른다.

배리는 불만스러운 얼굴로 그녀를 한번 바라보고, 다시 입을 연다.

"너는 그런 일을 겪지 않았으면 좋겠어. 요즘 세상에 그런 일이 있어선 안 돼."

"여긴 이 어린것이 살기엔 힘든 곳이에요."

할머니가 갓 걸음을 뗀 아기 대하듯 내 머리카락을 흩뜨린다. 난 부끄러워 몸을 뒤로 뺀다. 다음 단계로 넘어가 볼까지 꼬집을 생각이라면, 할머니는 나 대신 배리를 붙잡아야 할 것이다. 누가 알겠는가? 배리라면 좋아할지도 모른다!

"왜 이 난리를 쳐야 하는지 모르겠어요."

내가 말한다.

"무식해서 그렇지."

디디가 확신에 찬 말투로 대답한다.

"촌구석에 살다 보니 꽉 막혀서 그런 거야. 이 시골뜨기들이 뭐 배운 게 있겠니? 배우려고 하지도 않는데!"

나도 이곳 주민이고 여기 사는 게 싫지만, 디디의 말을 듣는 순간 뭔가 뜨거운 게 올라온다. 디디는 뉴욕에서 왔다. 무대 위에 올라 자신이 아닌 다른 사람 행세를 하면서 먹고살 수 있는 마법의 동화나라이자 대중교통이 실제로 존재하는 곳에서 말이다.

디디는 우리가 무식하다고 말하지만, 그런 그녀도 정작 인디애나에 대해서는 잘 모르는 듯하다.

이곳에서는 밀을 거의 재배하지 않는다. 그러니 디디가 생각하는 촌구석 시골뜨기와는 좀 거리가 있다. 이곳에서는 주로 옥수수와 콩을 기르고, 농가에서는 낙농업과 양돈업을 한다. (석회석과 천연가스도 수출한다. 감사 인사는 생략해도 괜찮다.) 시골 사람 정도는 받아들일 수 있다. 밭일 하는 동안 살이 많이 타서 까무잡잡한 것은 사실이다. 하지만 촌구석 시골뜨기? 그건 좀 아니다.

믿을 수 없는 일이다. 내가 머릿속으로 이 동네를 변호하고 있다니! 하지만 사실이 그렇다. 난 여기 사람이고, 우리 단점도 잘 안다. 인디애나 사람에 대한 험담이 듣고 싶은가? 으깬 감자에 닭과 국수를 올려 가져와 보라! 그 자리에서 바로 들려주겠다. 내가 하는 험담은 '정확'하다. 하지만 디디는 문제가 있다. 삐딱한 태도가 문제다. 이 청소년 시골뜨기께서 직접 한 수 가르쳐 드려야겠다.

"이 매력적인 귀염둥이를 제가 잠깐 데려가도 될까요?"

배리가 묻는다.

할머니는 그를 한번 훑어보고 다시 나를 흘끗 보더니, 코를 긁적이며 결론을 내린다.

프롬

"시야에서 사라지는 일은 없도록 해주세요."

디디에게 한 수 가르치는 것은 아무래도 접어야 되겠다. 생각한 말들을 마구 쏟아내고 싶은 마음은 굴뚝같지만, 거리가 멀어질수록 분노도 함께 가라앉는다. 배리와 나는 티테이블 옆 초록색 의자를 하나씩 잡고 앉는다. 배리는 그곳에 있던 코러스 배우들을 먼저 쫓아내야 했는데, 그들은 배리를 마치 신이나 되는 듯 바라보았다. 잔치와 술을 좋아하는 로마 신쯤 되지 않을까 생각해 본다.

테이블에는 초콜릿칩 쿠키와 스니커두들 쿠키(쿠키 반죽 겉에 설탕을 입힌 일반적인 홈메이드 쿠키—옮긴이)가 담긴 쟁반이 있고, 그 위에는 누구든 가져가도 좋다는 친절한 팻말이 보인다. 하지만 집게는 없다. 쿠키를 먹고 싶으면 다른 사람들처럼 지저분한 손으로 직접 쿠키를 집어야 한다.

배리는 개의치 않고 쿠키를 하나 집어 반으로 자른다. 그는 자른 반쪽을 내게 내밀며, 동정 어린 미소와 함께 나를 바라본다.

"나도 딱 너 같았어."

그는 잠시 말을 멈추고, 따뜻하기 그지없는 눈빛으로 할머니를 바라본다.

"그래도 넌 엄마가 곁에 계시잖니."

"저분은 제 할머니세요. 엄마, 아빠한테 쫓겨났는데 할머니가 절 받아주셨어요."

"어떻게 그럴 수가 있지?"

"할머니 말로는, 아기 때 너무 여러 번 떨어뜨려서 아빠가 머리를 다친 것 같대요."

난 어깨를 으쓱하며, 장난스러운 미소를 지어 보인다.

배리가 웃어줄 줄 알았는데, 그는 동정 어린 목소리로 뭔가 중얼거릴 뿐이다. 진심으로 애석해하는 그의 표정이 너무 와닿아, 어느새 눈물이 차오른다. 내 머릿속에서 그는 여전히 페커 씨인데, 실제로 만난 그는 훨씬 더 좋은 사람이다. 더 다정하고 진실된 사람 같다.

그는 들고 있던 쿠키를 내려놓고, 한 손으로 턱을 받치며 다시 입을 연다.

"끔찍한 일을 겪었구나. 사실… 나도 그랬어."

"힘드셨겠네요."

"너도 마찬가지지."

그는 잠시 생각에 잠긴 듯하지만, 이내 현실로 돌아온다.

"하지만 너한테는 내가 있잖아. 우리 같은 사람들? 우린 스스로 가족을 선택해야 해. 우린 서로를 발견하면, 방 건너편이든 이 나라의 반대편이든 상관 않고 서로를 돌봐주지. 명절 때나 만나면서 인종차별적 농담이나 던지는 삼촌 대신, 너에겐 이제 내가 있단다."

"학교에서 피켓 시위를 해주는 삼촌이 생긴 건가요?"

"네 인생을 송두리째 바꿔줄 이모가 생긴 거야!"

그가 과장된 몸짓과 함께 환한 미소를 짓는다. 그에게서 빛이 나는 것 같다.

나도 여자 친구와 해볼 건 다 해본 사람이지만, 배리는 지금껏 내가 본 사람 중 가장 게이스러운 사람이다. 아니, 다른 표현이 필요하

프롤

다. 전형적인 게이의 특성을 그대로 보여주는 사람? 최강 게이? 뭐라고 해야 할지 모르겠다!

어쩌면 내 안 깊은 곳에 숨어 있던 동성애혐오증이 그 모습을 드러내는 것인지도 모른다. 배리는 자연스럽게 자기 모습을 보여주고 있는데, 난 차갑게 식은 쿠키를 손에 들고 호텔 의자에 어정쩡하게 걸터앉아 있지 않은가! 교회 종탑에 쓰기에는 한참 부족한 밋밋한 괴물 석상처럼 말이다.

"그거 아니?"

배리가 나를 향해 몸을 기울이고, 목소리를 낮춘다.

"여기서 벗어날 방법이 있어. 네가 유튜브에 올린 영상들을 봤는데, 재능이 아주 뛰어나더라, 에마. 그런 사람을 위한 자리는 어디든 존재하지. 세션 가수가 될 수도 있고, 코러스 가수가 될 수도 있어. 〈맘마미아〉 속편이 또 나오면, 노래 실력이 엉망인 그 금발 배우의 목소리 대역도 할 수 있을걸? 이런, 내가 속이 좀 좁아. 마지막 건 못 들은 걸로 해줘."

놀랍다. 내가 갑자기 미소를 짓고, 웃음소리를 내다니! 그동안 내가 듣고 싶었던 말들이 배리의 입에서 나오고 있다. 완벽하게 내 편인 사람이 생긴 것이다. 그는 내가 지금 겪는 일을 이미 겪었고, 그 모든 것을 결국 극복해 낸 사람이다. '더 나아진다'는 말은 이런 상황에 쓰는 말일 것이다.

"배리… 배리라고 불러도 돼요?"

난 그 이름의 무게를 입 안에서 느끼며 조심스럽게 묻는다. 배리는 고개를 끄덕인다.

"이렇게 먼 곳까지 와주신 거 정말 감사드려요. 하지만 오늘 밤 이후에는… 계속 밀어붙이는 게 과연 좋은 생각인지 모르겠어요. 부모님들이 얼마나 화가 났는지 보셨잖아요. 오늘 저희 학교에 막 도착하셨을 때, 제가 살해협박을 받는 중이었다는 것도 아시고요."

"하지만 에마! 바로 그런 것 때문에 우리가 여기 온 거야!"

"상황이 더 악화되지 않을까요?"

배리는 의자를 두 팔로 들어 내 방향으로 돌리더니 바닥에 쿵 소리가 나게 내려놓는다. 그는 다시 내 손을 잡고 입을 연다.

"당연히, 절대로 아니지! 우리가 막아낼 거야. 나랑 디디가 있으면, 너희 학교 프롬은 전국에서 가장 많은 사람이 지켜보는 프롬이 될 거고, 이곳 사람들도 감히 이상한 짓은 하지 못할 테니까."

"정말 친절한 말씀이신데요, 프롬이 열릴지 안 열릴지도 모르거든요. 그리고 또…."

난 어깨를 바싹 움츠리며 말을 잇는다.

"열린다고 해도, 여자 친구가 나랑 같이 가줄 것 같지 않아요."

배리가 뭔가 말하려고 입을 움직인다. 하지만 너무 대담해서 약간 선을 넘는 말이라고 판단했을까? 그는 잠시 망설이다 그 말을 하지 않기로 하고, 두 손을 비비며 노래하듯 쾌활한 목소리로 내게 묻는다.

"네 여자 친구는 누구니?"

내가 대답하는 순간, 배리는 한 대 얻어맞은 듯 얼빠진 표정을 짓는다.

"얼리사 그린이에요. 학생회장 말이에요. 걔 엄마는 학부모회 회장이고, 저를 아주 싫어하시죠."

배리가 여전히 넋 나간 표정으로 다시 내게 묻는다.

"걔 엄마도 아시니?"

"아아아아니오."

내가 대답한다.

"저와 그 애의 관계만 모르는 게 아니라, 자기 딸에 대해서도 모르세요. 얼리사가 준비될 때까진 절대 말씀하시면 안 돼요. 아시겠죠?"

"난 큐피드의 대리인이지, 불화의 씨앗을 뿌리는 사람이 아니란다."

배리가 고개를 크게 끄덕이고, 다시 입을 연다.

"우리 이렇게 하자! 넌 네 데이트 상대 일을 해결하렴. 나머지는 다 내가 알아서 할게. 나한테 맡겨, 에마. 프롬은 열리게 될 거고, 아주 완벽한 밤이 될 거야. 꽃이랑 네 헤어스타일, 신발, 전부 내가 챙길게. 드레스는 준비했니?"

"어, 아니요."

더듬더듬 대답은 하지만, 드레스를 입지 않겠다는 말은 차마 꺼내지 못한다.

"저런, 그랬구나. 할 일이 너무 많네! 여기에서 제일 가까운 삭스 백화점이 어디니?"

"여긴 삭스 없는데요."

그는 몸서리를 치고, 다시 묻는다.

"그럼 메이시스 백화점은?"

난 고개를 젓는다.

"죄송해요. 월마트는 어떠세요?"

"맙소사! 넌 프롬에 가는 거지 포크댄스 파티에 가는 게 아니야. 그래, 침착하자. 숨 들이마시고, 집중하고, 내쉬고, 좋아."

그는 손뼉을 한 번 친다. 갑자기 시작된 명상이 끝났다는 뜻인가 보다.

"삭스가 없어도 문제없어. 토니상을 수상한 의상 디자이너 그레그 반스가 나한테 한두 번 신세 진 적이 있거든. 드레스 몇 벌을 골라서 택배로 보내라고 한 다음, 너한테 가져갈게."

"학교로요?"

"너희 집으로."

배리가 잠시 생각하더니, 다시 묻는다.

"중년 남자가 네 침실을 휘젓고 다녀도 할머니께서 싫어하지 않으신다면 말이다."

우리 둘은 동시에 할머니를 바라본다. 할머니는 시위에 참가한 젊은이 중 한 명을 쓰다듬고 계신다. 그 남자의 긴 금발 머리가 꽤 탐스럽긴 하다.

"방문을 열어둬야 할 거예요. 침대에는 올라가지 않기로 약속하고요."

"최선을 다해볼게."

배리가 농담을 던진다.

휴대폰이 드르륵거린다. 학교 알림이다. 난 주머니에서 휴대폰을 꺼내지만, 곧바로 보지는 못한다. 목이 마르고 심장이 멈추는 것 같다. 난 배리를 바라본다.

"학교에서 뭐가 왔어요."

"읽어보자."

그가 대답한다.

"싸워야 한다면, 우리도 준비해야지. 맨손으로 전투에 나설 순 없으니까."

잠금화면을 풀고 학교 알림을 터치한다. 신호가 잡혔다 안 잡혔다 들쑥날쑥해서 메일이 다 뜨려면 1분 정도는 기다려야 한다. 근처에 석회석이 많기도 하고, 워낙 외진 곳이기도 하기 때문이다. 마침내 화면이 밝아지고, 메일이 열린다. 학부모회에서 온 것이다.

"올해 프롬에 대해서."

목소리가 떨리지만, 난 계속 읽어 내려간다.

"친구들과 가족들, 그리고 지역사회 주민들과 협의하고 깊이 숙고한 끝에, 제임스 매디슨 학부모회는 원래 계획했던 날짜와 시간에 프롬을 개최하기로 결정했습니다. 더 자세한 정보는 다음 메일을 통해 공지하겠습니다. 적극적으로 의견 나눠주셔서 감사합니다. 우리 학생들과 2019년 골든위블스 모두 자랑스럽습니다. 학부모회 회장 엘레나 올림."

"우리가 해냈어."

배리가 속삭임이라 해도 좋을 만큼 작은 목소리로 말한다. 하지만 곧이어 그는 자리에서 펄쩍 뛰어올라 다른 방을 향해 소리친다.

"디디! 〈갓스펠〉의 배우님들! 우리가 해냈어요! 에마가 프롬에 가게 됐어요!"

함성이 호텔 로비를 가득 채운다. 재즈 손동작과 댄스 스텝이 이곳저곳에서 터져 나온다. 소식은 바람처럼 빠르게 퍼져, 신이 난 목소리와 함께 호텔 정문 밖으로 쏟아져 나간다. 기쁨에 열광하는 수많은 얼굴들을 보니, 나 역시 웃지 않을 수 없다. 이런 군중이라면 언제든 환영이다.

"우리 진짜 대단하다!"

디디가 머리 위로 팔을 쭉 뻗으며 말한다.

할머니는 눈썹을 쓱 들어 올린다.

"에마가 대단한 거죠."

"저분들 덕분이에요."

인정하지 않을 수가 없다.

"저 사람들이 오면서 모든 게 변했잖아요."

내 말이 끝나자마자, 배리가 우아한 춤동작으로 디디를 들어 올린다. (아마도 왈츠겠지? 내가 그런 걸 어떻게 알겠는가? 여긴 1719년의 베르사유가 아니라 2019년의 인디애나다. 사실 인디애나주에도 베르사유가 있긴 하다. 버세일즈라고 읽어야 하는 게 다르다면 다른 점이다.)

사람들이 내 주변에 모여 환호성을 지르고 노래를 부른다. 그들이 이곳에 온 지는 얼마 안 됐지만, 이런 일이 엄청 자주 일어난다는 건 충분히 알겠다. 난 아무 말 없이 이 순간을 즐긴다. 내 휴대폰은 수백만 톤이 된 듯 무겁지만, 난 공기처럼 가볍다. 난 프롬에 갈 것이다.

프롬에 갈 것이다!

12장

무언가
시작됐다

내가 차 문을 열자, 에마가 안으로 뛰어 들어온다.

난 두 팔로 그를 감싸 안고 키스를 퍼붓는다. 빠르고 강하게, 그다음은 부드럽게 키스한다. 우리 두 사람의 입술이 끈적해지고 차 유리에 김이 서릴 때까지 난 멈추지 않는다. 그에게서 풍선껌 맛이 난다. 그는 전기 같고, 나를 덮친 뒤 계속해서 달려 나가는 달콤한 여름날의 폭풍우 같다.

우린 에마의 할머니 집 진입로에 주차한 차 안에서 키스하고 또 키스한다. 사과하고, 약속하고, 서로의 안부를 묻지만, 작별인사는 하지 않는다. 아직은 아니다. 오늘 밤만큼은 하지 않겠다.

에마가 숨을 고르기 위해 입술을 떼고 나와 이마를 맞붙인다. 그의 손가락이 머리카락을 훑어 내리자 난 온몸에 전율이 흐른다. 그는 익숙하고 늘 변함없으면서 동시에 손 댈 수 없는 사람이다. 난 부드럽게 그의 피부를 쓰다듬어, 나의 안도감을 그에게 전한다. 최근 우린 너무 멀어졌다. 제자리로 돌아오지 못할까 걱정했지만, 우린 다시 하나가 되었다.

우리의 몸은 서로에게 딱 맞는다. 내 손을 감싼 그의 손, 포개진 입술, 그리고 마주 댄 심장까지. 작은 떨림이 심장을 통과하고, 난 잠시 현기증을 느낀다. 그는 날 어지럽게 만든다.

"어떻게 감옥에서 탈출했어?"

에마가 놀리듯 미소 지으며 묻는다.

"벽에 걸린 루비 로즈 사진 뒤로 굴을 파서 나왔지."

차 안에 웃음이 번지고, 난 그를 힘껏 껴안는다. 잠시 후 몸을 뗀 그가 머리받침대에 머리를 기댄다. 그는 내 손가락을 자신의 손가락으로 만지작거린다. 기타를 쳐서 거칠어진 그의 손끝이 내 손 위에서 다시 키스하기 시작한다.

"진짜 어떻게 온 거야?"

그가 다시 묻는다.

"진짜로 묻는 거야? 레드스트라이프 매니저가 근무 시간에 한 번만 더 빠지면 위에 보고하겠다고 엄마한테 경고했대."

"아이고!"

에마가 이마를 찌푸리며 말한다.

"식료품 상점 세계가 무서운 곳이었네. 한번 들어가면 못 나오는구나!"

프롬

난 낮은 소리로 웃는다. 눈을 굴리는 것도 짜증 때문이 아니라 즐거워서다. 엄마는 에마의 삶을 기하급수적으로 어렵게 만들고 있지만, 에마는 그 일로 나를 원망하지 않는다. 엄마에 대해서 잔인하게 굴지도 않는다. 그럴 권리가 충분히 있는 사람인데도 말이다. 요즘은 특히 더 그런 생각이 든다.

엄마는 복잡한 문제 덩어리다. 하지만 이러나저러나 내 엄마다. 나에게는 유일한 가족인 것이다. 할머니, 할아버지는 은퇴 후 뉴멕시코주로 갔고, 하나뿐인 이모는 디모인(아이오와주의 주도—옮긴이)에 산다. 그들은 크리스마스나 생일축하 카드 속에만 존재한다. 페이스북이나 문자 메시지로만 만날 수 있는 사람들이다. 아빠는… 아빠는 전에 얘기한 대로다.

"생각해 봤는데…."

말을 꺼내는 순간, 피부가 화끈거린다.

"프롬이 다시 열리게 됐잖아. 이렇게 된 걸 보면, 엄마 마음이 좀 누그러진 것 같으니까…."

"뭐야, 브로드웨이 침공 때문에 그렇게 됐다고 생각하지 않아?"

"에마."

"그 사람들 이번 주말에 트럭 경주에서 뮤지컬 곡으로 공연을 할 거래. 자신들 주장을 확실히 밝히기 위해서라던데. 사람들 표정이 어떨지 상상이 되니? '일요일, 일요일, 일요일! 우린 너희에게 자리를 팔 거야, 하지만 너희에겐 자리가 필요 없지, 없지, 없지, 대신 신나는 곡이 있어야 해.' 내가 이미 경고해 봤는데, 통하지 않더라."

난 손으로 얼굴을 가리고 고개를 저었다.

"대체 왜 그러는 거야? 목적은 이미 이뤘잖아."

"쇼는 계속되어야 한다던가?"

에마가 오히려 내게 묻듯 대답하고 어깨를 으쓱한다. 그리고 곧바로 그 애의 표정이 바뀐다. 목소리도 마찬가지다. 뭔가 기분 좋은 말이 나올 것 같다.

"배리가 의상 디자이너한테 전화로 부탁을 해주겠대. 내 드레스 말이야."

"이름으로 부르는 사이야?"

에마가 고개를 끄덕이자, 짙은 색 머리카락이 출렁이고 안경이 콧등을 따라 미끄러진다.

"그렇게 됐어. 그런데 배리가 생각하는 프롬 복장은 내가 생각했던 거랑 좀 다른 것 같아. 그래도 뭐… 어젯밤에 꽤 오랫동안 얘기했는데, 정말 좋았어."

마음속에 죄책감이 자리를 잡는다. 에마는 이 과정을 혼자 견디고 있다. 우리 엄마 때문에 난리가 났는데, 그는 이걸 혼자 감당하고 있는 것이다. 글리크먼 씨와 앨런 씨는 좀… 열정적인 면이 있지만, 에마가 그 두 사람을 받아들인다고 내가 뭐라고 할 입장은 아니다. 난 억지로 미소를 짓는다.

"그랬구나."

창밖을 물끄러미 바라보는 그의 얼굴에서 뭔가 변화가 일어난다. 그는 기억 속에 푹 빠진 것 같다. 잠시 후 그가 애석한 목소리로 입을 연다.

"응, 진짜 좋더라. 날 진심으로 이해해 준 사람은 그 사람이 처음이야."

애써 짓고 있던 미소가 무너져 내린다.

"아….."

"내 말 무슨 뜻인지 알지?"

에마가 갑자기 움직이기 시작한다. 그는 생기 가득한 얼굴로 두 손을 크게 휘젓고 있다. 그가 이렇게 흥분하는 모습을 보는 것은 〈사브리나〉(마녀 고모들과 함께 사는 십 대 소녀 마녀를 주인공으로 한 드라마—옮긴이) 새 시즌이 바보 같은 시시한 이야기 대신 엄청 무서운 이야기가 될 거라는 소식에 미친 듯 좋아하는 모습을 본 후 처음이다.

"배리는 정말 특별한 사람이야."

에마는 말을 멈출 생각이 없어 보인다.

"그 사람도 엄마한테 쫓겨났대. 우리 같은 사람은 스스로 가족을 선택해야 된다고도 했어. 어떤 사람과 어울릴 것인지 결정해야 된다는 건데, 난 그런 생각을 해본 적이 없거든. 가족은 사랑이니까, 반대로 생각하면 우리가 사랑하는 사람이 가족이 되는 거지."

이유는 모르지만, 가슴 깊은 곳에서 불안이 꿈틀거린다. 풍선이 손에서 빠져나갈까 봐 너무 꼭 움켜쥐고 있는 기분이다. 난 생각을 끊어내고, 입을 연다.

"말을 돌리려는 건 아닌데, 내가… 내가 아까 하려던 말은, 난 우리가 같이 하면 좋겠어…. 너랑 프롬에 가고 싶다고."

에마가 멈칫한다.

"그건 이미 결정된 거 아니었어?"

"아, 그렇지, 그래!"

내가 다급하게 대답한다.

"그동안 많은 일이 있었잖아…. 혹시 네 마음이 바뀌었을지도 모르니까."

에마는 털썩 뒤로 기대 나를 바라본다. 아주 뚫어질 듯 바라본다.

"이 모든 일이 벌어지는 동안, 변하지 않은 유일한 사람이 나라는 거 너도 알지? 너희 엄마가 내 뒫뒴이를 놓고 온 동네 사람들 의견을 물은 건 내가 원한 게 아니야. 브로드웨이 사람들도 내가 불러서 학교에 와 시위한 거 아니고. 최근 벌어진 일 중 어떤 것도 내가 바라서 벌어진 게 아니야."

"그야 당연히 그렇지!"

내가 양손을 들어 올린다.

"그만하자. 나 싸우고 싶지 않아."

"나도 싸우기 싫어."

에마는 실망한 표정이지만, 내 손을 잡고 다시 입을 연다.

"그거 알아? 난 폭동을 일으킬 생각 같은 거 없어. 새로운 길을 개척하거나 상징이 될 마음도 전혀 없고. 다른 사람들이 뭐라고 생각하든 상관없어. 난 그냥 너랑 춤추고 싶을 뿐이야."

나도 모르게 눈물이 차올라 깜짝 놀란다. '내가 바라는 것도 그것뿐이야'라고 당장 에마에게 말해주고 싶다. 같이 춤을 추고, 모든 것

프롬

이 옳다고 느껴지는 그 순간 온 세상이 사라지는 경험을 하고 싶다. 그 무엇도 두려워하지 않고 말이다. 에마를 너무 사랑해서 마음이 아플 지경이다. 내가 그를 사랑한 방식 때문에 그가 고통 받는다는 게 싫다.

"널 꼭 안고 싶어."

마침내 내가 말한다.

"그리고 절대 놓지 말자."

에마가 눈물을 반짝이며 말한다.

"우리 둘이 같이 하는 거야. 어차피 춤을 제대로 출 줄 아는 사람이 있는 것도 아니잖아! 사람들이 전혀 생각하지 못했던 음악에 맞춰서 우리 둘이 되는대로 한번 움직여 보자. 다른 사람들이 뭘 그렇게 두려워하는지 모르겠지만, 난 더 이상 신경 쓰지 않을래. 난 이제 너만 생각할 거야."

난 고개를 돌리고 코를 훌쩍인다. 난 예쁘게 우는 스타일이 아니라, 이러다 키스라도 하게 되면 그의 얼굴은 콧물 범벅이 될 것이다.

"약속할게. 프롬에 가면 너랑 나, 그리고 음악만 생각할 거야."

에마가 내 품에 쓰러지듯 안긴다. 난 그를 꼭 껴안고, 그의 머리카락에 내 뺨을 비빈다. 그를 더욱 꼭 끌어안자 따스한 그의 숨결이 느껴진다. 이렇게 좋은데, 이렇게 완벽한데, 이게 왜 수많은 문제를 일으켜야 하는 거지? 아니, 질문이 틀렸다. 왜 다른 사람들은 이렇게 좋고 이렇게 완벽한 것을 기분 나빠하는 걸까?

약한 비가 내리기 시작한다. 차 지붕에 떨어지는 빗방울이 잔잔한

울림을 만들자, 에마가 원하는 바로 그 일이 이루어진다. 온 세상이 사라지기 시작한다. 사방이 어둠에 둘러싸인 이곳, 바로 지금, 빗줄기가 피워낸 연무 속에는 더 이상 아무것도 존재하지 않는다.

우리 두 사람이 있을 뿐이다.

13장

야단법석, 그리고 파운드케이크

현관문 밖에서 배리와 디디의 소리가 들리더니, 잠시 후 두 사람이 노크를 한다.

좀 더 구체적으로 말하면, 디디가 문 앞에서 탭 댄스를 추는 게 아닐까 의심할 만한 소리가 들렸고, 그다음에 분명하고 공격적인 노크 소리가 들렸다. 난 거실에서 밝은 노란색 라운저에 앉아 있다가 깜짝 놀라 현관으로 향한다.

"스타 행세 하느라 한참 늦을 줄 알았는데 의외네."

할머니가 방금 만든 케이크를 자르려고 빵칼을 꺼내 들며 말한다. 집안에 온통 설탕과 바닐라향이 가득하다. 난 불안한 마음을 누르고, 미소를 지으며 문을 연다.

"누 솜 자리베!(Nous sommes arrivés!, 프랑스어로 '우리가 도착했어요!'라는 뜻─옮긴이)"

디디가 공연 중인 배우처럼 문을 통과하며 소리친다. 그녀는 매니큐어 칠한 손으로 나를 움켜잡고 뺨과 뺨을 부딪치며, 귀 바로 옆에서 쪽쪽 소리를 낸다. 그녀가 손을 놓자, 내 몸이 빙그르르 돌며 거실을 가로지른다. 디디가 집에 도착한 지 10초도 지나지 않았는데, 난 이미 진이 다 빠진 느낌이다.

그녀 뒤로, 배리가 옷걸이를 밀면서 문을 통과한다. 완벽한 그의 피부에 살짝 핑크빛이 돌고 있다. 집 안에 들어오자, 그는 주머니에서 손수건을 꺼내 얼굴을 톡톡 두드린다. 그런 다음 그는 두 눈을 감고 숨을 들이마신 후, 다시 현재로 돌아온다.

"에마!"

그가 밝은 표정으로 말한다. 다행히 그는 나를 빙그르르 돌리는 식의 인사는 하지 않는다. 그저 내 손을 쥐어짜듯 꼭 잡을 뿐이다.

"어떻게 지냈니?"

벅차고, 흥분되고, 약간 속이 울렁거리기도 하고…. 하지만 난 이렇게 대답하지 않는다. 어떤 단어도 질문에 대한 답이 될 수 없기 때문이다. 난 이 단어들을 다 합쳐도 표현할 수 없는 상태다. 황홀경에 빠졌다가 곧장 절망으로 돌아섰다가, 갈팡질팡하는 풍향계가 된 것 같다. 난 그냥 미소를 지으며, 그를 집 안으로 안내한다.

"잘 지냈죠. 두 분은 어떠셨어요?"

"회복 중이란다."

디디가 대답한다. 그녀는 앉을 곳을 찾는 듯 고개를 돌린다. 거실에는 소파와 2인용 안락의자, 흔들의자, 그리고 노란색 라운저가 있지만, 어떤 것도 그녀 마음에는 들지 않는 것 같다. 그녀는 결국 벽난로에 기대 자리를 잡는다. 그리고 연극을 하듯 한 손을 가슴 위에 올리며 다시 입을 연다.

"트럭 경주에서 아무도 우리 공연을 좋아하지 않았거든. 물건을 집어 던지더라고!"

"정말 그랬어요?"

할머니가 웃음을 감추며 대꾸하신다.

"진짜라니까요! 뉴욕에서는 사람들이 자기 돈을 써가면서 우리 공연을 보는데 말이에요."

"변덕스러운 날씨 때문일 거예요."

할머니가 다시 말씀하신다.

"봄이 다가오면 사람들이 약간 정신이 나가거든요. 마실 것 좀 드릴까요?"

할머니가 종이 접시 위에 두껍게 자른 파운드케이크를 담아 들고 오신다. 디디가 일회용 접시를 보고 어떻게 할지 기대가 되는 순간이다.

디디는 케이크를 슬쩍 보는가 싶더니, 재빨리 눈을 돌린다.

"안 돼. 이러면 안 돼요."

그녀는 결심한 듯 말하지만, 곧바로 입장을 바꾼다.

"하지만 준비하신 정성을 거절하는 건 결례가 될 테니, 딱 한 조각만 주시겠어요?"

"에마, 이 옷들을 의상커버에서 꺼내야 하는데, 내실이 어느 쪽이니?"

배리가 묻는다.

"어, 제 침실을 말씀하시는 거면, 이쪽이에요."

난 복도를 가리키며 대답한다.

배리는 내 손을 잡아 옷걸이에 척 올리고, 내 방을 향해 걸어간다. 옷걸이 미는 일은 이제 그만하겠다는 뜻인가 보다. 난 즐거운 마음으로 옷걸이를 끌어본다. 믿을 수 없을 정도로 무겁다! 두꺼운 비닐 의상커버 아래에서 뭔가 긁히고 흔들리는 소리가 끊이지 않는다. 모조 다이아몬드라도 든 것일까? 제발 그 이상은 아니기를 바랄 뿐이다.

"아, 여기였구나!"

배리가 모델 워킹으로 내 방에 들어서며 말한다.

"여기에서 네 영상을 촬영했잖아!"

배리가 내 영상을 찾아봤다는 게 아직도 믿기지 않는다. 난 쑥스러운 미소를 지으며 침대에 앉아, 최대한 건조한 말투로 말한다.

"네, 여기가 바로 그 마법의 장소예요."

"나만 믿어!"

배리가 옷걸이를 향해 돌아서며 말한다.

"지금부터 그보다 열 배는 더 마법 같은 일이 벌어질 거야."

"저기요!"

내가 재빨리 그의 말을 가로챈다.

"스타일을 좀 섞어보는 게 어떨까요? 빈티지 턱시도에 농구화를 신거나…"

배리가 끔찍한 것을 본 듯한 표정으로 나에게 고개를 돌린다.

프롬

"그렇게 할 수도 있지. 하지만 우리가 그래야 할까? 아니, 절대 안돼! 제발 부탁이야, 에마. 내가 알아서 하게 해줘."

"알겠어요."

난 순순히 대답한다. 그는 뉴욕에서 온 사람이다. 당연히 패션에 대해서라면 나보다 훨씬 잘 안다. 난 두 손을 마주 잡고 무릎을 붙인 채 그를 향해 크게 고개를 끄덕인다. 그리고 기다린다.

배리가 첫 번째 의상커버의 지퍼를 내리고, 새로운 예술작품을 공개하듯 커버를 휙 벗겨낸다. 난 저절로 몸이 굳는다. 뭐라고 불러야 할지 모르겠지만, 그 안에 있던 것이 불쑥 튀어나와 수백만 개의 작은 고드름으로 나를 찌를 것만 같았기 때문이다.

'싸우느냐 튀느냐' 하는 절박한 순간에서 빠져나와, 약간 불안하지만 어느 정도 안정을 되찾은 수준이 되자, 비로소 크리스털이 여러 줄 매달린 빨강 스팽글 장식 드레스가 눈에 들어온다. 배리가 드레스를 당겨 올리자 드레스는 잔물결을 일으키듯 흔들린다. 마치 수백 개의 목소리가 한꺼번에 속삭이는 것 같다.

"우와!"

난 너무 놀라 아무 말도 하지 못한다.

"좋아서 그러는 거야, 아님 싫어서 그러는 거야?"

배리가 몸을 기울이고 묻는다.

"그냥 놀라서요."

난 거절하고 싶지 않다. 이건 분명 멋진 드레스이기 때문이다. 내가 노력도 해보지 않고 무조건 거절한다는 인상을 주고 싶지도 않다.

하지만 이 새빨간 재즈 가수 드레스를 입고 프롬에 갈 수는 없다. 이 106센티미터 드레스는 모든 면에서 너무 지나치다. 여기에 어울리는 액세서리는 기관총밖에 없을 것이다. 한마디로 말해서, 이 드레스는 좀 도발적일 수 있을 것 같다.

잠시 고민한 끝에 난 배은망덕한 사람이라는 오해를 피할 만한 답을 생각해 낸다.

"저한텐 너무 화려하네요."

"그럴 수 있겠구나."

그는 말이 끝나자마자 쉭, 다른 의상 커버를 벗겨내 던져버린다. 이번에는 하얀색 드레스가 등장한다. 아랫단과 허리와 목 부분에 검정색 리본이 있고, 주름이, 우와… 목 부분에 주름이 어마어마하게 잡혀 있다.

이번 드레스는 그래도 가려야 할 부분은 다 가려준다. 가리지 않아도 될 부분까지 가려준다. 소매는 어깨에서 불룩 솟았다가 점점 가늘어져서 손목에서는 딱 달라붙는다. 배리가 나를 보며 눈썹을 씰룩거린다.

"세트로 나온 모자도 있어. 지름 90센티미터에 엄청 큰 타조 깃털로 장식한 거야."

난 웃음을 터뜨린다.

"수탉들이 흥분해서 다 달려들겠어요."

배리도 싱긋 따라 웃는다. 다른 방에서 디디가 몇 마디 지적하는 소리가 들리더니, 곧 할머니 노랫소리가 들려온다. 까마귀 우는 소리 같다. 할머니는 내가 아는 사람 중 제일 노래를 못하지만, 동시에 내가 아는 사람 중 노래하는 것을 제일 좋아한다. 그런 할머니가 파운드케이크를 앞에 놓고 브로드웨이 침략자와 친구가 되고 있다. 노래는 아마도 〈흔들리는 포장마차(Swing Low, Sweet Chariot)〉?

나를 둘러싸고 있던 긴장, 또 내 안에 쌓여가던 모든 긴장들이 녹아내린다. 이 드레스가 마음에 들지 않아도 괜찮다. 또 다음 것이 있으니 말이다. 내가 평범한 곳에서 나고 자란 평범한 사람이어도 문제없다. 배리는 내가 이 침실, 이 마을, 그리고 이 순간보다 더 큰 사람임을 느끼게 해준다. 그의 열정에 같이 휩쓸려 가는 것은 어려운 일이 아니다. 난 이제 긴장을 풀고, 그렇게 해보려 한다.

진심으로 웃고 숨을 쉬는 게 몇 주 만인가! 정말 오랜만에 아무런 걱정도 없다. 다음 의상 커버에서 어떤 주름진 희귀 작품이 나올까만 걱정하면 된다. 집이 원래보다 훨씬 커진 느낌이다. 더 밝고 가득 찼다. 뭐랄까… 생기가 넘친다.

배리는 화려한 동작과 함께 천천히 다음 드레스를 선보인다. 몸에 딱 붙는 핑크색 드레스다. 내 스타일은 아니지만, 적어도 프롬에 입고 갈 수는 있을 것 같다. 선별된 벤처 자본가와 하이테크 전문가를 상대로 업무 회의를 할 때 입어도 손색이 없겠다. 배리는 옷걸이를 빼내며 내게 말한다.

"이건 꼭 입어봐야 해. 정말 특별한 옷이거든."

"알았어요. 그러죠, 뭐!"

내가 대답한다.

"난 거실에서 기다릴게. 너무 오래 걸리면, 내 또 다른 자아가 튀어 나올지도 몰라. 캐롤 채닝 테이텀이라고 하지."

"캐롤을 만나고 싶으면 늦장 부리면 되는 거예요?"

내가 웃으며 묻자, 배리는 눈을 살짝 내리깔고 손가락으로 방 안을 가리킨다.

"어서 입어라."

난 재빨리 화장실 안으로 들어가, 플란넬 바지와 티셔츠를 벗고 드레스를 머리에 쑥 끼워 넣는다. 옷이 생각보다 무겁다. 옷에 몸을 욱여넣는 기분이다. 이렇게 꽉 끼는 옷은 평생 입어본 적이 없다.

난 거울을 보며 옷매무새를 가다듬는다. 그다음은… 가슴을 손바닥으로 잘 떠 올려서, 이 꽉 끼는 드레스의 한가운데에 가져다 놓는다. 어깨끈이 넓어 어깨를 많이 가려주긴 하지만, 충분치 않다. 피부가 너무 많이 보인다. 노출이 너무 많다.

난 섹시한 여자가 되고 싶었던 적이 없다. 섹시한 게 나쁘다는 뜻은 아니다. 얼리사는 주름장식을 좋아하고 늘 딱 붙는 옷을 입는다. 신발은 항상 하이힐을 신고, 발목부터 무릎까지 길이를 바꿔가며 스커트를 입는다. 화장은 부드럽게 하고, 마스카라로 갈색 눈을 더욱 부각시킨다. 립스틱을 바르면 활처럼 휘어진 그의 완벽한 입술은 거부할 수 없는 존재가 되어버린다. 난 섹시한 여자를 좋아한다.

하지만 나 자신은 그런 사람이 아니다. 이런 드레스를 입고 다니려면 관절이 지금의 10분의 1 크기로 줄어야 할 것 같다. 난 화장실에서 나와 복도를 따라 걷는다. 구찌 드레스를 입은 고질라가 도쿄 패

션위크 행사장 한가운데를 쿵쾅거리며 걷는 꼴이다.

거실에서는 배리가 할머니와 디디와 함께 웃고 있다. 그들은 내가 드레스 입은 모습을 보려고 기다린다. 깜짝 놀랄 변신의 순간을 함께 하려는 것이다. 원래 다 그런 거겠지? 요정 할머니를 만나고, 화려한 드레스를 입고, 유리 구두를 신고, 마침내 무도회로…. 내가 머뭇머뭇 거실에 들어서자, 모두의 시선이 나에게 향한다. 난 초조한 마음으로 그들에게 묻는다.

"저 어때요?"

"곧 갈게, 기다리렴."

디디가 드디어 벽난로에서 몸을 떼고, 먹던 케이크를 배리에게 건넨다.

"어깨는 좋은데, 자세가 엉망이구나. 자세만 좋아도 반은 먹고 들어가는 거야, 에마. 수많은 단점을 커버해 주지. B컵이 될까 말까 한 사람이 C컵이 될 수도 있고…."

내 어깨를 움켜잡고 내 얼굴을 가만히 들여다보던 디디가 다시 입을 연다.

"끼가 필요해."

어… 뭐라고요?

"그게 부족하군."

디디가 내 주위를 빙글 돌며 말한다. 그녀는 내 어깨를 뒤로 잡아당기고, 등 가운데를 손바닥으로 누른다.

"가슴 깊이 숨을 들이마셔 봐라."

난 숨을 마시고, 아무 말도 하지 않는다. 디디는 순식간에 내 자세를 바로잡고 손끝을 재빨리 움직여 내 턱을 들어 올린다. 다시 내 앞으로 돌아온 디디가 한참 동안 내 눈을 바라보더니 다시 말한다.

"네 눈에서도 그게 보여야 해."

"눈웃음을 쳐보란 말씀이세요?"

디디는 대답 대신, 생기 넘치는 표정으로 자세를 잡는다. 그녀는 순식간에 팔찌 없는 원더우먼이 됐다. 키가 더 커지고, 어깨는 더 넓어 보인다. 어쩐지 피카소와 기도하는 사마귀가 동시에 떠오르는 모습이다.

"끼는 스타일과 자신감의 합이란다. 너도 해봐라."

"그런데… 너무 핑크색이라서…."

결국 말하고 말았다.

순간 배리가 자리에서 벌떡 일어선다.

"에마, 내가 그거 특별한 옷이라고 말했잖아."

그가 드레스 옆면의 리본을 잡아당긴다.

"돌아라!"

순간 나는 팽이가 된 듯 정신없이 돌기 시작한다. 리본이 펼쳐지고 있는 것 같다. 돌고 또 돌고 나니, 드레스는 어느새 파란색이 되어 있다. 대체 무슨 일이 일어난 거지? 스커트는 더욱 풍성하고 길어져 무릎을 덮는다. 상체 부분은 더 부드러워졌고, 어깨끈은 캡소매로 바뀌었다. 난 끝내주는 캣니스 에버딘(《헝거게임》 시리즈의 여자 주인공—옮긴이)이 됐다! 프롬에서 마지막까지 살아남을 것이다!

"이럴 수가!"

할머니가 감탄한다.

난 결코 섹시한 스타일이 될 수는 없다. 드레스 입는 걸 좋아하게
될 것 같지도 않다. 하지만 이 옷만큼은 소화할 수 있다. 이 옷은 특
별하다. 이 사람들처럼 마법을 부리니까.

인디애나에서 그들은 마법 같은 존재다. 그리고 어쩌면… 어쩌면
나도 조금은 그런 것 같다.

14장

비 내리는
프롬 날 밤

큰일이다. 프롬은 시시각각 다가오는데, 난 아직 엄마에게 말을 하지 못했다.

조앤네 미용실에서 거대한 헤어드라이어로 머리를 말린 탓에 아직도 뒤통수가 타는 것 같다. 내 머리에 이렇게 헤어스프레이와 반짝이를 많이 쓴 것은 난생 처음이다. 내가 머리에 손을 대려고 하자 두 가지 일이 벌어진다. 첫째, 머리카락이 손이 닿기도 전에 바스락 소리를 낸다. 둘째, 엄마가 내 손을 찰싹 때려 밀어낸다.

"유튜브에서 메이크업하는 애들 많이 봤는데, 다들 이렇게 하더라고요."

조앤이 내 얼굴에 파운데이션을 한 겹 더 올리며, 엄마에게 말을 건넨다.

"'아침부터 굽기'라고 부르던데."

껌이 목에 걸린다. 난 아무 말도 하지 않겠다. 억만금을 준다 해도, 이게 마약 하는 애들이 쓰는 말이라는 걸 엄마에게 설명하진 않을 것이다. 엄마는 어째서 내가 이런 말을 알고 있는지 꼬치꼬치 캐물을 것이다. 2019년에 사는 사람이라 그렇다고 할 수밖에 없지만, 엄마는 그 대답에 만족하지 않을 게 분명하다.

나도 만족스럽지 않다! 어떻게 하루 종일 엄마랑 단둘이 말할 기회가 한 번도 생기지 않는 것일까? 프롬 준비로 눈코 뜰 새 없이 바쁜 와중에 어쩌다 잠시 쉴 틈이 생기면 엄마는 매번 내게서 제일 먼 곳으로 가버리고, 내가 진지한 이야기를 한마디라도 꺼내려 하면 그 순간 전화벨이 울린다.

'아, 풍선에 문제가 생겼어요. 아뇨, 디제이는 플레이리스트에 있는 곡만 틀어야 해요. 펀치 검사 장치가 없다니 무슨 말씀이세요?'

난 저 멀리 조앤의 자리에 있는 내 휴대폰을 바라본다. 프롬 시작까지 한 시간도 남지 않았는데, 난 엄마에게 내 데이트 상대에 대해 한마디도 하지 못했다. 그는 "거대한 깃털 목도리로 만든 악몽 같은 팬티"라고밖에는 표현할 수 없는 무엇인가를 디디 앨런이 가져와 그에게 입히고는 몸을 엄청 만져댔다는 메시지를 보낸 뒤로 아무 소식이 없다.

한편 엄마는 내 주변을 맴돌면서 헤어드레서가 날 미인대회 출전자처럼 꾸미는 것을 지켜보는 동시에, 음성 문자 변환기로 셸비 엄마에게 연락하느라 휴대폰에 대고 소리를 지르고 있다. 엄마는 날카로운 눈으로 거울을 뚫어지게 들여다본다. 올림머리 각도를 측정하고,

어깨 위로 흘러내리는 머리카락의 풀림 정도를 수치화하는 등 내 외모를 계속해서 평가하는 것 같다.

"엄마, 더 정신없어지기 전에 잠깐 얘기 좀 하고 싶은데."

내 말이 끝나기 무섭게, 조앤이 얼룩 하나 없이 깔끔하게 스프레이 태닝한 손을 내 얼굴 앞에 들이밀며 지시한다.

"위를 봐라."

그리고 마스카라를 더 진하게 바른다.

"얘, 얘기할 게 뭐 있니?"

엄마가 내 손을 잡지만, 난 금세 다시 머리로 손이 올라간다.

"그냥 즐겁게 보내렴. 이제 결혼식 전까지 이런 특별한 날은 없을 거니까."

"지당하신 말씀이죠."

조앤이 마스카라를 들고 다른 쪽 눈으로 이동한다.

엄마는 무례한 이야기라도 하듯 목소리를 한껏 낮추고 다시 입을 연다.

"결혼식은 특별하다고 해봤자, 시어머니란 존재가 있잖니."

조앤은 세상에서 제일 웃긴 사람을 만난 양 깔깔대고 웃는다. 어쩌면 엄마도 예전엔 재미있는 사람이었을지 모른다. 하지만 지금 조앤의 웃음은 끄덕임에 가깝다. 작업이 모두 끝난 뒤 자신에게 팁을 줄 확률이 제일 높은 사람에게 최선의 서비스를 제공하는 것이다.

"맙소사, 진짜 그렇다니까요. 저도 결혼식 직전에 네이선한테 나랑 시어머니 둘 중 한 명만 선택하라고 할 뻔했어요!"

"어쨌거나 네이선은 옳은 선택을 한 것 같군요."

"그래도 시어머니를 완전히 떼어내진 못했죠. 명절 때마다 시어머니표 샐러드를 먹어야 하는 것도 곤욕이에요. 크리스마스, 추수감사절, 부활절, 자동차 경주 당일…."

두 사람은 인디애나폴리스 500(인디애나폴리스 자동차 경주로에서 열리는 500마일 자동차 경주—옮긴이)에 어떤 음식이 어울리는지, 남자의 어머니가 어떻게 모든 것을 망치는지 끝없이 이야기한다. 난 그곳에 없는 사람이나 마찬가지다. 생명이 없는 장식용 머리에 불과하다.

배 속이 꼬이는 것 같다. 난 조앤이 파스텔색이 가득한 아이섀도 팔레트에서 굳이 스모키 톤을 선택할 때에도 꼼짝하지 않고, 엄마가 내 립스틱 색깔을 고를 때에도 인상 한번 찌푸리지 않는다.

"중요한 일이야, 엄마."

난 조앤이 화장품으로 가득한 낚시 도구 상자를 열기 위해 몸을 돌린 동안, 다시 엄마에게 말을 붙여본다. 낚시 도구 상자라고 한 것은 눈에 보이는 그대로를 말한 것이다. 우리 동네 남자들 중 반 이상이 픽업트럭 바닥에 저 노란색 플라스틱 정리함과 똑같이 생긴 것을 가지고 다닌다.

엄마는 손가락을 펴 들어 보인다.

"잠깐만! 셸비 엄마가 셔벗을 샀는지 안 샀는지 모르겠다고 하는구나."

그런 중요한 일이라면 당연히 내가 입을 다물어야겠지! 진저에일로 가득 찬 커다란 펀치 볼과 그 안에서 녹아내리는 무지개색 거품은 고상하고 세련된 저녁 행사의 상징이니 말이다. 하지만 그런 건 결혼식 피로연, 베이비샤워, 온갖 종류의 기념 파티에서 다 볼 수 있다. 바로 지난 세기에 슈웹스 라벨을 보고 베낀 것 가지고, 무슨 수세대에 걸쳐 내려온 전통 조리법이라도 되는 것처럼 이 난리를 치다니!

내가 엄마에 대해 잘 몰랐다면, 난 엄마가 일부러 날 피한다고 생각했을 것이다. 내가 할 말을 준비하고 용기를 낼 때마다, 엄마는 신기하게도 어디론가 빠져나가 버리니 말이다.

'그런 바보 같은 생각 하지 말자. 엄마는 학교 행사를 준비할 때면 늘 이랬잖아.'

난 스스로를 타일러 본다.

지난 가을 홈커밍 행사 40분 전에, 엄마는 체육관에 장식된 주름종이 색테이프를 똑같은 길이로 다듬기 위해 말 그대로 사다리에 매달린 채 작업에 열중했다. 엄마는 마지막 풍선이 떨어지고, 마지막 색종이 조각이 무대 바닥에 닿을 때까지 결코 긴장을 내려놓지 않을 것이다. 엄마가 날 피하는 것 같은 느낌은 내가 할 말을 너무 오래 미뤄 왔기 때문에 드는 착각일 뿐이다.

"여기 있다!"

조앤이 낚시 도구 상자에서 몸을 일으키고, 내 손에 플라스틱 접시 하나를 올려놓는다. 조앤은 그 안에서 반짝이는 크리스털을 하나 집어 그 뒤에 속눈썹 고정용 접착제를 찍어 바른다. 하나씩 총 세 개의 크리스털을 내 눈꼬리 밑에 조심스럽게 붙인 그녀가 마침내 뒤로 한 걸음 물러선다.

그녀는 거울을 통해 자신의 작품을 감탄하며 바라보다가, 엄마를 향해 손짓을 한다.

"아름답네요."

그녀가 소리 없이 입술을 움직이자 엄마도 화답한다.

"고마워요."

자랑스러운 순간은 1초도 못 가 끝난다. 엄마는 휴대폰을 귀에 댄 채, 내 드레스가 걸린 옷걸이를 내게 들이밀며 속삭이듯 말한다.

"가서 옷 갈아입어라. 시간이 없어. 가기 전에 네 사진도 몇 장 찍 어야 하는데."

"엄마, 나…."

"서둘러, 얼리사."

엄마가 내 엉덩이를 찰싹 때리며 말한다. 예배 시간에 늦은 여섯 살짜리 꼬마가 된 기분이다. 그런 다음 엄마는 바로 휴대폰에 대고 다시 말한다.

"네, 듣고 있어요. 냉동고 안에 봤어요? 냉장고 말고, 냉동고 말이 에요."

미용실 화장실에서는 파마약 냄새와 바닐라 향초 냄새가 동시에 풍긴다. 둘 다 너무 강해서 속이 울렁거리지만, 난 별 탈 없이 외출복 을 벗고 초과근무를 위한 드레스로 갈아입는다.

드레스 끈을 너무 세게 잡아당기지 않도록 조심해야 한다. 매장에 서는 훨씬 튼튼해 보였는데, 이제 보니 보석 박힌 가느다란 실오라기 에 지나지 않는다. 복장 규정에 전혀 맞지 않는다.

연보라색 새틴과 튤이 하늘하늘 몸을 감싼다. 내가 움직일 때마다 스커트 전체가 속삭이는 것 같다. 사이즈는 몸에 딱 맞는다. 화장도, 평소 내 스타일에 비해 짙긴 하지만, 드레스에 완벽하게 어울린다. 좁은 공간에서 뒤뚱거리며 몸을 돌리다 보니, 머리가 벽에 부딪치면 혹시 깨지지 않을까 하는 생각이 든다. 직접 확인할 일은 만들지 말자.

에마가 지금 뭐 하고 있을지 궁금하다. 어젯밤 그는 서랍장에 휴대폰을 올려놓고 나와 영상통화를 했다. 그의 두 볼은 긴장과 흥분, 기대감에 핑크빛으로 반짝였고, 두 눈은 크리스마스 장식처럼 일렁였다. 그는 뒤로 누웠다가 배를 깔고 엎드렸다가 하며 잠시도 가만히 있지 못했다.

지금은 에마도 나와 비슷한 처지일 것이다. 할머니와 글리크먼 씨, 앨런 씨에게 둘러싸여 헤어와 메이크업을 당하고 있겠지. 에마는 글리크먼 씨에게 속아 어떤 드레스를 입게 되었다며, 나도 깜짝 놀라면 좋겠다고 말했다. 그러니 그는 지금 그 순간을 기다리고 있을 것이다. 마침내 우리 둘이 함께하는 그 순간 말이다.

우리 학교 학생 대부분도 그 자리에 있겠지.

그리고 엄마도….

여전히 아무것도 모르는 채 그곳에 있을 것이다.

나도 노력 중이다. 정말 노력하고 있다! 엄마는 허심탄회한 대화는 고사하고, 숨 쉴 틈도 없이 움직였다. 프롬이 다시 열리는 게 공식화된 이후, 모든 일이 너무 빠르게 진행됐고 시간은 눈 깜짝할 새 지나가 버렸다.

프롬

하지만 괜찮다. 내가 드레스를 입고 사진을 찍고 나면, 남는 것은 차를 타고 학교에 가는 일뿐이다. 차 안에서는 엄마도 나를 피하지 못할 것이다. 난 꽤 용의주도한 계획도 이미 세워두었다. 먼저, 라디오 소리를 줄인다. 완전히 끄지는 않고, 엄마가 내 목소리를 들을 수 있을 정도로만 줄이면 된다. 하지만 침묵이 어색해 내가 계속 얘기를 해야 할 정도로 낮으면 안 된다.

그다음에 엄마 손을 잡는다. 엄마는 내가 손을 잡아주면 좋아한다. 이제 다 커버렸지만 여전히 내 딸이구나 하는 생각이 들어서 그런 것 같다. 그러니 손을 꼭 잡고, 엄마한테 고맙다고 말한다. 내 엄마가 되어준 것, 그리고 유머를 잃지 않은 것에 대해서 말이다. 아빠가 떠나기 전 엄마는 재미있는 사람이었으니, 다시 그렇게 될 수 있을 것이다. 또 내 인생의 중요한 순간을 늘 함께해 주고, 나와 함께 기뻐해 줘서 감사하다고 말해야겠다.

날 사랑해 줘서 감사하다고.

조건 없이 사랑해 줘서 감사하다고 말할 것이다.

그다음에 그 말을 할 것이다. 망설임 없이 입을 열고, 난….

"얼리사!"

엄마가 문을 빠르게 두드리며 나를 부른다.

"왜 이리 오래 걸리니? 지퍼 올려줄까?"

웃고 싶은데, 너무 긴장해서 웃을 수가 없다. 다 잘될 거라고 나 자신에게 끊임없이 말해보지만, 현실도 과연 그렇게 될까? 내 안에 어둠이 차오른다. 난 당장 드레스를 벗어 던지고 화장을 문질러 지운 다음 이곳에서 달려 나가고 싶다. 하지만 그런 일은 일어나지 않을 것이다. 난 그 사실부터 받아들여야 한다. 그래야 다음 단계로 갈 수 있다.

엄마는 결코 유쾌한 반응을 보이지 않을 것이다. 난 엄마를 잘 안다. 앞으로 어떻게 될지 다 알고 있다.

잠들기 전, 두 손을 모으고 나 자신이 아닌 다른 이를 위해 기도할 때, 난 엄마 마음에 평화가 깃들기를 기도한다. 엄마가 좀 더 수용적이고 관용적인 마음을 가지기를 기도한다. 엄청난 비밀을 숨기고 있는 지금 난 하늘의 도움을 청해본다. 엄마가 어떤 사람인지 알기에 기도는 더욱 간절하다.

엄마는 아빠가 떠난 후 살얼음판을 걷듯 살고 있다. 내 말은 엄마에게 큰 상처를 줄 것이다. 이건 짐작이 아니라 기정사실이다.

모든 것이 완벽해서 아빠가 여전히 우리와 함께 있고, 엄마는 마흔여덟 살이라는 나이에 식료품 가게 직원으로 일하는 대신 주부로 살고 있다고 해도, 내가 레즈비언이라는 사실을 엄마는 받아들이지 못할 것이다. 엄마는 내가 어떤 사람인지 설명할 수 있는 단어조차 모른다. 엄마의 머릿속, 그 세계에서 사람은 동성애자와 정상인 두 부류다.

이성애자가 아니면 모두 비정상이라는 뜻이다.

에마가 부모님에게 쫓겨났을 때 난 에마와 함께 있지 않았다. 우리가 사귀기 얼마 전에 일어난 일이기 때문이다. 그는 당시 일을 내게 들려주었다. 할머니 집에서 그는 내 무릎을 베고 누운 채, 그 일에서 어떤 의미를 찾아내고자 안간힘을 썼다. 그는 이해하려고 애쓰고 있었다. 엄마, 아빠가 그 전에는 그를 사랑했는지, 자신이 존재를 드러내는 것만으로 그 사랑이 깨질 수 있는 것인지, 아니면 부모님은 애초에 그를 사랑하지 않았는지, 사랑했지만 무조건적인 사랑은 아니었던 것인지….

우리 엄마의 사랑에는 조건이 있다. 그린 가문 사람이 되기 위한 조건은 완벽함이다. 완벽한 정상인이 되어야 하는 것이다.

엄마가 날 쫓아내면, 난 갈 곳이 없다. 할머니, 할아버지는 엄마만큼이나 종교적인 분들이다. 더할 수도 있다. 그들은 도덕 해이 문제가 뉴스에 등장할 때마다 그와 관련된 장광설을 표지판에 써서 앞마당에 세워두는 분들이다. 지난 6월에는 '무지개는 신의 약속이지, 악마의 깃발이 아니다'라고 쓴 표지판을 세웠다. 빈 방이 아무리 넘쳐나도 나에겐 하나도 내주지 않을 것이다. 내 비밀을 알고 난 후에는 말이다.

그렇다면 남은 사람은 아빠다. 그 사람은 내가 포함된 삶을 버리고 새 삶을 찾아 에지워터에서 최대한 먼 곳으로 떠났다. 그 뒤로 전화 한 통, 편지 한 장 없고, 교과서 값이나 새 운동화 살 돈을 보내준 적도 없다. 새 부인과 새 자식이 있는데, 내가 찾아가 문을 두드리면 뭐라고 하겠는가? "미안하지만, 너랑 인연은 끝인 줄로 아는데" 따위의 말밖에는 나올 것이 없다.

에마와 할머니는 사정이 여의치 않다. 두 사람은 분명 날 받아줄 테지만, 내가 그렇게 하지 않을 것이다. 너무 큰 부담이다. 너무 크다.

내가 이기적인 것인지도 모른다. 그래, 난 이기적이다. 하지만 겁도 많다. 나도 이미 다 알아봤다. 가출한 십 대 중 40퍼센트가 동성애자고, 동성애자 청소년 4분의 1이 커밍아웃과 동시에 집에서 쫓겨난다. 가을에 대학 학기가 시작되기 전까지 긴긴 여름을 집 밖에서 보내야 할 수도 있는 것이다. 적어도 내겐 차가 있다. 내 명의로 된 것이니, 엄마도 차를 뺏어 가진 못할 것이다.

와, 그나마 다행이라고 할 만한 것이 하나 있긴 하구나! 엄마가 곧 나를 내쫓으면, 차에서 살면 되겠다.

내가 이런 생각까지 하는 이유는 동성애 문제나 프롬에 대해서 엄마 마음이 전혀 바뀌지 않았다는 것을 알기 때문이다. 엄마는 내가 프롬에 가지 못하게 될까 봐 결정을 뒤집었을 뿐이다. 화장실 문 두드리는 소리가 점점 더 거칠어지는 것으로 보아, 난 어차피 프롬에 못 가게 될지도 모르겠다.

가슴이 쿵쾅거린다. 난 엄마가 드레스 색에 맞춰 염색한 구두에 발을 집어넣고, 호흡을 가라앉힌 뒤, 문을 연다. 그런데 예상치 못한 것이 나를 맞이한다. 따뜻한 엄마의 포옹이다. 난 엄마를 꼭 껴안고 놓지 않는다. 이 포옹이 끝난 뒤 어떤 일이 펼쳐질지 알기에 이 순간이, 엄마가 여전히 날 사랑하는 이 순간이 조금만 더 오래 계속되면 좋겠다.

내게 자전거 타는 법을 가르쳐 주던 두 팔, 내가 악몽에 시달릴 때 날 위로해 준 두 팔이 나를 안고 있다. 내가 넘어지면 일으켜 주고, 내가 용기가 없어 움켜쥐지 못하고 물끄러미 바라만 보는 것이 있으면 날 뒤에서 밀어주던 팔이다. 난 그 품에서 마지막으로 기운을 끌어모아 본다.

엄마가 몸을 빼며 눈가를 닦는다.

"세상에서 제일 예쁜 아이구나!"

"고마워, 엄마."

난 가까스로 마음을 다잡으며 대답한다.

"존 조가 이런 모습을 보지 못하다니, 너무 안타깝다. 오늘 같은 날엔 데이트 상대가 있어야 하는데."

지금이다. 겨우 끌어 모은 용기가 바닥나기 전에, 지금 당장 해야 한다. 하기 싫은데…. 난 못 해…. 맙소사! 프롬에 갈 시간이 다 됐다. 지금 해야만 한다. 검은 재같이 씁쓸한 그 말들을 난 억지로 뱉어내기 시작한다.

"엄마, 데이트 상대 말이야, 거기에 대해 할 말이 있어."

"다음에!"

엄마는 재빨리 내 손목을 잡고 미용실 입구로 끌고 간다. 그리고 클러치를 들어 내 손에 들려준다. 엄마 목소리에서 약간의 짜증이 느껴지지만, 즐거움이 앞서는 게 보인다.

"깜짝 선물로 준비한 게 예정보다 빨리 왔거든."

백만분의 1초지만 난 엄마가 미용실 문을 여는 순간 에마가 나타나는 상상을 한다. 물론 상상은 금세 흩어져 버리고, 대신 차가운 저녁 공기가 나를 맞이한다. 바람이 야유하듯 쉭 소리를 내며 피부를 스친다.

손에 꽃을 든 내 꿈의 연인은 그곳에 있지 않다.

하지만 다른 뭔가가 도로경계석에 서 있다. 리무진이다. 정확히 말하면 길게 늘인 SUV다. 문루프에서 셸비와 케일리가 튀어나오고, 음악이 쏟아진다. 두 사람은 나를 보자, 두 팔을 번쩍 들고 꺅 소리를 지른다. 둘은 이미 코르사주도 하고 있고, 소리로 판단컨대 어디서 몰래 독주 몇 잔으로 워밍업을 하고 온 것 같다.

"어서 타, 바보야! 프롬 가야지!"

"엄마."

나는 다급하게 말을 잇는다.

"오늘 무슨 일이 벌어질 거야. 먼저 말했어야 하는데…."

"깜짝 선물이라면, 미리 말하지 말아다오."

엄마가 두 손으로 내 얼굴을 감싸고 말한다.

"나도 프롬 준비하느라 고생했으니, 오늘 밤은 즐겁게 보내고 싶거든. 가서 다른 평범한 아이들처럼 프롬을 즐기렴. 내가 모두 처리해 놨어."

"그게 무슨 뜻이야?"

하지만 이미 늦었다. 엄마가 열린 문으로 날 밀어 넣자, 열기와 함께 진한 향수와 새 가죽 냄새가 뒤섞인 지독한 악취가 나를 집어삼킨다. 아베크롬비&피치한테 납치당하는 기분이다.

문이 닫히자, SUV가 힘껏 출발한다. 무슨 일이 벌어지는 거지? 왜 이런 일이 생겨야 하는 걸까? 난 자리에 제대로 앉지도 못한 채, 뒤쪽 유리창 밖을 바라보려 몸을 틀어본다. 점점 멀어지는 엄마를 보며, 난 정신을 놓지 않으려 애쓰지만 단 한 가지 생각밖에 할 수 없다.

엄마한테 마지막으로 사랑한다는 말조차 못 했다.

프롬

15장

궁전
계단에서

약속대로 프롬 날 밤에는 꽃과 리무진이 등장한다. 사진도 찍는다.

사진을 너무 많이 찍어서, 눈앞에 하얀 점박이들만 잔뜩 보인다. 아, 내 손에 들고 있는 난초, 백합, 장미 들도 한 번씩 시야에 들어온다. 고상한 안목으로 선정된 꽃다발이다. 짙은 향이 머리에 그대로 들어와 꽂히는 것 같다. 하지만 괜찮다. 오늘은 하루 종일 정신이 없었으니, 잠시 멈춰 서서 꽃향기를 맡는 것도 도움이 될 것이다.

배리가 리무진에 타서 내 옆에 앉는다. 멋진 턱시도를 차려입었지만, 색깔이 변하는 옷은 아니다. 내가 이미 물어봤다. 배리는 우리 카운티 전체에서 디디 바로 다음으로 옷을 잘 입은 인솔자일 것이다. 디디는 운전기사와 승객 사이를 막아놓은 유리창 제일 가까운 곳에 자리를 잡았다. 그녀가 말을 너무 빨리 해서 기사는 거의 대답도 못

하고 있지만, 걱정할 일은 아니다. 디디가 작업 거는 방식이 원래 이런 것이려니 생각한다.

한편 배리는 오늘 유난히 조용하고 침착해 보인다. 지금까지와는 완전히 다른 모습이다. 난 땀에 젖은 손으로 꽃다발을 더욱 꼭 움켜잡고, 그에게 묻는다.

"불안하세요?"

"명상하는 거야. 넌 기분이 어떠니?"

그가 말한다.

"화난 뱀들이 가득 든 가방을 통째로 삼킨 것 같아요. 하지만 실망시키지 않고 잘해낼게요."

"에마."

배리가 고개를 돌려 나를 바라본다.

"나는 신경 쓰지 마. 이건 널 위한 밤이야. 장담하는데, 오늘 밤은 평생 기억에 남을 순간이 될 거야."

'그러면 좋겠네요'라고 말하고 싶지만, 말이 목에 걸려 나오지 않는다. 뱀이 가득 든 가방이 더욱 요동을 치는 바람에, 이상한 신음만 입 밖으로 새어 나온다.

배리가 더욱 다정한 표정으로 다시 입을 연다.

"데이트 상대는 어떤 옷을 입는대?"

내 생각을 다른 곳으로 돌리려는 것이다. 난 그에게 기꺼이 협조한다.

"모르겠어요. 걔네 엄마가 사 오셨다고 하던데, 전 한 번도 못 봤

프롬

어요."

"정말? 입고 패션쇼 한번 했어야 하는데."

아, 아무것도 모르는 착해빠진 사람 같으니! 배리는 커밍아웃을 한 지 너무 오래돼서 숨기며 사는 삶이 어떤 것인지 전혀 모른다. 난 스스로를 단속하지 않고 보내는 하루가 어떤 것일지 상상도 되지 않는다. 보고 싶지 않은 것을 오래 바라보지도 않고, 내가 하는 말 하나하나를 점검하지도 않는 하루 말이다. 배리가 그런 삶을 까맣게 잊었다는 게 기쁘지만, 한편으로는 그가 너무 멀게 느껴지기도 한다.

"전 걔네 집에 한 번도 가보지 않았어요. 그 애 엄마가 아직 우리 사이를 모르신다고 말씀드렸죠?"

배리가 고개를 젓는다.

"둘이 사귄 지는 얼마나 됐는데?"

"1년 반이오."

내가 대답한다.

"그전 1년 반은 서로 조심조심하면서 어설프게 썸 타는 기간이었어요. 저는 그 아이를 처음 보는 순간 이미 푹 빠져버렸지만, 아시다시피 적극적으로 마음을 표현할 수는 없었으니까요."

"마음 아파라!"

"오늘 밤에 걔도 커밍아웃 할 거예요."

나는 말하면서도 실감이 나지 않는다. 난 그 말을 내 마음 깊은 곳에 꼭 가두어 놓았다. 희망의 빛이 꺼지지는 않되 그렇다고 너무 환하게 밝아지지도 않도록, 깊은 곳에 꽉 붙잡고 있었다.

얼리사는 이미 오래전부터 커밍아웃을 하겠다고 말했지만, 매번 그럴 수 없는 이유가 생겼다. 그가 오늘 밤이라고 말했으니 난 그를 믿는다. 하지만 굳이 그 말을 입 밖에 내서 부정 타게 하고 싶지는 않았다. 운명 앞에서 너무 거만하게 구는 것처럼 느껴지기 때문이다. 하지만 이제 그런 걱정을 할 시기는 지난 것 같다.

"엄청난 사건이네! 미리 말해줬으면 케이크라도 구웠을 텐데!"

배리가 말한다.

난 웃으려 했지만, 눈물이 왈칵 쏟아진다. 그동안 꾹 내리눌러 놓았던 감정들이 한꺼번에 터져 나온다. 지난 몇 주 동안 난 여러 대의 기차에 치이고 또 치이는 기분이었다. 기쁨, 두려움, 증오, 희망 같은…. 난 배리에게 솔직하게 고백한다.

"너무 무서워요."

"저런, 에마. 프롬 날 우는 거 아니야. 이리 오렴."

그가 내 곁으로 다가와 두 팔을 벌린다. 난 그의 품을 파고들며, 아빠와 이렇게 앉아 있던 모든 순간들을 떠올린다. 물론 오래전 일이다. 아빠에게 내가 완벽한 딸이었던 시절 말이다. 우린 몰래 무서운 영화를 보러 가곤 했다. 너무 끔찍한 장면이 나오면 난 아빠 어깨에 얼굴을 파묻었고, 아빠는 내가 다시 눈을 떠도 될 때를 알려주었다. 아빠가 너무 보고 싶다. 나를 쫓아낸 아빠를 그리워하다니, 이해할 수 없는 일이다.

"이모한테 말해봐."

배리가 말한다.

프롬

"뭐가 무서운데? 진화의 막다른 길이라는 동성애자로 선정된 거?"

괜찮은 표현이다. 기억할 수 있다면 언젠가 써먹어야지. 난 고개를 들어 그를 바라본다.

"사람들이 다 날 미워해요. 오늘 밤에 내가 나타나는 걸 아무도 원하지 않아요."

"들어봐, 에마."

그는 내가 자신을 바라볼 때까지 아무 말 없이 기다린다. 어딘가 숨어 있던 오케스트라가 웅장한 음악을 울릴 것 같은 분위기다. 하지만 그는 노래를 하는 대신, 내 턱을 손으로 받치고 다시 입을 연다.

"그거 아니? 난 내 졸업 프롬에 가지 않았어. 정체를 감추고 사는 네 여자 친구처럼, 나도 내 안의 버스터 브라운(장난꾸러기인 옛날 만화 캐릭터—옮긴이)이 모두 달아날 정도로 무서웠거든."

난 무슨 말인지 모르지만, 일단 고개를 끄덕인다.

"하지만 넌 이미 그 단계를 뛰어넘었어. 네가 체육관에 들어가는 순간, 널 미워하는 사람들은 세상에서 가장 용감한 사람을 보게 될 거야. 파란색 드레스를 입고 당당하게 입장하는 거지."

"핑크색이 될 수도 있고요."

난 분위기를 유쾌하게 바꿔보려 농담을 던진다.

"초록색일 수도 있죠. 그레그 반스 작품이니까요."

"당연하지. 에마, 두려울 수 있어. 괜찮아. 두려워하렴. 속으로는 얼마든지. 하지만 겉모습은 부드럽지만 당당한 동성애자가 되어야 해. 네가 지금껏 늘 그랬듯 말이야. 인생에는 예행연습이 없단다. 사

람들이 쳐다볼까 봐 걱정이 된다고? 오히려 잘됐지! 마음껏 보라고
해! 잘 봐두라고!"

"제가 할 수 있을지…."

배리가 내 입술에 손가락을 대고 지그시 누른다.

"쉬잇. 네가 원했던 거야. 이날을 위해 싸웠잖아. 그러니 그곳에 들
어가서, 오늘 밤 프롬이 널 위한 것이라는 사실을 똑똑히 보여줘. 넌
이 학교 학생이니까."

난 고개를 젓지만, 이내 깨닫는다. 그의 말이 맞다. 난 오늘을 위해
싸웠고, 승리했다. 도망갈 수도 있었고, 실제 그러고 싶은 순간이 수
없이 많았다. 그랬다면 더 쉬웠겠지. 고개를 돌리고 외면해 버리면
고통스럽지만 쉬웠을 것이다. 상처를 딛고 일어나는 대신 그것을 받
아들이면, 마음은 아프지만 더 이상 애쓰지 않아도 된다.

지금 이 순간, 제임스 매디슨 고등학교에서 내 이름을 모르는 사람
은 없다. 내가 어떤 힘을 가졌는지 모두 알고 있다. 브로드웨이 사람
들은 인디애나에 달려와 내 편에 서주었다. 난 혼자가 아니다. 그리
고 이제 곧 내 생애 최고의 순간을 맞이하게 될 것이다.

"맞아요."

내가 마침내 대답한다.

배리는 한 손으로 자기 얼굴을 부채질한다.

"그렇지, 바로 그거야!"

긴장을 풀고 웃으려는 순간, 리무진이 멈춰 선다. 배 속에서 꿈틀
대던 뱀들이 나비로 바뀐다. 크고 아름다운 나비들이 중력을 거스르

며 높이 날아오르고 있다. 내가 차 문을 열려고 몸을 일으키자, 배리가 나를 붙잡는다.

"얘도 참! 아직 멀었네."

운전기사가 바깥에서 문을 열자, 디디는 그의 손을 잡고 미끄러지듯 바닥에 두 발을 내린다. 그녀는 머리부터 발끝까지 호피 무늬로 몸을 감쌌다. 심지어 조금 전에는 낮게 가르릉 소리를 내기도 했다.

운전기사가 디디의 손을 놓고, 나를 향해 다시 손을 내민다. 나는 가능한 한 우아함을 유지하려고 애쓰며 힘겹게 차 밖으로 몸을 끌어낸다. 차 밖으로 나오자 산들바람이 불어 스커트를 들어 올린다. 난 깜짝 놀라 드레스를 움켜쥔다.

배리는, 뭐랄까… 슬금슬금 리무진에서 빠져나온다. 달리 어울리는 표현을 못 찾겠다. 그는 순간순간 모습을 달리하는 진정한 디바이고, 그런 모습이 조금 당황스러울 때도 있다. 그동안 요정 할머니 같은 모습만 봐온 터라, 그가 누군가에게 작업 거는 모습은 상상조차 할 수 없다. 그렇지만 그 일이 바로 눈앞에서 벌어진다. 배리가 기사에게 필요 이상으로 진한 감사의 표정을 지어 보이며, 처음 듣는 바리톤 목소리로 이렇게 말한 것이다.

"고마워요, 자기."

"감사합니다."

기사가 대답하며, 배리를 마주 바라본다! 그는 배리의 얼굴을 잠깐 훑고는… 그의 허리 아래로 시선을 옮긴다. 내가 잘못 본 게 아니다. 기사는 분명 끈적끈적한 눈길로 배리를 보았다! 인디애나에 베이비

게이들이 탄생하고 있다!

순간 디디가 중얼거리는 소리가 들린다.

"얌체 같은!"

배리에게 한 소리다.

배리도 유쾌한 목소리로 대꾸한다.

"성질머리하고는!"

프롬이 끝나고 나면 내일쯤 두 사람에게 물어봐야겠다. 정말 친구가 맞는지 말이다. 하지만 그건 내일 일이다. 난 프롬을 눈앞에 두고 있다. 가로등에 매달린 풍선들이 깐닥거린다. 학교에서 쏟아져 나온 불빛은 마법같이 황홀하다. 공기마저 빛이 나고, 낮은 구름은 땅 위의 황금 불빛을 반사한다. 하늘은 실크처럼 우아한 소용돌이로 가득하다. 밤공기는 차갑고 상쾌해서, 어둠 속에서 갑자기 키스를 받는 느낌이다. 이 드레스를 입고 있는 지금 난 온몸에 그 키스가 느껴진다.

둔탁한 베이스 음이 콘크리트 벽을 뚫고 밖까지 쿵쿵 울려 퍼진다. 무슨 노래인지는 알아들을 수 없지만, 그건 중요하지 않다. 지금 프롬이 열리고 있고, 난 마침내 그 자리에 왔다.

"가실까요?"

배리가 팔을 들어 올리며 묻는다.

"네, 좋아요."

난 그에게 팔짱을 낀다.

우리가 학교를 향해 걷기 시작하자, 디디가 어느새 다가와 우리를 앞지른다. 우린 문을 활짝 열어젖히고 안으로 들어간다. 매일 다니는 길이지만 오늘 밤은 달라 보인다. 밝고 활기가 넘치고… 그리고 이상할 정도로 텅 비었다. 아마도 다들 체육관 안에 있나 보다. 프롬이 진행되는 동안은 체육관 안에 머물러야 한다. 복도를 서성대는 것은 금지다.

전해지는 말에 의하면, 윈스턴 매카시라는 남자가 학교로 연결되는 지하 터널을 발견해서 그곳에 카지노를 열었는데 (내가 듣기로는) 돈을 엄청 긁어모았다고 한다. 세 학기가 지난 후에나 잡혔다고 하니, 정말 레전드라 할 만하지 않은가! 우승자 전당에 그의 트로피가 없다는 게 유감이다. 하지만 그는 모든 민중의 영웅들이 그렇듯, 사람들이 전하는 이야기 속에 영원히 살아 있다.

"걸프렌드는 어디서 만나기로 했어?"

배리가 묻는다.

"안에 들어가서요."

난 그 애에게 줄 꽃다발을 더욱 꽉 움켜쥐며 대답한다. 조금이라도 힘을 풀면 바닥에 떨어질까 마음이 불안하다. 이제 곧 그의 얼굴을 보겠지. 온 세상에 우리 사랑을 내보이게 될 것이다. 오늘 밤, 모든 것이 바뀔 것이다. 체육관을 향해 한 걸음 한 걸음 다가갈 때마다, 난 운명에 가까워지는 기분이 든다.

체육관 문을 막 열려는 순간, 뒤에서 호킨스 교장 선생님 목소리가 들린다.

"에마! 기다려라!"

선생님이 복도를 달려오며 소리친다.

다 같이 고개를 돌리는 순간 경악할 일(솔직히 좀 재미있기도 한 일)이 벌어진다. 배리가 선생님을 향해 낮게 휘파람을 분 것이다. 턱시도를 입은 교장 선생님은 확실히 기품 있어 보인다. 내가 남자를 좋아하고, 나이 든 사람을 좋아한다면, 나라도 휘파람을 불었을 것 같다. 하지만 난 그런 취향이 아니기에, 그냥 미소를 지으며 선생님을 맞이한다.

"호킨스 교장 선생님!"

그런데… 선생님은 웃지 않는다.

그리고 혼자도 아니다. 할머니가 블랙프라이데이(추수감사절 바로 다음 날 금요일로, 1년 중 가장 큰 세일이 이날 시작된다—옮긴이) 때만 볼 수 있는 빠른 걸음으로 선생님을 따라오고 있다. 할머니의 어두운 표정을 보는 순간, 내게도 공포가 밀려온다. 난 배리의 팔을 조금 더 세게 움켜잡는다.

"무슨 일이에요?"

"집에서 출발하기 전에 만났으면 했는데 늦었더구나."

호킨스 교장 선생님이 가까이 다가와 말한다. 숨이 가쁜 건 아닌데, 목소리에 힘이 없다.

"에마, 유감이다."

얼리사가 오지 않나 보다. 그는 최소한의 책임감을 발휘해서, 가장 믿을 만한 권위자에게 말을 전해달라고 부탁했을 것이다. 자신이 직접 말하기는 무서웠겠지. 가슴속에서 요동치던 나비들이 순식간에 재로 변한다. 프롬에 오긴 했지만, 내겐 데이트 상대가 없다.

그때 등 뒤에서 디디의 목소리가 쩌렁쩌렁 울려 퍼진다.

"대체 어떻게 된 거야?!"

나와 배리도 동시에 고개를 돌린다. 하지만 디디가 할머니와 나 사이에 몸을 던지듯 뛰어들더니, 내 어깨를 움켜쥐고 나를 가슴 쪽으로 끌어당긴다. 그러고는 닌자가 날카로운 칼을 휘두르듯 내 등을 정신 없이 위아래로 토닥이며 나를 위로한다. 디디가 애끓는 목소리로 외치자, 복도에 메아리가 울린다.

"어떻게 이럴 수가! 어떻게 감히 이런 짓을!"

난 디디의 품에서 벗어나, 사람들을 바라본다.

"이런 짓이 뭔데요?"

디디가 망설이듯 속눈썹을 파르르 떤다.

이미 말했지만, 난 운동신경이 없는 편이다. 하지만 모든 사람이 이렇게 주저하고 있을 땐 내 움직임도 꽤 빠른 편에 속한다.

난 디디를 제치고 체육관으로 달려 들어간다. 머리 위에는 반짝이는 달과 은박지로 만든 별이 장식되어 있고, 남색 테이프와 깜빡이는 하얀 불빛도 보인다. 테이블에는 펀치와 쿠키가 준비되어 있고, 포토 부스에는 정장 모자며 깃털 목도리 같은 소품들이 가득하다.

무대는 은색 테이프로 장식되어 있는데, 디제이가 보이지 않는다. 블루투스로 연결된 누군가의 아이팟이 그 안에 저장된 플레이리스트를 요란스럽게 울리고 있을 뿐이다. 댄스플로어도 텅 비었고, 의자도 텅 비었다. 체육관에는 아무도 없다.

차라리 기절해 버리면 좋겠다. 내 인생 그 어느 때보다 간절히 바라보지만, 난 그런 부류의 사람이 아닌가 보다. 난 아무리 세게 얻어 터져도 두 발을 딛고 서 있는 부류다. 난 그 자리에 선 채 계속해서 밀려드는 충격을 온몸으로 받아낸다. 손에서 미끄러진 꽃다발이 매끈한 나무 바닥에 떨어지며 구슬픈 한숨을 내쉰다.

어른들이 내 뒤를 따라 체육관 안에 들어선다. 뒤에서 그들의 목소리가 들리고 그들의 존재가 느껴진다. 하지만 무슨 말을 하든 이제 아무 상관 없다. 난 최악의 상황까지 모두 상상했다고 믿었다. 얼리사가 나타나지 않는 상황 말이다. 조금은 마음의 준비도 되어 있었다.

하지만 이건 아니다.

누가 이런 일을 상상이나 할 수 있겠나?

"한 30분 전부터 SNS에 사진이 올라오더구나."

교장 선생님 목소리가 저 먼 곳에서 들려오는 것 같다.

"학부모회에서 온 문자도 있다. 에마를 위해 포괄적 프롬을 열었으니 자신들이 해야 할 의무는 다했고, 아이들이 프롬 대신 엘크스 클럽에서 열리는 댄스파티를 선택한 건 자신들 잘못이 아니라고 쓰여 있구나."

교장 선생님은 학부모회가 문자를 보냈다고 했지만, 학부모회는 문자를 보낼 수 없다. 학부모회는 KKK나 카다시안 가족 같은 단체명이 아닌가! 문자는 그린 부인이 보낸 것이다. 이런 일을 벌인 것도 그 사람이라는 뜻이다. 조직의 두목처럼 모든 것을 계획하고, 실행했겠지.

하지만 이해할 수 없는 게 있다. 내게도 얼리사에게 받은 문자가 있다. 그는 하루 종일 내게 메시지를 보냈다. 미친 사람이 되어버린

프롬

엄마에 대한 이야기며, 마지막 순간 모든 것이 미쳐 돌아간 이야기며, 그 외의 많은 미친 것들에 대해서 말이다. 그러다가 한 시간 전… 문자가 뚝 끊겼다.

다 같이 계획한 일이구나. 그린 부인, 그리고 셸비와 케일리, 닉과 케빈, 그 밖의 모든 사람들이 다 같이 계획한 거야!

배리가 풀 죽은 목소리로 입을 연다.

"눈물 날 것 같아. 다들 에마를 배신한 거야? 이 동네 전체가 짜고 몰래 이런 짓을 한 거냐고?"

"어떻게 우리한테 이럴 수가 있지?"

디디가 울부짖듯 말한다.

"거저먹기일 거라고 생각하고 왔는데! 맙소사, 우리 홍보 계획이 악몽이 되어버렸잖아!"

할머니가 디디를 향해 버럭 소리를 친다.

"뭐라고요? 거저먹기라뇨?"

호킨스 교장 선생님도 디디에게 따지듯 묻는다.

"여기 온 이유가 그거였어요? 홍보하려고?"

난 배리를 바라본다. 턱시도를 멋지게 차려입은 배리, 내가 원하지도 않는데 내게 드레스를 가져와 준 배리, 이모 배리, 내가 어떤 일을 겪고 있는지 모두 이해할 수 있다고 말한 배리, 늘 따뜻한 말을 해주는 배리….

머리가 멍해진다.

"내가 당신들한텐 그냥 선전거리예요?"

"이렇게 합시다."

배리가 내 질문을 못 들은 척, 다른 말을 꺼낸다. 그의 얼굴은 발갛게 달아올랐고, 이마는 땀으로 번들거린다.

"다시 리무진을 타고 다른 곳에서 열리고 있는 프롬에 가는 거예요. 그런 다음 우리가…."

"그만! 그만하라고요!"

난 아이팟 디제이의 음악보다 더 크게 소리친다. 배리와 디디는 마침내 입을 다문다. 이 사람들은 애초에 나를 위해 모인 게 아니다. 호킨스 교장 선생님은 내가 약을 하지 않는다는 사실에 기뻤을 뿐이고, 할머니는 내가 부탁했기 때문에 이 싸움에 동참했다. 할머니 의견이 어떤지 난 한 번도 묻지 않았다. 그리고 얼리사…. 아니, 지금은 그 이름을 생각하는 것조차 힘들다.

배리가 나를 향해 손을 내민다.

"에마…."

난 그를 밀쳐낸다.

"도움은 더 이상 필요 없어요. 아시겠어요? 다른 프롬에 가고 싶으면 가세요, 페커 씨. 페커 씨는 아무 문제 없이 들어갈 수 있을 거예요."

난 그 자리에서 걸어 나온다. 뛰는 건 생각조차 하지 않는다. 공룡같이 커다란 뼈에, 애초에 원하지도 않았던 이 괴물 같은 드레스를 걸치고, 커다란 발로 땅을 디디며, 난 제임스 매디슨 고등학교를 빠져나온다.

다시는 돌아가지 않으리라.

16장

동네에서 제일
착한 아이

"여기가 어디야?"

리무진이 멈추는 순간, 난 그 질문을 할 수밖에 없었다.

여긴 제임스 매디슨 고등학교가 아니고, 따라서 프롬 장소가 아니기 때문이다. 난 상황을 이해해 보려고 머리를 미친 듯 쥐어짠다.

엄마가 깜짝 선물이 더 있는 것처럼 말하긴 했지만, 더 이상 친구가 아닌 사람들과 한 차에 타는 것으로 이미 평생 기억할 깜짝 선물이 되었다고 생각했다. 하지만 아니었다. 우린 지금 미지의 장소에와 있다.

아무도 내 질문에 답을 하지 않는다. 케일리는 휴대폰을 꺼내더니 셸비와 볼을 맞붙인다. 두 사람은 손으로 평화 사인을 만들고, 최대한 귀여운 표정을 짓는다. 플래시가 번쩍인 뒤, 케일리는 즉시 사진을 화면에 펼친다. 그리고 2초 전 자신의 모습을 보며 미소 짓는다.

"재수 없어 보이고 싶진 않지만….."

케일리가 마음에도 없는 소리를 한다.

"내가 봐도 난 한번 하고 싶게 생겼어."

"나도 그렇게 생각해!"

셸비가 맞장구를 친다. 하지만 잠시 후 한마디를 덧붙인다.

"내가 호모란 뜻은 아니야."

셸비와 케일리만 이렇게 매력적인 것이 아니다. 이 둘을 매일 무릎
에 앉혀놓고 사는 닉과 케빈 역시 거의 같은 수준의 매력을 자랑한다.

두 사람은 여자 셋을 덩그러니 남겨둔 채 리무진을 빠져나간다. 두
멍청이를 따라 차 밖으로 나오니, 엘크스 클럽 간판 불빛이 환하게
우리를 맞이한다.

주변을 보니 사람들이 줄을 지어 안으로 들어가고 있다. 문이 열릴
때마다 음악 소리가 폭발하듯 터져 나온다. 웃음소리와 환호성이 끊
이지 않고, 셀카봉에 꽂힌 카메라에서는 플래시가 번쩍인다.

난 케일리를 잡아 가까이 끌어당기고, 다시 묻는다.

"장난치지 말고 대답해. 이게 다 무슨 일이야?"

"내 말 잘 들어."

케일리가 생색내듯 잘난 척하는 말투로 입을 연다.

"다 너 좋으라고 한 거야. 그냥 고맙다고나 해, 얼리사."

"인기에 연연하지 않는 건 알겠어. 하지만 우린 너 자신한테서 널
구해주는 거야."

셸비가 고개를 끄덕이자 그녀의 귀에 매달린 귀걸이가 시계추처럼

흔들린다. 빛을 받아 밝아졌다가 어두워졌다가를 반복하는 그것들을 보고 있자니 최면에 걸리는 것만 같다.

케일리가 몸을 기울이고 다시 낮은 목소리로 말한다.

"너랑 에마 사이, 우린 알고 있어."

케일리의 말이 내 몸을 뚫고 들어와, 폐에 있던 공기를 모두 빼내 버린다.

"메시아가 될 필요는 없잖아."

셸비가 한마디 덧붙인다.

입이 떡 벌어진다. 하지만 그 순간에도 난 두 사람 말을 이해하려고 하는 대신, 셸비의 말을 정정하고 있다.

"왕따겠지."

셸비는 그저 신이 난 표정으로 케일리와 팔짱을 끼고 어깨를 으쓱한다.

"상관없어. 오늘은 프롬이잖아. 우리들의 밤이라고. 들어가서 재미있게 놀자!"

"안 돼, 기다려!"

난 한 손을 들어 그들을 막으며 날카롭게 말한다.

"너희, 뭘 안다는 거야?"

케일리가 눈알을 크게 굴린다. 그녀가 고개를 젓자 거미 다리같이 짙은 속눈썹이 파닥파닥 흔들린다.

"애나 켄드릭이랑 존 조? 다른 학교 학생이라는 정체불명의 데이트 상대가 둘 있는데, 한 명은 우리 동네에서 유일한 레즈비언의 데이트 상대고 다른 한 명은 우리 학교 학생회장의 데이트 상대잖아. 그 학생회장이라는 애는 공공장소에서 손을 잡으면서 아무도 보지 못할 거라고 착각하고. 이러는데 어떻게 모를 수가 있겠니?"

"게다가 넌 항상 걔 편을 들었잖아."

셸비가 별것 아니라는 듯 말을 잇는다.

"뉴욕에서 온 그 이상한 사람들도 학교 회의에 초대했고. 말하지 않아도 다 알겠던데."

"그런데 왜 나한테는 아무 말도 하지 않았어?"

속이 울렁거리고 기절할 것만 같다.

케일리는 살짝 짜증이 난 듯하지만, 신중하게 말을 골라 천천히 내뱉는다.

"너희 엄마가 프롬을 취소할까 봐 그런 거지, 바보야."

"맞아, 프롬!"

셸비가 손가락으로 브이를 만들어 하늘을 향해 들어 올린다.

"그만하고 가자! 시작할 시간 됐단 말이야!"

케일리와 셸비는 건물 안으로 나를 밀어 넣고, 난 희뿌연 안개에 둘러싸인 듯 멍한 상태로 두 사람을 따라간다. 에마와 함께할 때면 난 늘 조심했다. 우리 둘 다 항상 신경을 썼는데…. 케일리와 셸비는 바보는 아니지만, 자기 일 외에는 어떤 것에도 관심 없는 아이들이다. 그런 애들이 우리 사이를 눈치 챘다고? 내 몸은 계속해서 걷고 있지만, 내 심장은 이미 박자를 잃고 쿵쾅거리고 내 귀에는 웅웅 소리만 들린다.

건물 안은 모든 것이 빨강과 금색으로 치장되어 있다. 천장에는 판지로 만든 요술램프가 매달려 있고, 테이블에는 빨간 거즈가 둘러져 있다. 다과상 곳곳에 종이로 만든 낙타들이 세워져 있고, 그 곁에는 금색 플라스틱 컵과 빨간색 종이 접시, 그리고 보석같이 빨간 펀치가 가득 든 커다란 플라스틱 볼이 놓여 있다. 포토부스도 약간 중동식 텐트 느낌인데, 그 위에는 '천일야화'라는 표지판이 붙어 있다.

농구선수 애들 중 몇몇이 머리에 터번을 감은 것을 보는 순간, 난 모욕감마저 느낀다. 이건 지난 크리스마스 이후 우리가 계획했던 프롬이 아니다. 평행 우주 세계에서 가져온 인종차별적 흉물일 뿐이다.

게다가 에마는 어디 있는지 보이질 않는다. 전화를 걸어야 하는데, 휴대폰이 손에 잡히지 않는다. 순간 난 조앤네 미용실에 내 휴대폰을 두고 왔다는 사실을 깨닫는다. 케일리와 셸비는 문을 통과하는 순간 제 갈 길을 가버렸고, 난 마침내 에마를 찾아다닐 수 있게 됐다.

이곳은 마치 유령의 집 같다. 익숙한 얼굴들 위로 빨간 불빛이 고동치듯 깜빡이고, 그림자는 그 모습을 일그러뜨린다. 너무 큰 웃음소리는 등줄기를 따라 진동을 일으키고, 난 부딪치는 사람도 없는데 이쪽저쪽으로 밀치고 당겨지는 기분이다. 난 연기 뿜는 기계가 만들어 낸 연무와 날카로운 단검처럼 바닥을 비추는 불빛을 헤치며 앞으로 나아간다.

난 모든 곳을 샅샅이 살핀다. 댄스플로어, 화장실, 심지어 학부모회 엄마들이 엄청난 속도로 예비 펀치 볼에 셔벗을 퍼 담고 있는 주방까지….

숨이 차고 마음은 점점 급해진다. 난 다시 제일 큰 방으로 돌아가 벽에 몸을 기대고, 두 눈을 가늘게 뜬 채 거기 모인 모든 사람들의 얼굴을 하나하나 살펴본다. 제발 내가 찾는 그 얼굴이 보이기를!

이건 정말 말도 안 된다. 어제 이 시간만 해도 난 학교 체육관에서 '잊지 못할 밤'을 준비하고 있었다. 엄마는 장소 변경에 대해서는 한마디도 하지 않았고, 오히려 방수 식탁보와 디제이의 플레이리스트 선정에 더 관심을 보였다. 언제 이런 걸 다 준비했는지 도무지 이해할 수가 없다.

그때 사람들의 함성을 뚫고 등 뒤에서 엄마의 목소리가 들려온다. 옆문으로 들어와서 곧장 부엌으로 간 것이 틀림없다. 안으로 들어가려고 내가 몸을 돌리는 순간, 엄마가 나타나 문을 가로막는다. 엄마는 너무나 충격적이게도 행복한 표정을 짓고 있다. 아빠가 떠난 후 단 한 번도 볼 수 없었던, 진심이 담긴 표정이다.

"여기 어떠니?"

엄마가 아라비안나이트 같은 이 공간을 손으로 가리키며 묻는다.

"무슨 일인지 잘 모르겠어, 엄마. 프롬 장소를 왜 바꿨어? 언제 바꾼 거야?"

"마지막 순간에 그렇게 됐어. 해결해야 할 문제가 좀 있었거든."

엄마가 하루 종일 휴대폰을 끼고 있던 이유를 이제 알겠다. 난 엄마가 장소 변경을 언제 계획했는지, 왜 다른 사람은 다 아는데 나만 모르는지 묻기가 두려워진다. 오늘 아침이었을까? 아니면 어젯밤? 갑자기 거대한 납덩어리가 내 발에 녹아들어 나를 밑으로 끌어당긴다. 너무 무거워서 바닥을 뚫고 계속 떨어질 것만 같다. 엄마는 공개회의를 하던 그날 밤에 이 모든 걸 결정한 것일까? 내가 주장을 밀어붙였던 그날? 내가 주장을 굽히지 않았기 때문에?

잠깐!

난 다시 주변을 둘러본다. 뾰족한 얼음조각이 심장을 뚫고 지나가는 것 같다. 새로운 장소, 비밀스러운 이동, 해결해야 할 문제···. 숨 쉬는 것이 괴롭지만, 난 숨을 쉬어야 한다. 그리고 그 힘으로 입을 열어 엄마에게 물어야 한다.

"엄마, 에마 놀런은 어디 있어?"

엄마는 날카로운 무기는 깊이 감춘 채, 가벼운 웃음을 지어 보인다.

"그 아이는 자기를 위해 열린 포괄적 프롬에 가 있겠지."

"엄마, 설마···."

"낯선 외지인들이 불쑥 우리 동네에 나타나서 이래라저래라 하는 거 난 싫더라. 우리 규칙이 문제라고? 좋아, 문제를 고치는 건 내 전문이니까 고치면 되지. 덕분에 모두가 만족하게 됐어. 그 아이도 프롬에 가고, 우리도 우리 프롬에 가고."

난 어안이 벙벙해 아무 말도 할 수 없다. 엄마가 이렇게 잔인한 일을 할 수 있을지 몰랐다. 엄마는 양손으로 내 팔을 쓸어내리며, 다시 나를 바라본다. 미소 지은 입이 점점 더 벌어져 마치 미친 사람 같다.

"네가 이런 특별한 밤을 놓치게 할 순 없지. 다 널 위한 거야. 내가 널 위해 다 준비했어."

"하지만 이건···."

엄마가 내 말을 가로챘다.

"이제 가서 재미있게 놀아라. 난 여기 남아서 챙겨야 할 게 많아."

난 뒷걸음을 친다. 이 사람은 내가 알던 엄마가 아니다.

타산적이고 상황을 조작하는 어떤 낯선 사람이 내 엄마인 척 행세하고 있다. 끔찍하다. 〈왕좌의 게임〉에서 튀어나온 캐릭터가 〈프롬의 게임〉에 뛰어들었다. 그리고 그녀는 승리를 거머쥐었다.

이 무시무시한 엘레나 라니스터(〈왕좌의 게임〉 주요 가문들 중 돈 많고 모략에 능한 가문의 이름—옮긴이)에게서 벗어나야 한다. 일 초라도 더 마주 보았다가는 그 자리에서 토할지도 모른다.

난 몸을 돌려 걸음을 옮기다, 춤추는 사람들에게 둘러싸인다. 뒤돌아 갈 수는 없으니 인생 최고의 순간을 즐기고 있는 이 사람들 사이를 헤치고 가는 수밖에 없다. 사방에서 몸과 몸이 부딪친다. 음악과 목소리들이 끊임없이 귓속을 파고들어 고막을 때린다. 모든 것이 악몽처럼 소용돌이치며 녹아내린다. 이 악몽에서 깨어날 수만 있다면! 난 내가 어디로 가는지도 모르겠다. 그냥 멀리, 멀리 가야 한다는 생각뿐이다.

케일리가 내 팔을 잡고, 날 다시 현실로 끌어온다.

"다 같이 사진 찍자."

"안 돼. 난 가봐야 해…."

"너도 프롬 퀸 후보야, 얼리사. 나 인상 쓰게 만들지 마."

엄마는 모든 것을 철저하게 준비해 두었구나. 난 빠져나갈 수가 없다. 전화로 도움을 청할 수도 없다. 에마에게 상황을 알려줄 수도 없다. 토할 것 같은 기분이 다시 배 속을 뒤흔든다. 난 혹시 몰라 손으로 입을 막는다. 그러자 케일리는 내가 방심하는 틈을 놓치지 않고, 나를 포토부스로 끌고 간다. 사진사는 나를 두 커플 사이에 밀어 넣는다.

　사진사가 웃으라고 말하자 모두가 '치즈'를 외치고, 그 순간 내 뺨 위로 눈물이 한 줄기 흘러내린다.

17장

어둠 속으로

인생 전체가 무너져 내릴 때 좋은 점은 누구도 내 선택에 대해 뭐라고 하지 않는다는 것이다. 난 이틀째 같은 파자마를 입고, 오직 녹은 아이스크림과 초콜릿 크래커만 먹고 있다.

오늘은 다시 학교에 가기로 한 날이었다. 그 일이 있은 후 처음으로 말이다. 오늘 아침 할머니가 내 방에 왔을 때, 난 침대에 축 늘어진 채 꼼짝도 하지 않았다.

"안 갈래요."

내 말 한마디에 할머니는 아무 말씀 없이 문을 닫았다.

그동안 배리와 디디가 집에 다녀갔다는 것도 알고 있다. 관객석 끝줄까지도 충분히 전해질 두 사람의 목소리가 이 작은 집에서 들리지 않을 리 있겠는가? 다행히도 할머니는 그들을 매번 돌려보냈다. 덕분에 난 침대에서 기어 나와, 무거운 물건을 그들에게 집어 던지는 수고를 하지 않을 수 있었다.

프롬 날 밤에 집으로 돌아와서, 난 〈에마 노래하다〉 채널에 1분짜리 영상을 올렸다. 사람들이 프롬은 어떻게 됐는지 물을 것이기 때문이다. 그런 다음 얼리사에게 4천 번 전화를 하고 4천 개의 음성메시지를 남겼다. 동시에 구글에서 디디 앨런과 배리 글리크먼을 검색했다. 내가 뭘 찾았는지 맞혀보라!

아니, 그럴 필요 없다. 내가 다 말해주겠다.

그들은 자신들의 뮤지컬이 망한 직후, 이곳에 등장했다. 뮤지컬은 처참하게 실패했다. 너무 엉망이라 뉴저지 사람들조차 싫어했다. 브로드웨이에서 한 작품이 보통 얼마나 공연되는지는 모르지만, 하루만에 문을 닫는 것은 누가 봐도 실패다.

그래서 두 사람의 커리어는 곤두박질치기 시작했고, 그들은 자신의 이미지 회복 투어를 위해 나를 얼굴마담으로 선택한 것이다. 두 사람은 인디애나에 오기 전에 이미 인터뷰도 하고, 피켓 든 사진도 찍었다.

어떻게 보면 디디가 날 이용하려 했다는 것은 그다지 놀랍지 않다. 솔직히 그 여자가 하프바다표범 새끼를 아침으로 먹고, 극지방 만년설을 녹인 물로 입을 헹궜다 해도 난 별로 놀라지 않을 것이다. 끼가 있어야 하니까! 하지만 배리의 배신은 너무 아프다.

어쩜 그리 멍청하게, 그렇게 쉽게 그를 믿어버렸는지! 날 위한 것은 하나도 없었다는 걸 까맣게 몰랐다니! 난 그들에게 전혀 중요하지 않았다. 어떻게 이렇게까지 순진할 수가 있지?

아, 얼리사가 내게 전화를 했는지 궁금한가? 물어봐 줘서 고맙다. 전화는 없었다. 하지만 케일리, 셸비와 함께 프롬 무대에 서 있는 사진은 많이 있다. 셋 다 티아라를 쓰고 있는 사진이다. 귀엽지 않은가?

난 한동안 스스로를 고문하는 기분으로 '#제임스매디슨프롬19'로 태그된 사진을 끊임없이 찾아봤다. 진짜 프롬은 끝내주는 것 같았다. 문 앞에 벨벳 로프를 쳐놓고 손님을 가려 받는 고급 클럽 분위기였다. 난 사진 한 장 한 장을 꼼꼼히 들여다보았다. 그곳에 존재하는 모든 얼굴을 기억에 저장하고 그 저장목록에 제목을 붙여야 하기 때문이다. '적'이라고 말이다.

그 사진들 속에서 난 얼리사의 흔적도 찾아보았다. 겨우 두어 장 나왔는데, 다 소름끼치는 2인조와 함께 찍힌 것들이었다. 하지만! 엄마와 딸이 포토부스에서 함께 찍은 아주 사랑스러운 사진이 한 장 있었다.

그린 부인은 조커 영화를 위해 오디션을 보러 간 사람 같았다. 새빨간 립스틱을 바른 입술을 길게 찢고, 그 사이로 수백 개의 커다랗고 하얀 이를 드러내고 있다. 얼리사는 고통스러운 미소이긴 해도, 어쨌든 미소를 짓고 있다.

그랬다. 그는 그 순간에도 여전히 미소를 유지했다. 내 고등학교 시절 중 단연 최악의 순간에 내 여자 친구는 제임스 매디슨 고등학교의 진짜 프롬에 가서 실제 사람들과 함께 공식 사진사 앞에서 미소를 지었다.

난 이것들로 꽤 오랫동안 스스로를 고문했다. 사진들을 캡처해서

따로 앨범을 만들어 저장하고, 계속 앞뒤로 돌려가며 얼리사의 얼굴을 바라보았다. 구석구석 꼼꼼하게 보았다. 지난 몇 년간 난 그의 얼굴을 누구보다 자세히 보았다. 사진 속 그가 전혀 즐겁지 않다는 것은 분명하다. 하지만 그보다 더욱 분명한 것은 그가 내게 아무 말도 없이 비밀 프롬에 혼자 갔다는 사실이다.

고문이 끝난 뒤, 난 휴대폰 전원을 끄고 내 방 구석 빨래 더미에 던져버렸다. 그 후로 휴대폰은 계속 그 자리에 있다. 이제 날 깨우는 것은 할머니뿐이고, 내 방은 고요함에 파묻힌다. 좋은 일이다. 잠 잘 시간이 좀 생겼다. 잠과 나는 오래전부터 친한 사이다. 성장기 소녀는 하루에 최소 열여덟 시간쯤 의식불명 시간이 필요하다. 립밴윙클(워싱턴 어빙의 단편소설로, 동명의 주인공이 낯선 이에게 술을 얻어 마신 후 하룻밤 자고 일어났는데 20년이 흘렀다는 내용─옮긴이)처럼 졸업, 여름방학이 지나는 동안 내내 잠을 자면 된다.

하지만 지난 며칠간 잠을 하도 잤더니 허리가 아프고 더 이상 잠도 오지 않는다. 머릿속을 헤집고 다니던 온갖 잡생각들이 어디서 카페인이라도 마시고 왔는지, 완전히 멈춰 있던 머리가 전속력으로 돌아가기 시작한다.

그동안 생각하지 않으려 했던 모든 것들이 걷잡을 수 없이 머릿속을 채운다. 난 대체 어떻게 생겨먹은 인간이어서 자꾸 이런 일들이 생기지? 전생에 연쇄살인범이어서 현생이 망한 건가? 이번 생은 형이상학적 실수에 대한 속죄인가? 아니면 그냥 저주받은 것인가? 아기 때 마녀가 기르던 무와 양배추를 먹었을지도 모르지.

바보 같은 생각들이다.

난 침대에서 굴러 나와 두 발로 선다. 나 자신과 내 인생, 그리고 그 안의 모든 사람들을 미워하려면, 우선 아이스크림이 더 필요하다. 난 파자마 위에 가운을 걸치고, 거울을 보지 않도록 신중하게 시선을 움직인다. 다 그럴 만한 이유가 있다. 한쪽 머리는 커다란 날개처럼 쭉 뻗쳐 나오고 다른 한쪽은 덕지덕지 엉겨 머리에 딱 달라붙은 것이 느껴지는데, 이런 꼴을 굳이 거울로 확인할 필요가 있겠는가?

빨래 더미 옆을 지나는데 손바닥이 근질거린다. 내 휴대폰이 바로 저기 있다. 머리는 계속 걸어가라고 지시를 내린다. 부엌에 가서 초콜릿 든 아이스크림을 가져와야 한다고 말이다. 하지만 이 어리석기 짝이 없는 가슴은 얼리사가 혹시라도 답장을 보냈는지 알아야겠단 다. 난 빨래 더미를 바라보며 어떻게 할지 생각한다. 하지만 결론은 이미 내려져 있다.

난 뒤집힌 청바지들 사이로 손을 쑥 집어넣어 휴대폰을 찾는다. 연어가 다니는 개울 앞에 선 곰처럼, 난 단번에 성공한다. 휴대폰을 켜고 기다리는 동안, 한동안 마비되어 있던 마음이 크게 울렁이기 시작한다.

부팅이 끝나 화면이 뜨자 경쾌한 문자 알림음이 울린다. 그리고 곧이어, 휴대폰이 폭발한다! 문자 알림음이 마지막 스타워즈 영화의 첫화면 스크롤처럼 끝도 없이 이어진다. 유튜브에서도 어마어마하게 많은 공지가 와 있다. 음성 메시지는 여덟 개다.

엄청난 양의 문자를 하나씩 확인하려는데, 전화벨이 울린다. 난 너무 놀라 꺅 비명을 지른다. 하마터면 휴대폰을 내던질 뻔했다. 화면에 전화 건 사람의 이름이 뜬다. 얼리사다. 그 이름을 보는 것만으로 난 배를 한 대 얻어맞은 느낌이다. 받지 않을 생각이었는데, 이 멍청한 엄지손가락이 초록색 아이콘을 눌러버린다.

"여보세요?"

내가 먼저 말한다.

"에마."

얼리사가 쉰 목소리로 대답한다. 울고 있었던 것 같다.

"듣고 있어?"

난 빨래 더미에 풀썩 주저앉아, 말을 끄집어내 보려 안간힘을 쓴다. 그리고 마침내 겨우 한마디를 해낸다.

"응, 듣고 있어."

"맙소사, 너 괜찮은 거야?"

웃음이 난다. 정말로 난 웃어버렸다. 무슨 이런 질문이 다 있단 말인가?

"아니, 끝내주는데. 환상적이지. 물론 여자 친구는 자기 입으로 못 봐주겠다고 한 애들이랑 비밀 프롬에 가고 난 유령도시 같은 곳에 혼자 남겨졌지만, 괜찮아. 다 괜찮지. 난 정말 괜찮아."

"너무 미안해, 에마."

얼리사가 떨리는 목소리로 말한다.

"맹세컨대, 나도 전혀 몰랐어."

잘됐다. 분노가 다시 나타났다. 난 분노가 좋다. 깔끔하고 명확하니까.

"어떻게 모를 수가 있어? 너희 엄마가 주최한 행사잖아. 너는 주최 측에 속한다고!"

얼리사가 코를 훌쩍이며 입을 연다.

"다들 나한테 숨겼어. 그러다가 케일리랑 셸비가 크게 한 방 터뜨렸지. 우리가 사귀는 걸 눈치 채고 있었는데, 프롬이 꼭 열렸으면 해서 아무 말 하지 않았대. 학부모회 전체가 나 몰래 계획한 일이야."

"난 너 안 믿어."

그가 받은 충격이 휴대폰을 타고 그대로 느껴진다.

"정말 내가 너한테 그런 짓을 할 수 있을 거라고 생각해?"

"생각이 아니지. 실제 그런 일이 일어났잖아. 사진도 봤어. 티아라 예쁘더라."

내가 소리친다.

얼리사는 약간 짜증이 묻어나는 목소리로 내게 간청한다.

"어떻게 하면 내 말을 믿을래? 난 정말 모르겠거든. 엄마는 그날 계속 내 옆에 붙어 있지, 휴대폰은 내 손에 없지, 빠져나갈 수도 없었다고. 정말, 진심으로 미안해, 에마. 하지만 나도 그 사람들이 너한테 이렇게까지 할 줄은 몰랐어. 이틀 내내 난 울기만 했어."

"너만 그런 거 아니야."

"제발, 에마. 제발."

"알았어."

너무 아파서 더 이상 못 하겠다. 도끼가 가슴에 꽂혀 나를 반으로 쪼개고 있는 것 같다. 얼리사의 울음소리를 들으면 당장 위로해 주고 싶지만, 그가 왜 우는지를 생각하면 비명이라도 지르고 싶다.

"이쪽으로 와. 얼굴 보고 말해. 네 눈을 보면서 들어야겠어."

"못 가."

하! 딱 하나 부탁했는데, 벌써 못 한다는 말부터 나온다. 난 머리로 벽을 쿵 찧으며 묻는다.

"못 하는 거야, 안 하는 거야?"

얼리사가 목소리를 낮추고 대답한다.

"엄마가 집에 계셔. 이미 다 아는 것 같은데 모르는 척하려고 안간힘을 쓰시지. 일분일초도 나한테서 눈을 떼지 않아."

그의 말 한마디 한마디가 다 실망스럽다. 지난 몇 달간 프롬을 위해 그토록 싸우고 협상했는데…. 우리 둘이 함께 갈 것인지, 사람들에게 알릴 것인지를 두고 그토록 고민했는데…. 고작 한다는 말이 엄마가 이미 아는 것 같다고? 좌절감을 감출 수가 없다. 머리카락이 이렇게 기름지지만 않았다면, 마구 잡아당겼을 것이다.

"맙소사, 얼리사! 엄마가 다 아는 것 같으면 말씀드려! 우리가 사랑하는 사이라고 말하란 말이야! 원래 그럴 계획이었잖아. 아니야?"

"못 하겠어."

그가 애처로운 목소리로 속삭인다.

"케일리랑 셸비가 아는 것만으로도 이미 상황이 안 좋아."

와, 진짜! 분노가 불타오르다 못해 백열 상태에 이른다. 너무 뜨거워져서 더 이상 아무 느낌도 없다. 이런 열기라면 난 공중을 날아 바다를 끓게 하고 땅을 태워버릴 수도 있을 것 같다.

지난 몇 달 동안 그는 엄마 때문에 커밍아웃을 할 수 없다고 말했지만, 그건 사실이 아니었다. 그저 핑계였을 뿐이다. 물론 그의 엄마는 편견이 심하고 동성애자를 혐오한다. 하지만 얼리사 역시 조금은 엄마를 닮은 것 같다.

난 천천히 그의 말을 반복한다.

"상황이 안 좋아?"

"그런 뜻이 아니라⋯."

"조금 전에 정확히 그렇게 말했는데."

난 톡 쏘아붙인다.

"에마, 미안해."

정확히 뭐가 미안하다는 걸까? 말을 잘못한 것? 아니면 우리 사이를 그가 어떻게 생각하는지에 대해 사과하는 것인가? 상관없다. 그는 이미 한계치를 넘어버렸다. 더 이상 밝은 척은 못 하겠다. 비아냥대는 게 원래 내 스타일이다.

"오케이, 잘됐네. 미안하면 다 해결되지. 전화해 줘서 고맙다!"

난 전화를 끊는다. 얼리사 그린, 교회 피크닉에서 만난 그, 내 첫사랑이자 첫 키스 상대, 나의 모든 처음인 그의 전화를 끊어버린다. 그는 정말 모든 면에서 나의 처음이었다. 나의 첫 번째 진정한 비밀이었고, 또한 내가 한 것 중 가장 오래 지속된 거짓말이었다. 그가 행복하면 좋겠다. 나처럼 모든 것을 잃지 않기를 바란다.

조금만 더 있으면 우린 대학에 갈 수 있을 텐데! 그러면 그는 엄마

프롬

와 엄마의 노이로제에서 벗어날 수 있을 것이다. 난 정말 이번만큼은 그가 커밍아웃을 할 줄 알았다. 그래서 더 이상 숨기는 것 없이 정말 함께할 수 있을 거라고 생각했다.

하지만 지금껏 난 그를 가로막는 유일한 장애물이 그의 엄마인 줄만 알았다. 가족이니 말이다. 그가 케일리와 셸비가 아는 것만으로도 이미 상황이 안 좋다고 말하기 전까지, 난 진심으로 그렇게 믿었다.

이제 얼리사 그린은 나의 첫 번째 실연 상대다. 아파서 죽을 것만 같다.

18장

525,600분

에마가 프롬 날 밤 유튜브에 올린 영상을 천 번도 넘게 봤다.

"어떻게 됐는지 말해볼게요."

에마는 손가락으로 머리를 빗어 넘기며 이렇게 말한다. 얼굴에 아직 메이크업 흔적이 남아 있지만 옷은 티셔츠로 바뀌어 있다. 좀 더 명확히 말하자면, 이런 문구가 쓰여진 티셔츠다.

'내가 아무 관심 안 두는 저 들판을 보라. 그곳에 눈을 두면 그 척박함을 보게 될 것이다.'

에마는 노트북 방향을 조정하고, 환하게 밝혀진 화면을 바라본다.

"아무 일도 없었어요. 무슨 말이냐면, 체육관에 장식도 돼 있고 음악도 울리고 있었는데, 사람은 아무도 없더라고요. 나중에 알게 됐는데, 포괄적 프롬에 간 사람은 저 하나뿐이었어요. 다른 사람들은, 여기에서는 특정한 사람을 말하기보다 그냥 모두라고 할게요, 모두들 '포괄적이지 않은' 비밀 프롬에 갔어요. 하지만 이것 좀 봐요! 인스타그램에 올릴 멋진 사진들을 이렇게나 많이 찍었어요!"

그의 말이 끝나자, 동물학대 영상 배경음악으로 깔리는 〈천사〉라는 슬픈 노래와 함께 끔찍한 슬라이드쇼가 시작된다. 텅 빈 체육관, 텅 빈 의자와 테이블, 텅 빈 무대, 아무도 손대지 않은 파티 기념품과 펀치 볼 사진이다. 사진이 끝나자 화면이 잠시 어두워졌다가 반짝이는 글자들이 소용돌이치듯 화면 위에 나타난다.

'해피 프롬!'

영상은 짧고, 에마는 만신창이다. 난 영상을 계속 돌려 본다. 혹시나…. 잘 모르겠다. 혹시나 과거가 바뀔까 하는 마음인가? 상처가 바래질까 해서? 어쩌면 결과가 달라질지도 모른다는 생각으로? 내가 뭘 바라는지 모르겠지만, 그의 마음이 무너지는 순간을 보는 게 싫다.

오늘 다행히도 그는 학교에 오지 않았다. 애들은 모두 그의 영상에 대해 이야기한다. 정말 이상한 일이다. 어떤 애들은 그가 아직도 프롬 얘기를 하고 있다며 화를 내고, 또 어떤 아이들은 죄책감을 느끼기 시작했다. 하지만 그들은 모두 영상 조회수와 그 영상을 공유한 유명인들을 향해 집착에 가까운 관심을 보이고 있다. 지난 3년간 청소년 소설을 쓴 적이 있는 사람이라면 누구나 그 영상에 대한 글을 트위터에 남겼고, 수많은 브로드웨이 사람들도 그의 영상을 언급했다. 그리고… 수많은 기자들도 관심을 보였다.

그래서 호킨스 교장 선생님은 수업이 끝난 후 우리들의 이동 루트를 완전히 바꿨다. 일단 그동안 이용했던 정문으로 나가는 것은 금지다. 우린 체육관 문을 통해 바로 학생 주차장으로 나가서, 곧장 자기 차나 학교 버스를 타야 한다.

점심시간이 끝나자마자 방송국에서 우르르 몰려와 정문 쪽에 진을 쳤다. 카메라와 마이크를 잡은 기자들이 보인다. 우린 부모님이 없는 자리에서는 그들에게 단 한마디도 해서는 안 된다는 엄격한 지침을 전달받았다.

브리아나 로가 내 어깨를 툭 친다. 내가 돌아보자, 그는 내게 아이폰을 들이밀며 말한다.

"이번 프롬 논란에 대한 팟캐스트 에피소드를 만드는 중이야. 한마디 해줄래?"

"잔인하고 불공평했어. 애초에 논란이 될 일이 아니었는데."

"좋아."

브리아나가 화면을 손으로 밀어 올리며 다시 묻는다.

"분명히 말해두는데, 지금 말한 사람은 얼리사 그린입니다. 우리 학교 학생회장이죠. 얼리사, 본인은 어떤 프롬에 참석했는지 말해줄래요?"

순간 혀가 입을 가득 채운 듯 꼼짝하지 않는다. 난 그냥 고개를 가로젓는다. 교장 선생님 말씀을 들었어야 했다. 어떤 종류의 기자와도 말을 하면 안 되는 거였다!

난 최대한 평온한 태도를 유지하며, 브리아나에게서 빠져나와 차로 향한다. 우린 카메라에 찍히면 안 되지만, 많은 아이들이 일부러 신경을 써서 카메라 앞을 지나가고 있다.

투 씨가 밖으로 나와 아이들의 걸음을 재촉하지만, 그분 혼자 힘으로 그곳에 흘러넘치는 자기애를 누를 수는 없다. 난 가능한 한 고개를 숙인 채 차를 몰고 주차장을 빠져나간다. 그런데 집 쪽으로 방향을 꺾는 순간, 눈에 익은 차 한 대가 보인다. 엄마 차다!

난 충격으로 산산조각 난 채, 고개를 길게 빼고 주변을 둘러본다. 학교 맞은편 들판에서 엄마가 코트를 팔에 건 채 인디애나폴리스에서 온 뉴스팀과 이야기를 하고 있다. 맙소사, 또 무슨 얘기를 하는 걸까? 엄마는 왜 이 일을 내버려 두지 못하는 거지?

고개를 돌려 다시 길을 바라보는 순간, 난 있는 힘을 다해 브레이크를 밟는다. 온몸이 뻣뻣하게 굳고, 충격 때문에 폐 속 공기가 모두 빠져나간 것 같다. 난 하마터면 앞 차를 들이받을 뻔했다. 지금 같은 상황에 학교 앞에서 사고를 내는 것은 절대 있어서는 안 될 일이다.

차들이 우리 동네로 몰려든다. 시속 6킬로미터라니, 말도 안 된다! 이대로라면 다음 주 목요일에나 집에 도착하겠다. 난 깜빡이를 켜고 월마트 주차장으로 들어간다. 살 건 없지만, 시간 보내기 좋은 곳이다. 건물 앞에 테이블이 있고 자판기 콜라도 싼 편이다.

주차장에 들어와 보니, 나와 같은 생각을 한 사람이 한둘이 아닌가 보다. 농구 팀 남학생들이 마트 출입구 쪽으로 천천히 픽업트럭을 몰고 가며 창밖으로 몸을 내밀고, 테이블에 앉은 여학생들에게 소리를 지른다. 금요일 밤이면 흔하게 볼 수 있는 광경이다. 하지만 지금은 환한 대낮이고, 모두 학교에서 입었던 옷차림 그대로다.

"여기야, 얼리사!"

내가 걸어가는 걸 본 셸비가 소리친다.

케일리는 나를 향해 손가락을 까딱거린다.

"이리 와, 프롬 퀸!"

마음이 주저주저하는 사이, 내 다리는 이미 그들을 향해 걸음을 옮긴다. 난 저 애들과 같이 앉기 싫다. 마주 보기도 싫다. 하지만 엄마는 내 삶을 엄마 뜻에 따라 다시 설계했다. 난 다시 초등학생 때처럼 엄마가 골라주는 옷을 입고 엄마가 골라준 친구를 만나고, 엄마가 시키는 일들을 차례차례 수행한다. 난 바람에 흔들리는 나뭇잎처럼 내가 갈 방향을 선택하지 못하고 바깥의 힘에 속수무책으로 휘둘린다.

"우리 학교가 CNN에 나온 거 아니?"

케일리는 똘마니 친구 하나가 자기 머리를 땋을 수 있게 고개를 돌리며 말한다.

"뭐?"

내가 심드렁한 표정으로 말한다.

"홈페이지에 떴어."

케일리는 침울한 표정으로 대답하고, 헤드라인을 직접 읽어준다.

"'인디애나 에지워터, 고집불통이 넘쳐난다.' 말이 되니? 우리가 무슨 괴물이라도 된다는 거야?"

셸비는 훌륭한 오른팔이 늘 그러하듯, 대장의 말에 고개를 끄덕인다.

"진짜 말도 안 돼. 우린 개한테 프롬도 열어줬는데."

내가 뭔가 말을 시작하는데, 나도 내가 무슨 말을 하는지 잘 모르겠지만, 테이블에 모여 앉은 사람들 사이에서 조용한 함성이 터져 나온다. 그리고 누군가 갑자기 소리친다.

"페커 씨다!"

우린 모두 목을 길게 빼고 두리번거린다. 점점 더 많은 사람들이 그의 이름을 부르고 있다. "페커!"라는 이름이 폭풍처럼 쏟아지는 가운데, 난 믿을 수 없는 광경을 본다. 글리크먼 씨가 작은 봉투를 손에 쥐고 월마트에서 걸어 나오고 있다. 그가 아직도 이곳에 있는 줄은 몰랐다. 그와 앨런 씨 모두 프롬 날 밤 짐을 싸서 뉴욕으로 갔을 것이라고 생각했다.

"한번 말해줘요!"

셸비가 두 손을 입가에 둥글게 모으고 큰 소리로 외친다.

픽업트럭 짐칸 바닥에 앉아 있던 닉과 케빈도 벌떡 일어나 우리 쪽으로 다가오며 소리친다.

"말해라! 말해라!"

글리크먼 씨는 숨을 깊이 들이마시고, 눈을 한번 굴린다. 그리고 약간은 시큰둥한 표정으로 〈손에 대고 말해!〉 속 페커 씨의 유행어를 툭 내뱉듯 말한다.

"이제 페커가 나설 때군."

모두가 환호성을 지른다. 케일리는 셸비를 쿡 찌르고 손에 동전을 쥐여준다.

"마실 거 하나 드릴까요, 페커 씨?"

그가 한 손으로 목을 감싼다.

"이건 말이지…. 정교한 악기라서 아무 거나 마시면 안 돼. 예를 들면…."

그는 테이블 위에 놓인 캔들을 바라보고 말을 잇는다.

"다이어트 마운틴 라이트닝 같은 거."

케일리는 콧구멍을 오므리고 어깨를 한번 으쓱한다.

"알겠어요."

글리크먼 씨는 자리를 떠나는 듯 몇 걸음 옮기다가, 발끝으로 회전을 한 뒤 다시 우리 쪽으로 걸어온다. 마치 오늘을 위해 연습한 동작인 것 같지만, 솔직히 앨런 씨와 글리크먼 씨가 하는 행동은 모두가 뮤지컬 예행연습 같아 보인다.

"있잖니, 얘들아, 내가 좀 너무했던 것 같아. 이 아름다운 마을에 와서 무턱대고 내가 원하는 걸 요구했으니 말이야."

"아저씨 때문에 저희 엄마가 엄청 우셨어요."

셸비가 묻지도 않은 말을 술술 내뱉는다.

글리크먼 씨는 한 손을 들어 가슴에 올린다.

"저런, 나 때문에? 왜?"

셸비는 한 손을 길게 흔들며 대답한다.

"우리 학교 프롬을 동성애 프롬으로 만들려고 하셨잖아요."

"아, 그렇구나, 그랬어."

글리크먼 씨가 말한다. 그는 나와는 눈조차 마주치지 않는다. 내가 누구인지 기억 못 하겠지. 그런데 왠지 그의 시선은 일부러 나를 피해 다니는 것 같다. 이건 좋은 징조다! 내 생각이 맞았다. 이건 아무 의미 없는 대화가 아니다.

내 생각에 그는 지난번 주장했던 바를 다시 한 번 확실히 말하려는 것 같다. 대화처럼 보이는 공연을 통해서 말이다. 나도 사람들에게 말을 할 때 이런 방법을 쓴다. 마리화나 데이를 학교 휴일로 지정하자고 하는 학생들에게도 그랬고, 도미노피자를 우리 학교 학생식당의 공식 후원자로 세우자고 주장하는 애들에게도 그랬다.

케일리는 테이블에 등을 기대고, 그를 바라본다.

"미안하다는 거예요?"

"정중하게 사과할게."

글리크먼 씨가 대답한다.

"거부하는 사람?"

"없어요. 페커 씨한테 그럴 순 없죠."

닉이 웃으며 대답한다.

"그럼 너희들 왜 에마를 프롬에 오지 못하게 했는지 설명 좀 해주 겠니?"

"왜냐하면, 그건 잘못된 거잖아요."

케빈이 세상에서 가장 당연한 것이라는 듯 대답한다. 잠시 후 그는 자신의 말을 강조하기 위해 한마디를 덧붙인다.

"성경에도 나와 있어요."

"우린 성경을 믿고요."

셸비가 고개를 끄덕이고, 케빈의 팔 아래에 몸을 파묻는다. 케빈은 셸비의 등 뒤로 팔을 쭉 뻗어 그녀의 브라 컵을 슬쩍 잡아당긴다. 그녀는 키득키득 웃을 뿐 그의 손을 뿌리치지 않는다. 참 매력적인 커플이다.

글리크먼 씨는 그들을 천천히 둘러보며 다시 입을 연다.

"그렇구나. 성경에 그렇게 쓰여 있고, 너희는 성경을 믿는단 말이지? 그럼 너희 걱정되지 않니?"

"뭐가요?"

닉이 묻는다.

그렇지! 드디어 시작되는구나. 앞으로 상황이 어떻게 흘러갈지 다 보인다. 저들은 모른다는 것이 놀라울 따름이다. 아, 그 말은 취소다. 전혀 놀랄 일이 아니다.

우린 모두 하얀색 가죽 커버 성경을 갖고 있다. 주일학교를 졸업하고 청년부로 넘어갈 때 받은 선물이다. 하지만 누구도 성경을 처음부터 끝까지 읽으라고 하지는 않는다.

우리가 알아야 할 이야기는 토론 가이드라인에 몇 가지 정해져 있다. 특정 주제에 대해 우리가 어떻게 느끼고 생각해야 할지를 알려주는 이야기들이다. 보통 우화나 기적에 대한 이야기인데, 영감을 주는 여자들이나 믿음의 행동을 보인 사람에 대한 이야기도 있다. 어떤 방향으로든 상상력을 발휘할 여지는 많지 않다.

글리크먼 씨는 우아하게 벤치에 앉더니, 한 손을 들어 올려 케일리의 발을 가리킨다.

"여기 이 예쁜 여학생은 발목에 귀여운 돌고래 문신을 했구나."

케일리가 살짝 상기된 표정을 짓는다. 자신이 제일 좋아하는 주제의 대화가 시작되었기 때문이다.

"작년 봄방학에 한 거예요. 문신을 해준 사람이 자기가 작업해 본 발목 중 최고라고 하더라고요."

"당연히 그랬겠지."

글리크먼 씨가 동의하듯 끄덕이며 말한다.

"그런데 이것 때문에 지옥에 가야 하니 참 안됐다."

"뭐라고요?"

케일리가 비명을 지르듯 말한다.

"성경에 그렇게 쓰여 있잖아."

케일리는 얼굴을 잔뜩 찌푸리고 그를 노려본다.

"아니거든요."

"너희는 살에 어떤 무늬도 넣지 말라. 찾아봐. 레위기에 있어."

글리크먼 씨가 대답한다.

케일리는 허둥지둥 휴대폰을 꺼내 든다. 구글로 검색할 필요도 없다. 홈 화면에 성경 앱이 깔려 있기 때문이다. 문제의 성경 구절을 찾는 순간, 그녀의 표정이 모든 것을 말해준다. 활활 타오르던 불꽃이 순식간에 사라졌다. 진짜 지옥에 갈까 봐 걱정하는 게 아니라, 자신이 틀려서 그런 것이겠거니 짐작해 본다. 그녀는 화면을 밑으로 해서 휴대폰을 탁 내려놓는다.

"이건 중요하지 않은 거예요."

"그래? 중요하고 안 중요한 걸 너희가 선택할 수 있나 보지?"

글리크먼 씨가 묻는다. 하지만 그는 대답을 듣지 않고, 곧장 케빈에게 고개를 돌린다.

"이쪽도 한번 보자. 넌 실전 경험이 아주 많을 것 같은데."

"좀 있죠."

케빈이 농구팀 점퍼를 바짝 잡아당기며 대답하자, 셸비가 그에게 기대어 낄낄 웃는다.

"그런 경우라면, 너희 교회 사람들 모두가 네가 죽을 때까지 너의 이 예쁘장한 머리에 돌을 던져야 한단다."

셸비가 괴로운 표정을 짓는다.

"안 돼! 케빈 머리에 돌이라니!"

"그런 게 성경에 있을 리 없잖아."

케빈이 자신만만하게 소리친다. 겨우 2초 전에 케일리가 성경 구절을 찾은 걸 보고도 정신을 못 차린 모양이다. 케일리는 혼자만 창피당할 생각은 절대 없는지, 자진해서 다시 한 번 앱을 켠다.

그녀는 케빈과 셸비에게 휴대폰 화면을 보여주며 말한다.

"저런, 어쩜 좋니, 얘들아? 너희 돌 맞아 죽게 생겼다."

닉이 큭 코웃음을 치더니, 셸비와 케빈을 손가락으로 가리키고 큰소리로 웃는다.

"하! 하!"

"넌 안전할 거라고 생각하지 마라."

글리크먼 씨가 닉을 향해 말한다.

"내 눈이 정확하다면, 이건 폴리에스테르 재킷이고 이건 데님 청바

프롬

지인데, 서로 다른 두 종류의 천을 몸에 두른 자 역시 지옥행이야!"

난 입을 꼭 다물고 그들이 성경 앱을 뒤적이는 모습을 바라본다. 주변에 몰려든 다른 아이들은 저마다 수군대기 시작한다.

"소고기 치즈 나초 좋아하는 사람?"

글리크먼 씨가 다시 질문을 던지고, 손을 든 아이들을 보며 말을 잇는다.

"너, 너, 그리고 너는 지옥에 가겠구나! 성경에 한 끼 식사에 고기와 유제품을 섞으면 안 된다고 했는데, 몰랐니?"

웅성거리는 소리가 조금 더 커진다. 직접 휴대폰을 꺼내 확인하는 사람들도 보인다. 화면을 쭉 훑어보는 애들 사이에서는 자기도 모르게 거친 말들이 쏟아져 나온다. 미옥지의 마일로는 낮은 목소리로 욕을 내뱉는다. 한 밭에 두 종류의 작물을 심으면 안 된다는 규칙을 발견했기 때문이다. 또 다른 사람은 옷을 찢으면 안 된다는 구절을 보고 당황한다. 지금까지 살면서 이렇게 열심히 성경을 들여다본 건 우리 모두 처음일 것이다. 그 효과가 조금씩 나타나는 것일까?

"무슨 규칙이 이렇게 많아?"

셸비가 작은 목소리로 말한다.

"이런 말이 성경에 있는지도 몰랐어."

케빈도 한마디 거든다.

내가 갑자기 변해버린 분위기를 감탄하며 바라보는 사이, 글리크먼 씨는 자리에서 일어나 양손으로 양복을 매만지며 다시 입을 연다.

"너희들이 찾아봐야 할 게 하나 더 있단다. 난 지금까지 세 편의 각기 다른 작품에서 예수 그리스도 역할을 연기했어. 〈지저스 크라이스트 슈퍼스타〉, 〈갓스펠〉 그리고 도로시 이모의 성탄도 재현에서였지. 내가 이 역할을 하면서 배운 게 뭔지 아니?"

아무도 말이 없어, 내가 나선다.

"뭔데요, 글리크먼 씨?"

"첫째, 구세주 역할을 제대로 해내려면 유대인이 필요하다."

그가 화려한 손동작으로 자신을 가리키며 말한다.

"둘째, 어떤 규칙이 가장 중요한지 물었을 때, 그분은 자신이 아끼는 규칙은 오직 '네 이웃을 사랑하라'뿐이라고 하셨어."

아이들은 그 구절을 찾아 바쁘게 손가락을 움직인다. 이곳저곳에서 고개가 끄덕끄덕하고, 잠시 후 모든 시선이 다시 글리크먼 씨를 향한다. 난 웃음이 나오려는 것을 꾹 참고, 그가 학생들을 능수능란하게 요리하는 모습을 계속 지켜본다.

글리크먼 씨가 다시 부드러운 목소리로 입을 연다.

"내 생각을 말해보자면, 난 너희가 프롬 날 밤 에마에게 사랑을 많이 보여주지 못했던 것 같아."

케일리가 얼굴을 찌푸린다.

"우리한테 이래라저래라 할 생각 마세요."

"그런데… 틀린 말은 아니잖아. 예전엔 우리도 에마랑 잘 어울렸는데."

셸비가 말한다.

"걔가 동성애자가 되기 전 얘기지!"

"동성애자가 되었다는 건 선택의 문제가 아니라는 뜻인데⋯."

글리크먼 씨는 '난 그냥 있는 그대로 말할 뿐'이라는 듯 어깨를 으쓱 들어 올린다.

"에마가 선택한 게 아니라면, 신께서 그렇게 만드신 거 아닐까?"

"말도 안 돼요."

글리크먼 씨는 셸비에게 고개를 돌린다.

"그래? 넌 언제 이성애자가 되기로 했니?"

"그런 적 없어요. 원래 그런 거지."

셸비가 대답한다.

글리크먼 씨는 아무 말 없이 셸비의 얼굴을 바라본다. 그리고 잠시후 그녀의 얼굴은 깨달음으로 밝아진다. 글리크먼 씨는 그제야 고개를 끄덕이고, 양손을 활짝 펼친다. 그가 하고자 했던 말이 모두에게 전달된 것이다. 그는 자리에서 일어나 마트에서 가지고 나온 봉투를 챙긴다. 얇은 비닐 너머로 목을 보호하는 차와 《피플》지가 비친다.

"이제 가봐야겠다."

글리크먼 씨가 한층 다정해진 목소리로 말한다.

"가기 전에 다 같이 한번 해볼까?"

그러자 월마트 주차장에 수십 명의 목소리가 동시에 울려 퍼진다.

"이제 페커가 나설 때군!"

19장

천둥 같은
목소리들

내가 고통의 고치를 벗어내고 노트북을 들고 밖으로 나오자, 할머니는 허둥지둥 텔레비전을 끈다.

"그러면 내가 모를 것 같아요?"

난 소파로 다가가 할머니 옆에 앉는다. 그리고 할머니가 볼 수 있게 노트북 화면을 뒤로 젖힌다.

"뉴스에 나오는 거 다 알아요."

사실 그것 때문에 방에서 나온 것이다. 난 내가 프롬 날 밤 유튜브에 올린 영상에 어떤 댓글이 달렸는지 보다가, 이 사건이 유명해졌다는 것을 알게 됐다. 더 정확히 말하면, 사람들이 내 영상을 통해 알게 된 이야기와 학교 근처에서 한 인터뷰들이 온 세상에 퍼진 것이다. 놀랍게도, 배리와 디디는 프롬 날 밤에 분노의 트윗을 남긴 후로 침묵을 지키고 있다.

할머니가 내게 팔을 두르고 내 어깨에 턱을 괸다.

"네가 이런 일을 겪어야 하다니 속상하구나, 에마."

난 할머니 품에 기대며 대답한다.

"저도요. 진짜 싫어요. 그런데 저만 그런 게 아니에요. 여기 댓글들 좀 보세요."

난 내 채널로 들어가, 일단 영상을 정지시킨다. 프롬 날 밤에 무슨 일이 있었는지 내 입으로 설명하는 걸 또 들을 필요는 없지 않은가? 난 댓글이 있는 부분으로 화면을 밀어 올린다. 물론 개똥철학을 늘어 놓은 얼간이들도 몇몇 보인다. 하지만 대부분의 댓글은 나 같은 처지 의 아이들이 남긴 것이다. 인디애나뿐 아니라 이 나라 중서부 지역, 아니 전국 방방곡곡에서 말이다.

난 할머니의 부드러운 품속에서 안전함을 느끼며, 댓글을 하나씩 읽기 시작한다.

"먼시(인디애나주 동부의 도시―옮긴이)에 사는 여자애 댓글이에요. 여자 친구랑 프롬에 가도 된다고 허락은 받았는데, 막상 갔더니 자길 쫓아냈대요. 여자가 턱시도를 입고 온 게 이유라네요. 얘는 시모어 (인디애나주 남동부 공업도시―옮긴이)에 사는 성전환 한 남자앤데요, 프롬 킹 투표에서 1등을 했는데 학교에서 인정을 하지 않았대요. 학 교에서 선생님이 자기 성별에 맞는 대명사를 써주지 않는다는 댓글 은 여섯 개나 있어요. 사우스밴드(인디애나주 북부 도시―옮긴이)에 사 는 한 양성애자 여학생은 학교에 무지개 깃발 핀을 꽂고 갔다가 정학 을 당했어요. 할머니, 어느 곳이나 마찬가지예요. 어디에서든 사람들은 우릴 미워해요."

할머니는 가벼운 한숨을 내쉬고 나를 꼭 껴안는다.

"무서워서 그러는 사람도 있고, 몰라서 그러는 사람도 있어. 물론 그냥 증오로 가득 찬 사람들도 있지. 앞의 두 부류에 대해서는 어떻게 해볼 수 있지만, 세 번째 부류는 그냥 신의 손에 맡기는 수밖에 없단다."

절망감이 거대한 파도처럼 밀려와 나를 덮친다. 난 평생을 이렇게 살아야 하나? 무지한 사람에게 나 자신을 설명하고, 난 라이스푸딩처럼 낯설긴 하지만 무서운 존재는 아니라고 사람들을 설득해야 하고, 날카로운 이와 발톱을 드러낸 사람들에게서 도망치고 숨는 법을 배우면서? 내 삶이란 이런 것인가? 갑자기 온몸의 기운이 빠져나간다.

우린 삶의 가장 아름다운 부분, 즉 사랑에 빠지고 그 아찔함에 취한 모습을 세상으로부터 숨기며 살아야 한다. 택시 안에서 손을 잡으면 안 되고, 극장에서 키스를 해도 안 된다. 낯선 사람이 배우자에 대해 물으면서 성별을 잘못 선택할 때, 굳이 잘못됐다고 말할 것인지 신중하게 생각해야 하고, 이들 앞에서 말을 할 때에는 한마디 한마디를 모두 조심해야 한다. 잘못하면 이 낯선 이가 우리에게 침을 뱉거나… 더한 짓을 할 수도 있으니까.

할머니는 내 삶 속에 존재하는 사람들 중 유일하게 내 마음을 읽을 줄 안다.

"이게 어렵지 않다고 말하지는 않으마."

할머니가 나를 흔들고 고개를 숙여 나와 눈을 마주친다.

"하지만 분명한 건 이게 끝이 아니라는 거란다."

눈물이 터진다. 할머니는 노트북을 한쪽으로 치우고, 양팔로 나를 감싸 안는다. 난 고함을 치며 울어댄다. 무감각하게 얼어 있던 마음이 녹고 난 후 남은 것은 고통뿐이다. 난 기삿거리가 되고 싶지 않다. 다른 사람을 위한 대의명분이 되기도 싫다. 내가 바란 것은 그저 춤추는 것이었다. 그날 딱 하루만. 이렇게 사소한 것 하나도 이룰 수 없다니!

부모님도 어딘가에서 관련 뉴스를 보고 있을 것이다. 아마 행복할 것이다. 아, 겉으로는 나 때문에 속상한 척할 수도 있다. 하지만 그것조차도 그들 나름의 뒤틀린 방식으로 표현할 것이다.

'이렇게 끔찍한 방식으로 에마가 죄의 대가를 치러야 하다니! 하지만 이 덕분에 그 아이가 정신을 차리고 변할 수 있을지도 모르죠. 진심으로 잘못을 뉘우친다면, 우린 언제든 그 아이를 집에 받아들일 거예요.'

맹세코, 이렇게 울려고 방에서 나온 것이 아니다. 난 영상에 달린 댓글을 같이 보고 싶었다. 아직 할머니가 보지 않았다면, 그린 부인이 인디애나폴리스 13번 채널에서 한 끔찍한 인터뷰도 보여주고 싶었다. 그녀가 만들어 낸 규칙만큼이나 끔찍한 말들이었다. 그린 부인 같은 사람들은 우리가 한 말을 우리에게 불리하게 사용하는 법을 알고 있기 때문이다. 그들은 자신의 생각을 있는 그대로 드러내거나 우리에게 무턱대고 욕을 하지 않는다. 오히려 이런 식으로 말한다.

"이곳에서 일어난 일은 신문에 난 것과 다릅니다. 이건 한 소녀를 모욕하기 위해 정교하게 설계된 계획의 결과물이 아니에요. 제임스 매디슨 고등학교 학부모회는 반대하는 학생과 부모님들을 위해 별개의 프롬을 준비하지 않으면 에마가 위험에 처할 수도 있겠다는 결론에 이르렀습니다. 불행한 일이지만, 우리 지역사회에는 에마의 삶의 방식을 불쾌하게 여기는 사람들이 있어요. 이번 조치는 분명 이상적인 방법은 아니지만 우리가 취할 수 있는 유일한 선택이었습니다."

하지만 그린 부인은 일부러 몇 가지 사실을 빠뜨렸다. 첫째, 그녀 역시 이 지역사회의 일원이라는 것과 둘째, 내가 위험에 처하든 말든 그녀는 신경조차 쓰지 않는다는 것이다. 그녀가 말하지 않은 것이 또 있다. 애초에 사람들을 선동한 게 바로 그녀 자신이라는 점이다.

하지만 듣기에는 그럴싸하지 않은가? 아주 합리적이다. 진실에 비해 훨씬 듣기 좋다. 거짓말도 이렇게 듣기 좋게 할 줄만 알면, 살인을 저지르고도 잡혀 갈 일은 없을 것 같다.

시간이 흐르고 울음은 잦아들었지만, 가슴이 여전히 아프다. 숨을 쉴 때마다 찢어질 것만 같다.

할머니는 이번에도 나에 대한 사랑을 증명해 보인다. 내가 토한 것을 치우고, 콧물범벅이 된 얼굴도 닦아준다. 할머니의 손길은 부드럽고, 손바닥은 따뜻하다. 할머니는 양손으로 내 얼굴을 감싸고, 보송해진 양 볼을 엄지손가락으로 쓰다듬는다.

할머니는 이 나이에 이런 삶을 살게 될 줄 꿈에도 몰랐을 것이다. 강 위에 떠 있는 카지노에서 즐거운 시간을 보내거나, 겨울이면 플로리다에 가서 그곳을 찾은 피한객들에게 카드놀이를 가르치고 그들 돈을 따먹으며 재미를 보는 대신, 할머니는 나를 키우고 있다. 혹 덩어리가 하나 생겨버린 것이다. 할머니를 바라보자, 다시 울음이 터질 것 같다. 나 때문에 할머니의 삶이 너무 힘들어져 버렸다.

"할머니까지 이런 일에 휘말리게 해서 죄송해요."

내 말에 할머니는 숨을 깊이 들이마시고, 손가락으로 내 머리카락을 쓰다듬는다.

"에마, 도니 할아버지 기억나니?"

들어본 듯도 하지만, 난 고개를 젓는다.

"정확히 말하면 너한텐 증조할아버지뻘이지. 나한테 삼촌이니까."

할머니가 설명하신다.

"2차 세계대전 때 태평양 전쟁에 참여하셨는데, 그곳에서 평생의 반려자를 만나셨단다. 물론 가족들에게 그렇게 소개하진 않으셨지. 프랭크는 삼촌의 '친구'였어.

두 분은 캘리포니아로 가셨다. 자신들의 삶을 숨기기 위해 우리와 멀리 떨어진 곳으로 가신 거지. 추수감사절, 크리스마스 때면 늘 집에 오시고, 우린 그분을 프랭크 삼촌이라고 부르기도 했지만, 사람들은 끝까지 두 사람 관계가 전우일 뿐인 척 행동했어. 두 분은 47년을 함께했는데, 프랭크 삼촌이 돌아가셨을 때에도 도니 삼촌은 '그 말'을 입 밖에 내지 않으셨지.

두 분이 함께 산 지 25년쯤 됐을 때 최초로 성소수자 퍼레이드가 펼쳐졌고, 두 분 모두 동성결혼이 합법화되기 전에 돌아가셨단다. 이 얘기를 하는 이유는 네가 지금 끔찍한 일을 겪고 있기 때문이야. 용납할 수 없는 일들이지. 기회만 되면 내가 직접 불살라 버리고 싶은 인간들이 우리와 함께 살고 있어. 그 사람들이 불타고 있으면 난 가까이 가서 침도 뱉지 않을 거다.

그러니 졸업 후에 뉴욕이든 샌프란시스코든 가고 싶은 곳이 있다면, 내가 어떻게든 도와주마. 네가 인디애나 주립대에 갈 생각인 건안다만, 1년 정도 시간을 두고 좀 더 포용적인 곳으로 갈 준비를 하겠다면 그것도 난 좋다. 혹시 몰라서 저축도 해놨어.

난 네가 이거 하나만 알아줬으면 해. 넌 도니 삼촌이 꿈꿀 생각조차 못 한 삶을 살고 있다는 거 말이다.

넌 이제 열일곱 살인데, 자신에 대해 알고 있어. 세상 모두가 알지. 지금은 그게 아무 의미 없어 보일 수도 있다. 하지만 할머니 말을 믿으렴. 지금 이 순간, 이곳에서 네가 싸운 것은 큰 의미가 있는 일이다."

난 떨리는 숨을 내뱉으며 다시 할머니 품에 기댄다. 나한테 게이 조상이 있는 줄 몰랐는데…. 그걸 모르고 살았다는 것부터가 문제 아닌가? 난 할머니 팔을 잡아당겨 더 꼭 그 품에 안기며 입을 연다.

"할머니 말씀처럼, 저도 의미 있는 일을 했다고 생각하고 싶어요. 하지만 이젠 잘 모르겠어요."

"괜찮다, 애야."

할머니가 대답하신다.

"지금 당장 모든 것을 알 필요는 없지. 나중에 다시 얘기해 보자."

"네, 정말 그랬으면 좋겠어요."

진심이다. 최근에 말을 너무 많이 했다. 다른 사람들이 나를 위해 한 말들도 너무 많다. 내 머릿속에도, 그리고 그 바깥에도 한동안 침묵이 흐르면 좋겠다. 할머니의 별난 자주색 집에서 노란색이 도는 녹색 문 뒤에 틀어박혀 있으면 난 안전하다. 이곳은 이상한 여자 둘이 살고 있는 집이다.

할머니가 나를 안으면서, 내 어깨너머로 내 얼굴을 흘끗 바라본다.

"다른 얘기를 할 거라면, 내 알리바이나 좀 만들어 보는 게 어떨까?"

내가 이마를 찌푸린다.

"무슨 알리바이요?"

"내가 다음에 레드스트라이프 주차장에서 엘레나 그린을 보면 차로 들이받을 계획이라고 말하진 않으마. 하지만 그런 계획이 아주 없진 않거든."

난 며칠 만에 처음으로 미소를 짓는다.

20장

느리게
흐르는 시간

급수탑 아래 차를 대고, 후드 위에 혼자 하염없이 앉아 있다.

두세 시간 전 에마에게 문자를 보내 만나달라고 애원을 했다. 답장은 없었지만, 난 무작정 이곳으로 왔다. 해가 빛을 내보려 하지만 우중충한 구름이 하늘을 얼룩덜룩 덮고 있다. 인디애나의 봄에는 수선화와 튤립도 있지만, 엄청난 비와 천둥도 있다.

난 다시 휴대폰을 보지만, 에마에게서는 여전히 아무 소식도 없다. 내가 제안한 시간은 이미 15분 전에 지났다. 그는 나에게 빚진 게 없다. 나도 잘 알고 있다. 난 그저…. 그는 내게 자기 눈을 똑바로 바라보면서 프롬 장소가 바뀐 것에 대해 전혀 몰랐다고 말해보라고 했다. 내가 학교를 마치는 시간과 엄마가 일 끝나고 집에 오는 시간 사이에는 아주 약간의 틈이 있다. 그 틈이 시시각각 줄어들고 있다.

차가운 바람이 분다. 난 양손을 코트 소매 속으로 당겨 넣는다. 난 마음속 깊은 곳에서 그가 오지 않을 것을 알고 있지만, 그대로 조금만 더 기다려 본다. 혹시 모르니까. 내 가슴에 뚫린 커다란 구멍은 그를 다시 볼 때까지 사라지지 않을 것이다. 다시 만나고, 이야기하고, 설명할 때까지…. 난 그에게 할 말을 엄마에게 커밍아웃 할 때 하려는 말보다 더 여러 번 연습했다. 사실 그게 제일 큰 문제다. 나도 알고 있다.

바람에 흩날리는 머리카락이 얼굴을 휘감고, 그중 몇 가닥은 눈물 자국을 따라 얼굴에 달라붙는다. 에마는 오지 않는다. 당연한 일이라고 스스로에게 말해본다. 그 말은 사실이지만, 그렇다고 고통스럽지 않은 것은 아니다. 난 그와 함께하기 위해 최선을 다해 싸웠지만… 결국 망쳐버렸다. 하지만 그가 내가 프롬 장소 변경에 대해 알았다고 믿는다는 사실은 뜨거운 부지깽이처럼 내 마음을 태우고 있다. 내가 어떻게 그런 짓을 하겠는가? 그가 그런 생각을 할 줄은 몰랐다.

바로 그때 엔진 소리가 들려온다. 난 양쪽을 번갈아 바라본다. 1.5킬로미터쯤 거리에 작은 점 하나가 보인다. 이쪽으로 달려오는 차 같다. 점이 가까워질수록 목이 막혀온다. 그리고 잠시 후 난 익숙한 실루엣을 알아보고, 자리에서 벌떡 일어선다. 에마네 할머니의 폭스바겐 비틀이다. 그 집에는 차가 한 대라서 에마는 보통 차를 몰고 나오지 않는다. 그러나 지금 운전대를 잡고 있는 사람은 에마가 맞다.

그는 내 차 옆에 차를 세우고, 천천히 밖으로 나온다. 파란색 후드 티와 파란색 트레이닝 바지를 대충 걸쳐 입고 나온 그는 며칠 만에 처음 밖에 나온 사람 같다. 나에게 다가오는 동안 햇빛에 눈이 부신지 눈을 가늘게 뜨기도 한다. 눈 주변에는 다크서클이 짙게 드리워 있고, 비니 모자 아래엔 정리 안 된 부스스한 머리가 감춰져 있다. 에마는 차 키를 후드 티 주머니에 넣고는 손을 그대로 그곳에 둔다.

난 불편한 마음에 몸을 꿈틀 움직여 본다. 그의 몸은 완전히 닫혀 있고, 얼굴은 돌처럼 차갑다. 그는 30센티미터도 더 떨어진 곳에서 걸음을 멈춘다. 나에게 달려와 안길 것을 기대하진 않았지만, 이렇게까지 높은 벽을 칠 줄은 몰랐다. 당연한 일이라고 나는 다시 한 번 나를 타이른다. 아무리 가슴이 아파도 어쩔 수 없다.

"만나줘서 고마워."

난 그를 만지고 싶은 마음을 억누르며 차분히 말을 꺼낸다.

"오지 않을 줄 알았어."

에마가 빠르게 어깨를 으쓱한다.

"나도 그러려고 했어. 왜 보자고 했어?"

와, 이렇게 나오는구나! 내 머리는 여전히 '당연하다'고 말하지만, 가슴은 더 이상 그 말을 받아들이지 못한다. 그는 날 처음 보는 사람 취급 하고 있다. 내가 이런 대접을 받아 마땅하든 그렇지 않든, 이건 너무 고통스럽다. 난 이미 그의 따뜻함에 너무 익숙하고, 냉담한 그는 그저 낯설기만 하다. 난 허리를 똑바로 세우고 다시 입을 연다.

"아, 먼저 사과를 해야 할 것 같은데⋯."

"해야 할 것 같다고?"

더 이상 참을 수가 없다. 난 그에게 한 걸음 다가간다.

"사과한다고. 정말 미안해."

에마는 입술을 깨물고 눈을 가늘게 뜬다.

"정확히 뭐가 미안한데? 아니, 그냥 질문에만 대답해. 너도 같이 꾸민 일이야?"

난 그에게 한 걸음 더 다가간다. 그의 두 눈에는 고통이 가득하다. 프롬 날 밤 그가 올린 영상이 내 머릿속에서 끊임없이 재생되고 있다. 그와 이렇게 떨어져서는 아무것도 제대로 할 수 없다. 그의 손을 꼭 잡고 그의 눈물에 입을 맞추지 않고는, 상황이 나아지지 않을 것만 같다.

"맹세코 아니야. 거기 도착하기 전까지 난 아무것도 몰랐어. 엄마가 리무진을 빌려서 날 다짜고짜 거기 태운 거야. 난 전혀 몰랐어."

에마가 머리를 살짝 기울이고 나를 빤히 바라본다. 곡선을 이룬 그의 입술에 씁쓸함이 배어 있다.

"아무도 말해주지 않았다고? 네 새 베프들도?"

"누구?"

"셸비랑 케일리 말이야. 셋이 아주 즐거워 보이던데. 그 두 사람은 계획에 대해 아무 말 안 했어?"

"걔들은 내 친구가 아니야."

내가 발끈해 소리친다.

"엄마가 그렇게 생각한 거지. 엄마가 다 준비한 거라니까."

에마는 먼 곳을 바라본다. 희미한 햇살이 안경에 반사되어 반짝인다. 그의 피부는 온통 회색이다. 바람이 때리고 간 양쪽 볼이 핑크색으로 물들었을 뿐이다. 칙칙한 색깔로 칠해진, 깨지기 쉬운 도자기 인형 같다.

"너희 엄마가 또 하나의 비밀 프롬을 혼자 다 계획했고, 넌 아무것도 몰랐다는 말이구나."

"에마."

난 양손을 쫙 펴고 그에게 애원한다.

"넌 날 알잖아."

그는 나를 향해 고개를 돌리고, 힘겹게 침을 삼킨다. 울음을 참고 있는 것이다. 아니, 그는 마치 바람에 날아가지 않으려고 기를 쓰는 것 같다.

"과연 그럴까?"

난 그의 어깨를 잡고 더욱 가까이 다가간다. 드디어 그의 체취와 온기가 느껴진다. 갑작스러운 접촉에 온몸이 달아오른다. 오랜만이다. 너무 오랜만이다.

"그럼. 나 겁쟁이라는 거 너도 알잖아. 내가 해야 할 일을 너무 오래 미뤘어. 하지만 넌 네가 나한테 어떤 의미인지 알잖아!"

에마가 어깨에 얹은 내 손을 자신의 두 손으로 잡지 않은 것은 이번이 처음이다. 그의 두 손은 후드 티 속에서 꼼짝하지 않는다.

"아니, 난 모르겠어."

그의 목소리는 더 이상 날이 서 있지 않다. 좌절감이 그를 장악한 것이다.

"오랫동안 생각했어. 아마도 난… 네게 일종의 실험이 아니었을까.

아니면 네가 엄마를 화나게 하려고 날 이용한 건지도 모르지."

난 벌에 쏘인 듯 뒤로 물러난다.

"실험? 또 무슨 생각을 했는데? 그냥 거쳐 가는 과정일 뿐이라는 생각은 안 했어?"

에마가 두 눈을 번뜩인다.

"그런 뜻이 아니라는 거 알잖아."

"네가 방금 그렇게 말했잖아."

난 그를 잡고 있던 손을 놓는다.

돌처럼 굳어 있던 그의 표정이 갑자기 와르르 무너져 내린다. 그는 비통한 얼굴로, 슬픔이 뒤얽힌 머리카락을 손으로 빗으며 서성거린다.

"그 바보 같은 드레스 차림으로 체육관에 혼자 서 있는 기분이 어떤지 알아? 사람들이 다 같이 힘을 합쳐서 너에게 가장 상처 줄 계획, 네게 가장 큰 굴욕감을 줄 계획을 세운다면 기분이 어떻겠니? 너흰 결국 해냈지. 돼지 피만 한 통 갖다 부었으면 완벽할 뻔했지?"

"끔찍한 일인 거 알아."

난 눈물을 왈칵 쏟으며 대답한다.

"맞아, 그랬어. 하지만 제일 끔찍한 건 네가 오지 않았다는 사실이야. 넌 무슨 일인지 알게 된 후에도 결국 오지 않았어. 넌 내 손을 잡고 그곳에서 데리고 나가주는 대신, 그냥 가만히 있었어."

목이 메여 말이 나오지 않는다.

"갈 수가 없었어."

난 겨우 목소리를 찾아 대답한다.

"왔어야지."

"그래, 갔어야 했는데 그럴 수가 없었어. 우리 엄마가 어떤지 너도 알잖아."

내가 다시 그를 잡으려 손을 뻗자, 그가 움찔하며 뒤로 물러선다. 높은 벽이 다시 우리 사이를 가로막은 것이다. 그는 고개를 끄덕인다.

"그래, 알지. 뉴스에 나오신 거 봤어. 내가 나쁜 사람인 것처럼 말씀하시더라. 내가 브로드웨이에 연락해서 배리와 디디를 이곳으로 불러들이고, 모두가 기다리는 프롬을 망쳐버린 것처럼 말이야."

"월마트에서 글리크먼 씨를 만났어."

미련하게 이런 얘기를 꺼내다니!

"너에 대한 사람들 생각을 바꾸려고 노력하시더라."

에마는 당황한 기색이 역력하지만, 금세 고개를 젓고 어깨를 으쓱한다.

"그러거나 말거나. 잘해보라지. 있잖아, 나 영상을 하나 더 올릴 생각이야. 전체 이야기를 사람들에게 들려줘야지. 너도 같이 할래?"

전혀 생각하지 못했던 질문이다. 전체 이야기를 한다는 말은 곧 엄마를 가장 큰 표적으로 삼겠다는 뜻이겠지. 나도 엄마가 못되게 굴었다는 건 안다.

그렇지만 오늘 아침에도 엄마는 아빠에게 음성 메시지를 남겼다. 아빠가 그립고, 내가 아빠를 필요로 하며, 아빠가 떠난 후 모든 게 엉망이 되었다고 말하는 것을 내 귀로 들었다.

이걸 어떻게 에마에게 설명할 수 있을까? 난 그와 같은 생각이고

　　　　　　　　　　　　　　　　　　　　　　　　　　프롬

그의 편이지만, 그럼에도 불구하고 여전히 엄마를 사랑한다는 것을 어떻게 말하지? 난 결국 약하고 맥 빠지는 소리를 하고 만다.

"나도 하고 싶은데….."

에마가 슬픈 미소를 짓는다.

"얼리사, 네가 날 좋아하는 건 알아. 하지만 더 이상 이렇게는 못하겠어. 너무 힘들어."

전혀 예상하지 못했던 말은 아니지만, 그럼에도 불구하고 충격은 크다. 하늘을 찢는 음속 폭음 같다.

"그럼… 헤어지자는 말이야?"

우린 둘 다 아무 말이 없다. 에마는 얼굴을 때리는 바람을 물끄러미 바라보고, 난 팔로 몸을 감싼 채 기다린다. 그는 아니라고 할 것이다. 그가 아니라고 말하기를 난 기도한다.

"응."

에마가 고개를 크게 끄덕이며 대답한다.

"우린 끝이야. 여기까지야."

난 당장 그에게 다가가 앞을 가로막고 애원하고 싶지만, 그가 멀어지는 모습을 그저 바라만 본다. 그는 차를 빼서 점점 내게서 멀어지고, 난 그 모습을 지켜본다. 목소리가 갈기갈기 찢어져 완전히 사라질 때까지 소리치고 또 소리치고 싶다.

난 오직 성과를 위해 달렸다. 거짓 미소를 지으며 엄마가 시키는 대로 하고 살았다. 하지만 그것만으로는 충분하지 않다. 최고상과 1등 트로피, 교외 활동과 주일학교 수업…. 난 엄마가 원하는 건 무엇이든 다 했지만 결국 아무 소용 없다. 엄마는 언제까지나 내가 완벽한 얼리사 그린이 되길 바랄 것이고, 난 결코 그런 사람이 될 수 없을 테니 말이다. 결코!

난 차 후드에 털썩 주저앉아 두 손으로 얼굴을 감싸고 눈물을 쏟아낸다. 유일한 내 것, 내가 직접 선택한 아름다운 그, 나를 채워주고 내게 살아 있는 기분을 느끼게 해준 그가 떠나버렸다.

그리고 난 그를 잡지 못했다.

21장

서쪽
하늘을 봐

집에 도착할 즈음엔 더 이상 흘릴 눈물이 남아 있지 않았다. 이번엔 진짜다.

지난 한 달은 내 인생에서 가장 힘든 시기였다. 부모님 집에서 쫓겨난 열네 살 때, 그리고 다시 떠올리기도 끔찍한 머리스타일을 하고 다니던 시절을 모두 포함해도 마찬가지다. 난 행복하지도 않고 아직 이 고통을 극복하지도 못했지만, 분명 많은 것을 배웠다.

무엇보다도 내 인생에서 나를 열외시키는 게 가능하다는 사실을 새롭게 알게 됐다.

또 있다. 다른 사람은 제대로 된 식사를 할 때 난 반찬 하나만 들고 있으면서도 스스로 행복하다는 착각에 빠지는 게 가능하다는 것도 배웠다. 목적을 위해 수단을 가리지 않는다는 말이 무슨 뜻인지도 이제 안다. 배리와 디디는 온갖 잘못된 목적을 위해 내 편이 돼주었다.

호킨스 교장 선생님도 크게 다르지 않을 것이다.

내 심장은 무너졌지만 여전히 뛰고 있고, 동네 전체가 날 공격했지만 난 살아남았다. 난 이제 내 삶이 시작되기를 기다리고만 있을 수는 없다. 더 이상 다른 사람들이 멋대로 휘두르는 노리개가 되지 않을 것이다.

이런 마음으로 집에 들어오는데, 배리와 디디의 렌털 차가 집 앞에 주차된 것이 보인다. 그래, 한판 제대로 붙어보자. 얼리사의 말대로라면, 배리는 여전히 날 위한답시고 이 싸움을 계속하고 있다. 어쩌면 사실일 수도 있다. 하지만 이제부터는 날 위한 싸움은 나 스스로 해나갈 것이다.

집 안에 들어가자 할머니가 배리, 디디와 함께 앉아 있다. 할머니는 날 보자 자리에서 벌떡 일어나서 말한다.

"에마, 이 두 분이 너한테 할 말이 있다고 하시는구나. 하지만 네가 듣기 싫다고 하면….."

난 배리에게 시선을 돌린다. 그는 조심스럽지만 기대에 가득 찬 표정을 짓고 있다. 내가 왜 저 사람을 그렇게 쉽게 믿었는지 알겠다. 거울 속 내 얼굴과 똑같은 표정을 그에게서 발견했기 때문이다. 그가 나와 얼리사의 처지를 이해한다고 말한 것이 거짓말이라고 생각하지는 않는다. 그는 내 삶에 휩쓸려 들어온 후 줄곧 진실만을 이야기했을 것이다. 다만 그 동기가 순수하지 않다는 사실을 숨겼을 뿐이다.

하지만 먼저 말을 시작하는 사람은 배리가 아니라 디디다. 아무렴, 그렇지. 그녀는 의자에서 미끄러지듯 빠져나와 상상 속 스포트라이트

프롬

를 자신에게 끌어모은다. 그리고 한 손으로 가슴을 누르며 입을 연다.

"내가 먼저 하지. 우리 때문에 상황이 악화된 건 사실이야. 널 위해선 우리가 모든 걸 잊고 이곳에서 떠나는 게 최선이라고 난 생각한다."

배리가 홱 고개를 돌려 그녀를 바라본다. 둘 사이에 많은 이야기가 오간 것이 분명해 보인다. 당장 이곳을 떠나는 것도 그중 하나였나 보다. 배리가 다급하게 그녀를 향해 입을 연다.

"우린 떠나지 않아."

"우린 절대 떠나지 않지!"

디디가 신음 섞인 소리를 낸다.

"우린 여기 남아서 잘못을 바로잡을 거야."

배리가 확신에 찬 목소리로 말한다.

"이 상황을 바꿔놓을 거라고, 에마."

이제 와서 뭘 바꿀 수 있다고 생각하는 것인지 모르겠다. 프롬은 끝났다. 내 고등학교 시절도 거의 끝나간다. 정말 짜증나게도, 이들은 이번에도 자기들 마음대로 내 앞에 나타나 자기들끼리 쓴 대본을 들이밀고 있다. 다시 이들에게 넘어가진 않을 것이다. 무슨 계획을 세웠든 관심도 없다. 난 내가 무엇을 해야 할지 알고 있다. 저 두 사람이 나와 함께할 생각이라면, 날 이끌려고 하지 말고 따라야 할 것이다. 그리고 날 따르기 위해서는 우선 진심 어린 사과부터 해야 한다.

"좋아요, 먼저 해야 할 일이 있어요. 두 분 저한테 사과하셔야죠."

디디는 마치 외계어를 들은 사람 같은 표정이다.

"방금 했잖아."

"아뇨."

할머니가 조금은 즐기는 듯한 표정으로 대답한다.

"상황이 악화된 건 사실이라고 했죠."

"그게 잘못을 인정한다는 뜻인데."

디디가 고집을 부리며 나를 바라본다.

"널 프롬에 보내주려고 했는데 실패했어."

"그것도 사과는 아니네요."

할머니가 노래하듯 가락을 넣어 말씀하신다.

내가 나서야겠다. 할머니가 상황을 너무 즐기시는 것 같다.

"어차피 그건 사과할 거리가 아니에요. 두 분은 저를 도와주러 온 게 아니잖아요. 자신에게 도움 되는 걸 찾아서 오신 거지."

"너도 돕고, 우리도 도움 좀 받고, 그런 거 아니겠니?"

디디가 대수롭지 않다는 듯 대꾸한다.

"그게 뭐가 나쁘지? 다른 이의 도움이 필요한 사람이 세상에서 제일 운 좋은 사람이다. 그런 말 몰라?"

배리가 양 손으로 허공을 후려치며, 목소리를 높인다.

"에마, 미안하다. 쌀쌀한 가을 날 파시미나 숄을 쓰듯, 네 이야기로 우리 이야기를 포장하려고 해서 정말 미안해. 잘못된 행동이었다는 거 알아. 그리고… 이제 진짜로 널 돕고 싶어. 너만을 위해서 말이야. 너랑 할머니를 모시고 내가 사는 뉴욕으로 가는 건 어떨까? 지금도 좋고, 네가 졸업한 다음도 좋아. 맨해튼에서 아주 가까운 곳에 위치한 고층 아파트인데….”

디디가 코웃음을 치며 끼어든다.

“맨해튼은 무슨! 퀸즈에 살면서!”

배리는 독기가 가득한 눈으로 디디를 노려보고, 다시 나에게 고개를 돌려 하던 말을 계속한다.

“방도 여러 개 있어. 나랑 같이 가자. 학교도 뉴욕대로 가는 거야. 에마, 넌 뉴욕을 사랑하게 될 거야. 뉴욕도 널 사랑할 거고.”

예전이라면 이런 제안을 받고 기쁨에 펄쩍펄쩍 뛰었을 것이다. 불과 얼마 전까지만 해도 그렇게 되길 바랐던 순간이 허다하다. 솔깃한 제안이다. 솔깃하다는 말로는 부족하다. 그것은 기적에 가까운 일이고, 그레그 반스가 만들어 준 색깔 변하는 드레스보다 더 놀라운 변화다. 완전히 새로운 세계에서 새로운 내가 전혀 새로운 삶을 사는 것이다.

하지만 난 나 자신의 삶을 원한다.

“그건… 정말 엄청난 제안이네요, 배리. 그런데 그거 아세요? 인디애나에 사는 동성애자들이 모두 이곳을 떠나면 남은 동성애자 아이들은 이 힘든 과정을 혼자 이겨내야 해요.”

할머니가 뭔가 중얼거리는데, 무슨 말인지는 모르겠다. 다만 할머니 얼굴이 밝고 따뜻해진 것만은 분명하다. 할머니는 자랑스러운 표정으로 내게 윙크를 하고, 찬성이라는 듯 고개를 끄덕인다. 지금까지내 곁에는 늘 할머니가 계셨구나. 난 단 한 순간도 혼자였던 적이 없다. 이제 내가 나설 차례다. 난 다음 동성애자 아이의 곁에 함께 서줄 것이다. 물론 본인이 원한다면 말이다.

"그럼 언론을 적극적으로 이용하자."

배리가 다시 제안한다.

"우리가 널 지미 팰런 쇼에 출연시켜 줄게."

"대체 어떻게 이 아이를 팰런 쇼에 출연시키겠다는 거야?"

디디가 묻는다.

"방법이야 찾으면 되지."

배리가 이를 악물고 대답하더니, 다시 나를 향해 고개를 돌린다.

"이 이야기의 주인공은 너야. 방송만 틀면 나오는 저 학부모회 마녀가 아니라 너라고. 우린 널 TV에 출연시킬 거야. 그래서 이 이야기의 진짜 주인공이 누구인지 세상에 알려줘야 해."

또 시작됐다. 이젠 웃음이 나올 지경이다. 이들은 매번 이렇게 야단법석을 떨어야 직성이 풀리는 것일까? 지금 이 순간에도 노력하는 동시에 완벽하게 실패하고 있지 않은가! 그런데 어찌된 일인지 내 얼굴에 미소가 지어진다. 이 철부지 연예인들은 너무 오랫동안 유명세를 타고 붕붕 떠다닌 탓에, 평범한 어른처럼 행동하는 법을 모른다.

"잠깐만요."

난 라스베이거스 쇼에 오른 두 마리 거대한 시베리아 호랑이에게 뒤로 물러서라는 신호를 주듯, 두 사람을 진정시킨다.

"목숨이 걸린 일이라고 해도 팰런 쇼에는 나가지 않을 거예요. 그 사람이 그 나치주의자의 머리를 쓰다듬은 것 때문에 아직 화가 나 있거든요. 지미 키멜 쇼라면 생각해 보겠지만…."

프롬

"내 전남편이 키멜이랑 아는 사이야."

디디가 마치 자진해서 치과 수술을 받겠다고 나선 사람처럼, 비장한 목소리로 속삭인다.

"전남편은 몇 년 전부터 햄프턴 집을 자기한테 넘기라고 나를 들들 볶고 있지."

"그래, 맞아."

배리가 맞장구친다.

디디가 턱을 악물자 목에 힘줄이 불쑥 솟아오른다.

"그 집을 사려고 내가 크루즈 공연을 몇 번이나 했는지 알아? 그 거머리 자식한테 그 집을 넘기느니, 차라리 진공청소기로 내 눈을 뽑아서…."

모두 말없이 디디를 바라보고 있다. 한 편의 모놀로그 같은데, 끝난 것인지 아닌지 알 수가 없다. 아직 뒷부분이 좀 남은 것 같다고 생각하는 순간, 역시나 그녀의 다음 대사가 이어진다.

"하지만 하겠어. 해야 할 일은 해야지."

디디가 목에 걸린 커다란 덩어리를 넘기듯 침을 꿀꺽 삼키고, 내 손을 잡는다.

"네가 원한다면 그렇게 할게."

난 고개를 저으며 그녀의 손을 꼭 쥔다.

"전남편한테 그 집을 주지는 말아요, 디디."

그녀는 속삭이듯 '다행이다'를 내뱉고 그대로 쓰러진다. 그리고 이마에 한 손을 올린 채 손가락 사이로 나를 바라본다.

"그럼 어떻게 할 생각이니?"

"제 입장을 당당히 밝힐 거예요. 그거 아세요? 두 분께 아직 감사 인사를 못 했네요. 여기 와주셔서 감사해요. 두 분이 여기 있든 없든 제 삶은 어차피 제대로 한번 터질 운명이었어요. 두 분 덕에 '끼'가 좀 추가됐죠."

"그럴 때 쓰는 말이 아닌데."

디디가 혼자 중얼거리더니, 다시 집중하는 표정을 짓는다.

"계속 말해봐라."

손이 떨리고, 심장은 달리는 차의 트렁크 속 젤리 틀처럼 미친 듯 씰룩거린다. 금방이라도 부서져 버릴 것 같다. 숨조차 크게 들이쉴 수 없는 지경이지만, 내 마음은 변하지 않는다. 난 물러서지 않을 것이다.

난 할머니를 바라본다. 언제나 내 편이 되어주는 분이다. 그리고 이 상황을 누구보다 잘 이해하는 배리와 조금만 눈치를 주면 옳은 방향으로 갈 수 있는 디디를 바라본다. 세 사람을 보고 있자니, 모든 것이 명확해진다.

"제 방식대로 해볼게요. 영상을 하나 촬영해서 제 채널에 올릴 거예요. 이제 구독자 수도 훨씬 많아졌으니까요. 그린 부인 덕분에 사람들 관심이 높아져서 새로운 사람들이 계속 채널에 들어와요."

"그건 그렇지."

디디가 말한다.

"일을 이 지경으로 말아먹은 우리보다는 뭘 해도 네가 더 나을 거야."

배리가 거든다.

난 그들 앞에 있는 테이블에 엉덩이를 붙이고 앉는다. 여느 때라면 할머니가 보고 호되게 야단을 칠 일인데, 오늘만큼은 모두 내가 무슨 말을 할지 귀를 쫑긋하고 눈을 커다랗게 뜬다. 난 두 손을 꼭 마주 잡고, 고개를 끄덕인다. 계획이 점점 더 명확해지고 있다.

"제가 잘하는 걸 하겠어요. 이곳에서도 제 목소리를 듣는 사람이 있을 거예요. 자기 잘못을 깨닫고 우는 사람이 생길지도 몰라요. 소리치는 사람도 있을 거고, 회의가 열릴 수도 있어요. 이번 일에 대한 평가도 내려지겠죠.

목소리는 다른 동네, 다른 도시, 다른 주에도 퍼질 거예요. 그러면 그곳에도 소란이 일고, 회의가 열리고, 평가도 내려지겠죠. 그러다 보면 아마도 내년쯤, 이곳 인디애나 에지워터에서 모두를 위한 프롬을 열 수 있게 될 거예요. 누구든, 누구를 사랑하든 모두 참석할 수 있는 프롬 말이에요."

계획 중에서 '우는 사람'이 생길지 모른다는 부분은 이미 실현되기 시작했다. 할머니의 눈에 눈물이 맺혔고, 배리는 대놓고 흐느낀다. 디디마저도 눈가를 빠르게 쓱 훔치지만, 검은 마스카라 눈물은 기어이 그녀의 볼 위로 흘러내린다. 대부분의 경우 다른 사람을 울리면 기분이 좋지 않은데, 지금 이 순간은 자랑스럽다. 내 노력으로 이룬 것이고, 열심히 했기 때문이다.

배리가 내 손을 잡지만, 난 더 이상 그의 손길을 뿌리치지 않는다.

"에마, 정말 멋진 계획이다."

"더 있어요. 그때가 되면 말이에요, 배리, 내 데이트 상대가 되어줄래요?"

"하지만 네 데이트 상대는…."

"저희 헤어졌어요."

말을 하자마자, 장밋빛으로 가득하던 마음에 아픔이 차오른다.

"저런, 그랬구나."

배리가 대답한다.

난 고개를 끄덕인다. 내년 이맘때면 우린 둘 다 대학에 다닐 것이고, 난 이미 추억이 되어 있겠지. 신발 상자에 넣어두었다가 가끔씩 꺼내 보는 추억이 될 수도 있고, 아예 없었던 일인 것처럼 가슴 깊은 곳에 묻어버린 추억이 될 수도 있다.

어떻게 될지는 나도 모르겠다. 그런 미래를 원한 건 아니지만, 그에게 하기 싫은 일을 하라고 강요할 수는 없다. 내가 원하는 모습이 되도록 억지로 만들어 갈 수는 없는 일이다. 얼리사는 얼리사이다. 자신의 길을 스스로 찾아야만 한다.

난 별일 아니라는 듯 어깨를 으쓱하고 다시 배리에게 말한다.

"프롬에 갈 수 없었던 모든 아이들을 위한 자리니까, 배리도 꼭 가야 돼요."

"나 그때 못 입었던 은색 턱시도를 입어도 될까? 아직 가지고 있거든."

배리가 먼 곳을 바라보며 말을 잇는다.

"리폼을 좀 해야 하는데, 다행히 내 친구 중에…."

프롬

할머니와 디디, 그리고 내가 동시에 그의 다음 말을 대신한다.

"토니상을 수상한 의상 디자이너 그레그 반스가 있지!"

"하나도 안 웃기거든!"

배리는 삐친 듯 톡 쏘아붙이면서도, 웃음을 감추지 못한다. 그는 내 손을 꼭 쥐며 묻는다.

"그럼 우리…. 아니 너 언제 그 영상을 만들 생각이니? 만드는 거야 네 일이지만, 사람들한테 알리는 거라도 우리가 도울 수 있지 않을까 해서."

난 자리에서 일어서며 대답한다.

"지금 가서 할 거예요. 요즘 새 노래를 많이 만들었거든요. 어떤 곡으로 시작할지 대충 정해놨어요."

"성공을 빈다!"

디디가 소리친다.

배리는 내게 경례를 한다.

"행운도 함께하기를!"

22장

영원히

좀 으스스한 모습이다. 학교에 도착하니 모두가 휴대폰을 들여다보고 있다.

엄밀히 말해서 복도에서는 휴대폰을 쓰지 못한다는 교칙이 있다. 물론 누구나 슬쩍슬쩍 휴대폰을 쓰긴 하지만, 지금은 아예 대놓고 보고 있다.

복도를 따라 걸으면서 보니, 아이들이 끼리끼리 모여 다 같이 뭔가를 보고 있다. 작지만 음악 소리가 들리는 것 같은데, 여러 곳에서 동시에 울리니 어떤 노래인지는 모르겠다.

천천히 모퉁이를 돌아, 이쪽저쪽으로 아이들을 피해 사물함을 향해 가는데 어디에선가 셸비가 나타나 내게 안기듯 달라붙는다. 핑크빛으로 물든 그녀의 얼굴이 눈물에 젖어 반짝인다. 하지만 화장은 여전히 완벽하다. 셸비는 양팔로 나를 감싸 안는다. 일부러 과장한 동작이기도 하지만 진심도 분명 섞여 있다. 적어도 내 생각에는 그렇다. 셸비는 종종 분간하기 힘든 행동을 한다.

"어쩜 좋아!"

셸비가 내 어깨에 코를 대고 훌쩍인다.

"에마가 올린 영상 봤어?"

피부의 모든 땀구멍이 닫히는 느낌이다. 당장 스웨터 속에 얼굴을 파묻고 작은 회색 돌이 되어버리면 좋겠다. 하지만 불행히도 난 학생회장일 뿐 마법사는 아니다. 에마의 프롬 비디오는 하도 많이 봐서 머리에 새겨져 있다. 하루 종일 귓가에 맴도는 노래처럼, 영상을 틀어놓지 않아도 눈앞에서 끊임없이 재생된다.

"프롬 날 밤에 봤지, 셸비. 그런데 왜?"

"아니야아아아."

그녀가 나를 더 꼭 껴안으며, 귀에 대고 통곡을 한다.

"새로 올린 게 있어. 세상에나, 그걸 아직 안 봤다니! 이거야. 봐봐. 보라고!"

셸비가 내 코앞에 휴대폰을 들이민다. 휴대폰이 너무 가까워 초점이 맞지 않는다. 하지만 내가 고개를 뒤로 빼면, 셸비는 다시 휴대폰을 바짝 갖다 붙인다. 실랑이 끝에 난 그녀의 손에서 휴대폰을 뺏어든다. 전 여자 친구의 가슴 아픈 스토리를 담은 영상을 꼭 봐야 한다면, 초점이 맞는 적당한 거리에 두고 봐야겠다.

셸비는 문어가 된 듯 팔로 구불구불 나를 휘감고, 재생을 누른다.

"보란 말이야!"

"보잖아!"

내가 짜증 섞인 목소리로 대답한다. 물론 안 보면 더 좋겠지만, 내게 선택권은 없어 보인다. 어떻게 하겠나! 이 정도 벌은 달게 받아야지. 전에도 얘기했지만, 난 이 세상에서 제일 나쁜 인간이다. 그리고 지난 이틀 동안 난 그 의견을 바꿀 만한 일을 하나도 하지 못했다.

광고가 끝나자 에마의 얼굴이 화면을 가득 채운다. 가슴에 날카로운 통증이 느껴진다. 그는 전보다 훨씬 좋아 보인다. 급수탑 아래에서 봤을 때, 그는 칙칙한 회색 피부에 입술은 창백하고 눈은 하도 울어 빨갛게 충혈돼 있었다. 얼굴 곳곳에 고통의 흔적이 묻어 있었는데, 영상 속 에마는 전혀 그렇지 않다. 너무 멀쩡해 보인다. 맙소사! 벌써 나를 다 잊은 걸까?

눈앞이 흐려지지만, 난 고개를 돌리지 않는다. 셸비는 이미 본 영상인데도 내 목에 뜨거운 입김을 불어가며 옆에 찰싹 달라붙어 있다. 그녀의 손가락이 어깨를 찌를 듯 파고들고, 그녀의 무게 때문에 난 균형을 잃고 쓰러질 것만 같다. 어쩌면 내가 그냥 흔들리는 것인지도 모른다. 에마가 눈앞에 있으니 말이다. 그는 초록색 벽을 배경으로 라벤더색 침대에 앉아, 모든 것을 처음부터 설명하고 있다.

그는 말을 하면서, 손가락을 움직여 기타 줄을 만진다. 음악을 연주하지는 않지만, 외우고 있는 악보를 따라 손가락을 움직이는 듯하다. 그는 자신이 프롬에 여자 친구를 데리고 가면 학부모회가 프롬을 취소하겠다고 협박한 일을 이야기한다. 글리크먼 씨와 앨런 씨가 나타나 항의를 하고, 학부모회가 에마를 속이기 위해 가짜 프롬을 연

일도 차근차근 설명한다. 그의 손가락이 작은 소리로 코드를 연주하고, 그의 어깨는 자신의 머릿속에 울려 퍼지는 음악에 맞춰 조금씩 움직인다. 순간, 난 처음으로 깨닫는다.

그는 단 한 번도 나를 폭로하지 않았다. 여자 친구가 다른 프롬에 갔다는 말도 하지 않았고, 그 여자 친구의 엄마가 이 모든 소동을 일으켜 상황을 걷잡을 수 없는 지경에 이르게 했다는 말도 하지 않았다. 그는 우리가 함께 프롬에 가기로 약속했지만, 내가 그 약속을 깨버렸다는 말조차 하지 않았다.

지금까지도 그는 나를 보호하고 있는데, 난 이제야 그것을 알게 되었다.

이야기가 끝나자, 그는 연주를 시작한다. 조용한 코드 위에 그의 목소리가 덧입혀진다. 그는 언젠가 내게 했던 말을 음에 실어 노래한다. 마치 수백만 년 전의 일만 같다.

폭동을 일으키고 싶진 않아요
새로운 길을 열려는 것도 아니에요
상징이 될 생각도
교훈적 이야기가 될 생각도 없어요
반대하는 사람들의
희생양이 되지도 않을 거예요
내가 바라는 건 단순하죠
내가 바라는 건 하나뿐이에요

그때 충격적인 일이 벌어진다. 셸비가 훌쩍거리며 에마의 노래를 따라 부르기 시작한 것이다.

　　난 당신과 춤추고 싶어요
　　온 세상이 녹아 사라지도록
　　당신과 춤출 거예요
　　다른 사람 말에 신경 쓸 필요 있나요?
　　춤이 끝나면 확실히 알게 될 거예요
　　우리가 옳았다는 것을
　　필요한 것은 당신과 나
　　그리고 노래뿐이에요

노래가 끝날 즈음, 눈물이 앞을 가려 더 이상 그의 얼굴이 보이지 않는다. 그의 노랫소리는 내 울음에 파묻히고 만다. 그가 바라는 것을 너무나 주고 싶었는데, 그럴 수 없었다. 난 실패했다.

난 완벽한 학생이 아니다. 완벽한 딸도 아니고, 무엇보다 완벽한 여자 친구는 절대 아니다. 난 세상에서 제일 나쁜 사람이고….

"들었니, 얼리사?"

셸비가 나를 쥐어짜듯 안으며 묻는다.

"너랑 춤을 추고 싶은 것뿐이래."

그녀의 말에 대답하고 싶지만, 내 입에서는 그저 울음소리가 흘러 나올 뿐이다.

셸비가 나를 흔들더니, 내 머리카락을 쓰다듬는다.

"정말 미안해. 우리가 다 망쳐버려서. 우리가 정말 못된 짓을 했어."

에마가 이 말을 들었다면 그는 '그런 면 때문에 케빈이 널 좋아하잖아' 따위의 말을 했을 것이다. 내 입에서는 절대 나오지 않을 말이다. 에마가 여기 있다면, 난 그의 손을 잡고 춤을 출 것이다. 바로 이곳 복도에서, 지금 당장 말이다. 에마가 여기 있다면 난… 모르겠다. 뭐든 해주고 싶다. 잘못을 바로잡을 수 있다면 무엇이든 할 수 있을 것 같다.

셸비가 여전히 음악에 취한 듯 몸을 흔들며, 다시 말한다.

"내년에 모두를 위한 프롬을 열어보겠다는 생각은 정말 좋은 것 같아. 나도 장식하는 거 도와줄 거야. 난 플래카드도 만들 수 있고, 사진 배경으로 쓸 커다란 무지개 아치문도 만들 수 있으니까. 무지개색 기저귀를 찬 큐피드도 괜찮겠다. 난 무지개 정말 좋아하거든!"

"무지개 좋지."

대충 대답을 하고 나자, 셸비의 목소리가 점점 멀어진다. 그녀는 여전히 곁에 있지만, 보이지 않는 내면의 거리가 나와 그녀 사이를 갈라놓고 있다.

난 혼자만의 깊은 생각 속으로 들어간다. 그리고 그곳에서 아이디어를 하나 발견한다. 아니, 이미 존재하던 기억인가? 어쩌면 둘 다일 수도 있다. 갑자기 호킨스 교장 선생님이 해주셨던 말씀이 너무나 명확하게 들려온다.

'완벽하게 하려다가 기회를 놓쳐선 안 된다.'

"교장 선생님 방에 가봐야겠어."

내가 말한다.

"네가 곤란해지는 일은 없을 거야."

셸비 목소리에 난 다시 현실로 돌아온다.

"다들 휴대폰 보고 있잖아. 교칙을 어겼다고 학교 전체를 처벌할 순 없지."

"아니, 그것 때문이 아니야."

믿을 수 없지만, 난 웃고 있다.

"선생님께 말씀드릴 게 있어. 꼭 해야 돼. 네가 장소 준비하고 장식하는 거 도와줄 수 있다고 했지?"

셸비가 혼란스러운 표정으로 고개를 끄덕인다.

"응, 왜?"

"다른 애들한테도 같이 하자고 말해줄래? 농구팀 애들한테도?"

내가 부탁한다.

셸비는 두 눈을 껌뻑인다.

"그러지 뭐…."

"좋아. 부탁할게."

난 그녀의 손에서 몸을 빼고, 반대로 그녀의 두 팔을 잡는다.

"난 가봐야 해."

난 그녀의 뺨에 입을 맞추고 달리기 시작한다. 복도에는 에마의 노래가 가득하다. 사방에서 메아리치듯 울리고 있다. 물론 비웃는 사람도 있을 것이다. 하지만 그보다 더 많은 사람들이 그 영상을 보며 울고 있다. 가슴에 손을 얹고, 반복해서 에마의 노래를 듣고 있다.

내가 뛰어가자 두꺼운 종이에 인쇄된 포스터들이 벽에서 펄럭인다. 방문객 사무실 문을 벌컥 열고 들어가는 순간, 직원이 놀랐는지 비명을 지른다. 자리에서 붕 뜨는 것을 본 것 같기도 하다. 그녀의 얼굴 역시 눈물로 얼룩져 있다. 모니터에 무엇을 틀어놨는지 보이지는 않지만, 충분히 짐작이 간다.

"호킨스 교장 선생님을 뵈러 왔어요."

내가 말한다.

"괜찮으신지 한번 여쭤보…."

직원이 말을 끝내기도 전에 난 교장실을 향해 걸음을 옮긴다. 창문으로 보니 교장 선생님은 통화 중이다. 난 노크부터 한다. 하지만 이번에도 대답을 기다리는 대신, 난 곧장 문을 열고 안으로 들어간다. 그런 다음, 다른 사람이 들어오지 못하도록 체중을 모두 실어 문에 기대어 선다. 경비나 교직원들에게 끌려 나갈 수는 없다.

호킨스 교장 선생님은 통화 상대에게 다시 걸겠다고 차분히 말하고, 수화기를 내려놓는다. 그는 눈썹을 들어 올리며 의자에 등을 기대고 양손을 산처럼 뾰족하게 모은다.

"그린 양."

"교장 선생님."

내가 숨을 헐떡이며 말한다.

"에마가 새로 올린 영상 보셨어요?"

교장 선생님이 천천히 고개를 끄덕인다.

"봤다."

"학부모회에 체육관을 공짜로 빌려주시죠?"

"그래."

난 양팔을 쫙 벌리고 큰 소리로 외치듯 말한다.

"저도 체육관 좀 빌릴게요. 또 다른 프롬을 열려고요. 에지워터뿐 아니라 어디 사는 사람이든 모두 올 수 있는 무료 프롬을 열 거예요."

교장 선생님의 얼굴에 딱히 놀라는 기색은 보이지 않는다. 선생님은 잠시 당황한 듯했지만, 그보다 더 현실적인 걱정에 발목을 잡힌 것이다.

"좋은 생각이구나. 하지만 우린 그런 행사를 주최할 돈이 없어. 디제이, 음식, 장식…."

"치어리더들도 같이 하기로 했어요. 준비는 걔네가 맡을 거예요."

난 일단 그렇게 믿어보기로 한다.

"농구팀 애들도 같이 할 거고요. 자금을 지원해 줄 곳도 제가 다 생각해 놨어요. 선생님은 허락만 해주시면 돼요."

호킨스 교장 선생님이 손바닥을 마주 비비며 입을 연다.

"학부모회가 또 항의를 할 텐데."

"괜찮아요. 하라고 하죠, 뭐."

내가 대답한다.

"네 어머니께서 분명히 이 일을 문제 삼으실 거다."

순간 선생님 말씀이 가슴에 날아와 꽂힌다. 강력한 한 방이다. 하지만 난 완벽한 사람이 아니다. 완벽해지려고 노력하는 것도 그만둘 것이다. 난 엄마에게 맞설 것이고, 우리가 어떻게 하든 아빠 마음이 변하지

프롬

않는다는 사실을 이해시킬 것이다. 아빠는 우릴 떠났고, 돌아오지 않는다. 엄마도 현실을 직시해야 한다. 난 마음을 단단히 먹고, 대답한다.

"당연히 그러시겠죠."

호킨스 교장 선생님은 한참 동안 말없이 나를 바라본다. 가만히 보니, 올해 초보다 조금 더 늙으신 것 같다. 흰머리가 늘었고, 얼굴에도 보이지 않던 주름이 생겼다. 세월과 함께 더 현명해진 교장 선생님은 내 제안을 거절할지도 모른다. 프롬 관련 논란의 불씨를 다시 키우지 않겠다고 말할 수도 있다. 이제 막 기자들이 돌아가기 시작했으니 말이다.

하지만 선생님은 그렇게 말하지 않는다. 선생님은 의자 바퀴를 굴려 책상에 바짝 다가앉은 후, 서류더미를 잠시 뒤적이더니 서랍 하나를 연다. 아무 말이 없으니, 고문을 당하는 것처럼 괴롭다. 선생님은 서류철을 하나씩 넘기다가 그중 하나를 꺼내 책상 위에 반듯하게 편친다. 서류철 안에서 종이 한 장을 꺼낸 선생님은 펜을 들고 무엇인가 쓰기 시작한다.

"교장 선생님?"

난 작은 목소리로 선생님을 부른다.

"얼리사 그린, 학생회."

선생님은 혼잣말을 중얼거리며, 계속 펜을 움직인다. 잠시 후 고개를 든 선생님이 나를 바라본다.

"체육관을 예약하고 싶다고? 날짜가 어떻게 되니?"

난 소리치고 싶은 것을 겨우 참고, 입 앞에서 손뼉을 친다.

정말로 하는 거다!

23장

사랑이라는
이름의 자부심

오늘부터 다시 학교에 간다. 사람들이 모두 쳐다보겠지.

제일 먼저 길 건너편 옥수수밭에 진을 친 카메라들이 날 발견한다. 오렌지색 원뿔형 교통표지와 줄무늬가 그려진 장벽이 막고는 있지만, 그들은 내가 할머니 차에서 내려서자마자 나를 향해 밀려든다. 난 할머니 볼에 키스를 하고 차에서 몸을 빼 재빨리 돌아선다. 카메라 렌즈를 들여다보며 괜히 주눅 드는 상황을 만들고 싶지 않다.

난 가방을 어깨에 둘러메고 학교 정문을 물끄러미 바라본다. 두려움을 버리기로 결심하긴 했지만, 실제로 그렇게 하려니… 쉽지가 않다. 목구멍이 바싹 마르고 가슴이 조여온다. 난 가방 끈을 꽉 움켜쥐고, 허리를 곧게 세워본다.

이것은 그냥 벽돌더미일 뿐이다. 물론 그 안에는 나에게 경의를 표하기 위해 곰 인형을 교수형 시킨 인간들이 가득하지만, 어쨌든 이곳은 그저 장소일 뿐이다. 내가 태어나고 자란 내 고향 마을의 한 장소이다. 난 결국 이곳 사람이다.

난 휴대폰을 꺼내, 건물 안으로 들어가기 전 마지막으로 〈에마 노래하다〉 채널을 확인해 본다. 통계를 보는 순간, 띵하고 어지러운 기분이 극에 달한다. 600만 뷰가 넘는다. 무려 600만 뷰다. 카녜이 웨스트의 최근 앨범을 산 사람보다 내 노래를 들은 사람이 더 많다는 뜻이다.

숫자보다 더 중요한 것은 바로 댓글을 남긴 사람들이다. 나와 같은 사연을 가진 사람이 수도 없이 많다. 그들은 공간을 초월해 내게 다가와 주었다. 같이 아파하고, 자신 역시 같은 처지임을 고백하고, 나를 사랑한다고 말한다. 배리의 말이 옳았다. 우리 같은 사람들은 스스로 가족을 선택해야 한다. 내 가족은 지금 기하급수적으로 늘어나는 중이다.

내 가족은 모든 곳에 있다. 얼굴도 본 적 없지만, 우린 마음을 공유한다. 모든 사람을 환영하는 프롬에 가고 싶은 사람, 로맨틱한 관계든 전혀 그렇지 않은 관계든 그저 누군가와 춤추고 싶은 사람, 그냥 자신으로 존재하고 싶은 사람들이 다 내 가족이다.

가장 놀라운 점은 우리 학교 안에도 나의 새로운 가족이 존재한다는 것이다. 인디애나 에지워터의 제임스 매디슨 고등학교에도 나를 응원하는 사람이 있다.

셸비와 케빈이 둘 다 댓글을 남겼다. 신기한 일이다. (글 남긴 시간이 1분 차이도 나지 않는 것으로 보아 모여서 같이 한 것 같다.) 선생님 중에도 몇 분 있다. 호킨스 교장 선생님도 용기를 내어 이 온라인 돌풍에 동참해, 이런 글을 남겨주었다.

"네가 자랑스럽다."

난 지금 혼자 이 문을 통과하지만, 결코 혼자가 아니다.

휴대폰을 다시 주머니에 넣고, 숨을 깊이 들이마신 뒤 제자리에서 껑충! 아니, 밀어야 한다. 난 문을 밀고 우승자 전당으로 걸어 들어간다.

트로피 진열장이 어슴푸레 빛나고, 졸업앨범 위원회가 복도 가운데에 테이블을 차려놓았다. 십 대들의 호르몬 냄새와 공장 냄새가 뒤섞인 괴상한 냄새가 밀려온다. 내 몸이 걸음을 돌려 달아나려 한다. 팔다리가 공황 상태에 빠져, '가, 돌아가서 다신 오지 마!'라고 소리치고 있다.

하지만 난 계속 걷는다. 그리고 막 등교한 학생들 무리에 섞여드는 순간, 믿을 수 없는 일이 벌어지기 시작한다. 사람들이 나를 보고⋯ 인사를 건넨다.

"안녕, 에마."

브리아나가 손을 흔들며 말한다.

"영상 잘 봤어."

"고마워."

난 혼란에 빠진 채 미소를 지으며 대답한다.

혼란은 곧 경이로움으로 바뀐다. 사람들이 계속해서 내게 친절한

프롬

미소를 보내고 있다! 농구팀 남자애들이 키득거리지 않고 내게 인사를 건네고, 치어리더 두 명은 내가 지나가자 응원을 하듯 높은 소리로 '안녀어엉!'을 외치며 응원술을 흔든다.

어디에선가 봉사 클럽 회장이 나타나 나와 보조를 맞추어 걷는다. 봉사 클럽 회원들은 팬케이크 아침 식사로 가난한 가족을 돕는 기금을 마련하고, 마을 중앙분리대의 잡초를 제거하는 등 각종 자원 봉사 활동을 한다. 작년에는 노인들만 사는 집을 새로 칠해주기도 했다. 확실하진 않지만, 아마도 이런 애들이 커서 키와니스 클럽(미국, 캐나다의 사업가 봉사 단체—옮긴이) 회원이 되지 않을까? 아니면 용 엄마 칼리시(《왕좌의 게임》의 대너리스 타가리옌이 도트락인의 수장인 칼 드로고와 결혼하면서 얻은 칭호로, 그 후 타오르는 불 속에서 용의 알 세 개를 부화시켜 용 엄마라고도 불린다—옮긴이)가 되려나? 그것까진 잘 모르겠다.

어쨌든 학교에서 몇 번 본 아이인데, 이름이 아마 데이나 스클라르일 것이다. 하지만 두 마디 이상 대화를 나눠본 적은 한 번도 없다. 단 한 번도.

"꼭 하고 싶은 말이 있어."

데이나가 책을 가슴 앞에 끌어안고 말한다.

"너 진짜 대단해. 네가 십 대 LGBTQ 아이들을 위해 온라인에서 한 일을 보면서, 심장이 녹는 것 같았어."

잠시 동안 난 다음 말이 나오기를 기다렸다. 지금 한 말은 준비 동작에 불과하고, 이제 곧 나를 조롱하기 위한 다음 말이 나올 것이다.

이제 곧 하겠지. 하지만 잠시 후 난 데이나가 장난친 게 아니라는 사실을 깨닫는다. 데이나는 진심을 말한 것이다.

의심이 작은 행복의 불꽃으로 바뀐다.

"고마워. 큰 칭찬이네."

내가 말한다.

"그리고 혹시….

데이나가 휴대폰을 꺼내며 다시 말한다.

"나한테 기금 모음에 대한 자료가 엄청 많거든. 행사 조직하는 방법이라든가 그런 거 있잖아. 네 이메일로 보내줄까? 필요하니?"

"그래주면 너무 고맙지."

말하는 순간 얼굴에 열기가 느껴진다. 이런 대화가 어떻게 현실일 수 있지? 하지만 이건 분명 환각이 아니라 실제 일어나는 일이다. 이해하기 힘들지만, 내가 올린 영상 때문에 이렇게 됐나 보다. 내가 해낸 것이다.

"정말 고마워. enolan.sings@gmail.com으로 보내주면 돼."

데이나는 바로 휴대폰에 내 이메일 주소를 저장한다. 우리 주에서 엄지손가락이 가장 빠른 사람을 눈앞에서 보고 있는 것 같다. 잠시 후 데이나는 나에게 고개를 끄덕이며 다시 입을 연다.

"됐다! 메일 보낼게. 혹시라도 우리 모임에 오고 싶거나 그러면….

아마도 그럴 일은 없을 것 같지만, 누가 알겠나? 갑자기 마음이 바뀔지도 모르는 일이다. 가벼운 농담을 몇 마디 더 주고받은 후, 데이나는 수업 시작 전에 복도에 모여 있는 사람들 사이로 녹아 들어가듯 사라진다. 아래를 내려다보니, 손이 덜덜 떨리고 있다. 왜 이러는지 모르겠다. 아드레날린인가? 무서워서? 아니면… 흥분돼서? 확실한 것은 지금 내 배 속이 족제비로 가득하고 그놈들은 자기 꼬리를 잡으려고 전속력으로 달리고 있다는 것이다.

내 사물함이 있는 복도에 들어서자, 뭔가 보인다. 내 사물함에 뭔가가 붙어 있다. 사물함에 가까워질수록, 달리기하던 족제비들이 술에 취한 듯 제멋대로 날뛴다.

괜찮다. 곰 인형보다 더 나쁠 리는 없지 않은가! 로션과 샐러드드레싱보다 나쁘지는 않겠지. 여긴 내 학교이기도 하다. 나도 여기 사람이다. 그래도 사물함은 쓰지 않겠다. 난 바보가 아니니까…. 하지만 그 앞을 지나가 보기는 하자. 무슨 일인지 보기라도 해야겠다.

사물함 앞을 지나가려는데, 다리가 움직이지 않는다. 눈물이 날 것만 같다. 사람들이 넘쳐나는 그 복도에서, 심지어 나를 보려고 천천히 모여든 사람들에게 둘러싸인 채 말이다.

누군가 내 사물함 위쪽에 반짝이는 무지개와 구름, 그리고 그 뒤에 가려진 해를 풀로 붙여놓았다. 그 아래에는 두루마리처럼 길게 자른 두툼한 방습지가 붙어 있는데, 제일 위와 아래에는 고리가 달려 있다.

종이 위에는 붓글씨로 내 노래 가사가 적혀 있다. 우리 학교에 다니는 누군가가 내 영상을 여러 번 반복해 보면서 가사를 받아 적고, 이 가짜 양피지에 아름다운 글씨로 옮겨 적었다는 뜻이다. 그 사람은 글씨 주변에 음표도 그려 넣고, 종이 전체에 반짝이 가루를 뿌려 장식을 마무리했다.

난 손으로 입을 막는다. 눈물이 터질 것 같기 때문이다. 사람들이 나를 바라보고 있기에, 난 기어이 눈물을 참아낸다. 하지만 나를 둘러싼 사람들은 미소를 짓고 있다. 그들은 이 순간을 나와 함께하기 위해 모여든 것이다.

난 아무도 모르게 엄지손가락 끝을 입에 넣고 깨문다. '에마, 너 뭐 하는 짓이야!' 하는 생각이 들 정도로 세게 문다. 하지만 엄청난 고통 덕분에 난 마침내 확신을 얻는다.

'오케이, 꿈이 아니야.'

이건 모두 현실이다. 난 누구의 작품인지 몰라, 그저 주변에 모여든 사람들을 향해 고맙다는 말을 중얼거린다. 목소리가 들리는 거리에 있는 모든 사람들에게 말이다.

내 안 깊은 곳에서, 누군가 지나가며 욕이라도 해주었으면 하는 마음이 새어 나온다. 그런 것이 일상적인 내 삶이었으니 말이다. 난 친절이나 수용이 아니라, 그런 것이 익숙하다. 여기 이렇게 서서 내 노래가 사람들을 바꿨다는 사실(배리와 디디의 허풍 가득한 말들도 어느 정도는 기여했다고 치자)을 인정하려니, 겁이 난다. 노래 한 곡으로 모든 사람들을 바꿀 수는 없다. 나는 몽상가가 아니다. 하지만 세상에 나! 분명 바뀐 사람들이 존재한다.

믿을 수 없는 이 순간이 서툰 내 손길에 부서져 버릴까 걱정되지만, 난 부드럽고 조심스럽게 이 순간을 잡아 가슴 가까이 끌어안는다. 마음을 여는 것은 내게 가장 힘든 일이다. 하지만 난 천천히 고개를 들고 그 어느 때보다 나답게 그 자리에 서 있다. 주변을 둘러보자,

사람들이 나와 눈을 맞춘다. 난 에마 놀런이다. 시골뜨기이고, 레즈비언이고, 인간이다.

난 내가 자랑스럽다.

24장

비긴 어게인

그들이 모습을 나타내기 전에 목소리가 먼저 들려온다. 글리크먼 씨와 앨런 씨는 아마 이런 말을 많이 들을 것이다. 시끄러운 건 아무래도 좋다. 난 두 사람이 내 초대에 응해준 것만으로 기쁘다.

"여길 다시 오다니 기가 막히네."

앨런 씨가 말한다.

"이 순간에 제목을 붙인다면 '사랑의 블랙홀'(영화 제목으로, 주인공에게 똑같은 하루가 수없이 반복된다—옮긴이)이 좋겠어."

글리크먼 씨가 기다렸다는 듯 대꾸한다.

"그런 제목은 자기 전남편들 얘기할 때나 쓰시지!"

서로 치고받는 두 목소리 사이로 이상적인 목소리가 하나 들린다. 호킨스 교장 선생님이 분명하다. 선생님이 와서 얼마나 다행인지 모른다. 오지 않을 거라고 생각했기 때문이 아니다. 글리크먼 씨와 앨런 씨가 옆에 있으면 자꾸 긴장이 되기 때문이다. 지금까지는 운이 좋아서 두 사람을 나 혼자 마주할 일은 없었다. 두 사람 모두 생각은 멀쩡하다. 내가 불편한 것은 그 정신없는 재즈 손동작들이다.

마침내 세 사람이 체육관에 들어온다. 나는 잘 정돈된 테이블에 앉아 그들에게 손을 흔든다. 테이블 위에는 노트북과 프로젝터, 유인물 한 무더기, 그리고 디오라마가 있다. 디오라마는 꼭 필요한 건 아니지만, 중학교 1학년 때(1692년 세일럼의 교수대 언덕을 재현한 디오라마였다) 이후로 한 번도 만들어 보지 못해서 한번 해봤다. 내가 꽤 잘하는 것 중 하나이기 때문이다.

"안녕하세요, 와주셔서 감사해요! 어서 오세요!"

옆에서 낡은 학교 컴퓨터가 윙윙 소리를 내기 시작한다. 프레젠테이션이 끝날 때까지 폭발하지 않고 버텨줘야 할 텐데! 난 재빨리 낡은 장비를 위해 기도를 하고, 최대한 밝은 미소를 지으며 어른들을 맞이한다. 단단한 목재 바닥을 찍는 앨런 씨의 하이힐은 무서운 운동 코치마저도 얼어붙게 할 것 같은 소리를 낸다.

앨런 씨는 슬랙스와 재킷이 연결된 점프슈트를 입었는데, 비슷한 옷을 천 벌은 가지고 있을 것 같다. 그녀가 외모에 쏟는 노력이 점점 존경스러워진다. 오늘 입은 옷에 스팽글 장식은 없지만 새빨간 천 곳곳에 은색 실이 지나는 모습이 보인다. 그녀가 신은 구두의 바닥 역시 핏빛에 가까운 빨간색이다. 난 다시 한 번 경탄한다. 저 구두는 아마도 인디애나 에지워터 땅을 빛내준 유일한 크리스찬루부탱일 것이다.

글리크먼 씨는 간편한 재킷 차림에 넥타이를 맸다. 그가 좀 더 가까워지자, 난 눈을 가늘게 뜨고 그의 넥타이를 자세히 본다. 하얀 머리카락 같은 것이… 아니다. 그것은 가발이다. 온갖 모양과 크기의 가발들이 격자무늬를 이루며 우아하게 펼쳐져 있다.

두 사람은 정말 이곳과 어울리지 않는다. 우스꽝스러울 정도다. 하지만… 이들이 떠난 후에는 왠지 이곳이 낯설게 느껴질 것만 같다. 난 두 사람에게 손을 내민다.

"안녕하세요, 얼리사 그린입니다. 학생회장이에요. 와주셔서 감사합니다. 감사합니다, 와주셔서 감사해요. 감사합니다, 교장 선생님."

내 이름을 말하는 순간, 글리크먼 씨의 얼굴이 싸늘해진다. 그는 날 경멸하는 눈빛으로 바라보며 가슴 앞에서 팔짱을 낀다. 내가 바로 그 전 여자 친구라는 사실을 알게 된 모양이다. 괜찮다. 어차피 몇 분 후면 모두 알게 될 테니까.

안건을 정리한 유인물을 한 장씩 나눠주자, 모두 말없이 들여다본다. 줄 간격을 넓게 해서 눈에 쏙쏙 들어올 것이다. 앨런 씨가 반쯤 읽어 내려갔을 때 뭔가 불만스러운 소리를 낸다. 그러자 교장 선생님이 (너무나 친근하게!) 한 손을 그녀의 어깨에 올리며 이렇게 말한다.

"일단 얘기를 들어보기로 하죠."

난 리모컨을 들고 파워포인트 첫 슬라이드를 펼친다. 에마가 노래를 부르고 모두를 위한 프롬에 대한 아이디어를 내놓은 바로 그 영상 중 한 장면을 캡처한 것이다.

"오늘 아침까지 총 600만 명이 포괄적인 공개 프롬을 제안한 에마의 영상을 보았습니다."

글리크먼 씨가 코를 훌쩍인다.

"저거 보고 너무 감동 먹었잖아. 아기 때부터 키우던 사자랑 다시 만난 그 남자 영상보다 더 감동적이더라고!"

"그 얘기 꺼내지도 마."

앨런 씨 역시 훌쩍이며 말한다.

"난 다시 보라면 못 봐."

글리크먼 씨는 터져 나오는 감정을 주체하지 못하고, 에마의 얼굴이 나온 화면을 향해 손을 흔든다. 두 눈에 눈물이 맺히자 그는 한 손으로 얼굴을 부채질한다.

"계획이 있다고 하더니만, 저것 좀 봐. 어쩜 저렇게 똑 부러지는지!"

글리크먼 씨를 이대로 뒀다가는 프레젠테이션을 영원히 끝내지 못할 것 같은 생각이 든다. 하지만 난 꼭 해야 할 말이 있다. 셸비와 케빈이 체육관 문가에 나타나더니, 살금살금 안으로 들어와 관람석에 자리를 잡는다. 골든위블스 농구팀 선수들과 치어리더들도 몇 명 들어온다. 예상했던 것보다 많은 수다. (오지 않은 사람도 있다! 케일리와 닉이다.) 다들 자리에 앉아, 속삭이듯 조용히 이야기를 주고받는다.

무슨 말인지 알아들을 수는 없지만, 그것은 중요하지 않다. 난 목소리를 높여본다. 다행히 체육관이 텅 비어 목소리가 구석구석까지 울린다.

"에마가 요구한 것은 단 한 가지입니다. 제 생각엔 우리가 그걸 해낼 수 있을 것 같아요. 내년 말고 올해 말입니다."

난 리모컨을 눌러 프레젠테이션을 진행시킨다. 글리크먼 씨와 앨런 씨에게 너무 집중하지 않으려고 노력 중이다. 두 사람의 반응에 신경을 쓰면 난 준비한 말을 다 하지 못할 것이다.

"아시다시피, 학교에는 댄스파티를 위한 예산이 없습니다. 전통적으로 외부에서 자금을 지원받았죠. 일단 학교 체육관이 행사 장소로 확보되었습니다. 무료입니다. 내부 디자인을 대충 디오라마로 표현해 보았는데요, 이걸 준비해 줄 사람들도 있습니다. 셸비? 케빈?"

두 사람이 일어서자, 관람석에서 요란한 환호가 터져 나온다.

"앨런 씨, 글리크먼 씨, 우리에게 없는 것은 돈입니다. 크라우드펀딩 사이트에서 자금을 모으면, 에마의 영상을 본 사람들이 워낙 많기 때문에 필요한 만큼의 돈을 모을 수 있겠지만, 시기는 다음 가을쯤이 될 겁니다. 하지만 전 다음 가을 프롬에는 관심이 없습니다. 올해, 바로 이 자리에서 프롬을 열고 싶습니다. 지금으로부터 2주 후에!"

싸늘하던 글리크먼 씨가 갑자기 불덩이로 변한다. 그는 흥분을 감추지 못하고 온몸을 떨고 있다.

"미키와 주디(미키 루니와 주디 갈랜드, 〈오즈의 마법사〉로 유명해진 주디 갈랜드는 그 후 미키 루니와 여러 작품을 함께 하면서 실제로도 절친한 사이가 되었다―옮긴이)가 나설 때로군! 필요하다면 우리 피와 머리카락을 팔아서라도 반드시 이 프롬을 성사시키겠어!"

"잠깐."

앨런 씨가 말을 끊는다.

"나눠준 유인물에 보니 1만 5천 달러가 필요하네?"

숫자를 내 귀로 듣고 보니 좀 너무했다 싶은 생각이 들지만, 난 고개를 끄덕인다.

"모든 것을 계산해서 나온 값이에요. 에번즈빌에서 실력 있는 디제이를 데려올 거고, 각자 집에서 만들어 온 음식 대신 음식 출장 서비스를 이용할 거예요. 그 외에 내부 장식과 사진사, 기념품 비용까지 모두 포함했어요."

글리크먼 씨가 손을 든다.

"이거 제대로 하려면 얼마나 들까? 색테이프 두르고 종이 잘라서 소 모형 만드는 수준이 아니라, 아주 고급지게, 토니상을 받아 마땅한 프롬으로 만들려면 말이야."

난 미소를 짓는다. 이번엔 진심에서 우러난 미소다. 누군가 물어봐 주기를 기다리고 있었다. 난 또 다른 유인물을 나눠준다.

"이미 얘기한 것들에 조명과 특수효과, 꽃, 전문적 데코레이션까지 더하면, 총 3만 달러가 나옵니다."

앨런 씨가 기절할 듯 뒤로 넘어간다.

"맙소사!"

배리는 주저하지 않고 앞주머니에 손을 넣어 지갑을 꺼낸다. 그는 가장자리가 잔뜩 해어진 검정색 신용카드를 내게 내민다.

"1만 5천 달러는 이걸로 해결해라."

그가 말한다.

"그게 한도야. 얘기하자면 긴데, 내가 야심차게 제작한 피터팬 리

부트 작품 때문에 파산 신청을 해야 했거든."

호킨스 교장 선생님이 두 눈을 껌뻑이며 입을 연다.

"금액이 큰데, 괜찮으시겠어요?"

"잘 들어보세요."

배리가 관람석에 앉은 아이들에게도 들리도록 목소리를 높인다. 물론 학생들은 아무 관심을 보이지 않지만, 만약 귀 기울이는 사람이 있다면 그 사람은 배리의 멋진 연설을 듣게 될 것이다.

"우린 추상적인 노래와 거창한 연설에는 실패했어요. 이건 구체적인 거예요. 값어치 있는 일이죠. 이게 바로 미국 스타일이에요."

교장 선생님이 천천히 고개를 끄덕이더니, 지갑을 꺼낸다.

"별 도움은 안 되겠지만, 나도 2천 내놓으마."

"고맙습니다."

코끝이 찡해진다. 진짜 이루어지려나 보다. 우리 동네 스타일의 프롬을 준비하는 데 필요한 금액은 이미 확보했으니, 나머지 금액에 상관없이 프롬은 열리는 거다. 그 순간 우리 세 사람, 글리크먼 씨, 호킨스 교장 선생님, 그리고 나는 기대감에 찬 얼굴로 앨런 씨를 바라본다.

앨런 씨는 뻣뻣하게 굳은 채 우리를 마주 본다.

"뭐?"

그녀가 마침내 입을 연다.

"디디, 그러지 마."

배리가 그녀에게 다가서며 말한다.

"한도 없는 아멕스 카드를 가지고 있는 거 알아."

교장 선생님이 디디의 눈을 뚫어지게 바라본다.

"당신도 돕고 싶잖아요. 애플비스(프랜차이즈 레스토랑 이름—옮긴이)에서 나눴던 대화들 기억해요? 옳은 일을 하고 싶은 거 다 알아요."

애플비스에서 대화를 나눴다고? 대화들이면 여러 번? 상황을 보아하니 그런 것 같다. 다시 앨런 씨에게 고개를 돌리는 순간, 난 놀라고 만다.

늘 섬세하게 계획되고 그에 따라 완벽하게 표현된 그녀의 얼굴이 갑자기 부드러워진 것이다. 그녀가 속상해할 수도 있으니 앞으로도 절대 그녀에게 말하지는 않겠지만, 그 짧은 순간 나는 스타 디디 앨런이 아니라 인간 디디 앨런의 모습을 본 것 같다. 물론 둘은 같은 사람이지만, 한쪽은 늘 스포트라이트를 받고 다른 한쪽은⋯ 별로 그러지 못한 게 사실이다.

순식간에 다시 등장한 스타 앨런 씨는 지갑을 향해 손을 뻗는다. 그녀는 권총집에서 총을 빼내듯 클러치에서 신용카드를 홱 꺼내 내게 내민다.

"착한 일 좀 하려면 왜 이렇게 돈이 많이 드는지! 자, 가져가라."

지붕을 뚫고 하늘을 날 것만 같다. 불꽃놀이와 샴페인 거품이 필요한 순간이다. 난 하늘을 가로지르는 혜성이 된 기분이다. 박수와 환호성이 터져 나오지만, 난 너무 흥분해서 잘 들리지도 않는다. 하지만 그 순간에도 모든 것을 뚫고 내 귀에 꽂히는 소리가 있다. 엄마 목소리다.

"얼리사 그린, 이게 대체 무슨 뜻이니?"

난 재빨리 파워포인트 슬라이드를 끝으로 넘긴다. 혹시라도 누군가, 어쩌면 앨런 씨가 돈을 내지 않으려고 할 경우를 대비해서 슬라이드 몇 장을 더 준비했던 것이다. 목소리가 목에 걸려 아무 말도 할수가 없다. 엄마의 표정이 너무 무섭다. 엄마는 '모두를 위한 프롬'이라는 커다란 분홍색 글씨가 쓰인 스크린을 바라보고 있다. 글씨 아래에 적힌 날짜와 시간, 그리고 다양한 종류의 성소수자 깃발을 거쳐, 엄마의 시선이 마침내 스크린 앞에 선 내게로 향한다. 내가 계획했던대로 된 것이다. 엄마는 학부모회 회장으로서의 의무를 무시하지 못하는 사람이고, 난 엄마를 이곳에 불러오기 위해 바로 그 부분을 자극했다.

"그린 부인."

교장 선생님이 먼저 입을 열지만, 내가 끼어든다.

"제가 말씀드릴게요."

난 실제보다 더 자신감 있는 목소리로 말한다. 그리고 엄마를 향해 몇 걸음 다가간다. 죄책감은 내려놓자. 난 완벽한 딸이 아니니까. 두려움도 느낄 필요 없다. 난 나라는 사람을 바꿀 수 없고, 엄마도 곧 사실을 알게 될 것이다. 책임감도 내 몫이 아니다. 난 아이일 뿐이고 내 부모는 엄마니까. 내가 엄마를 돌보는 게 아니라, 엄마가 나를 돌봐줘야 한다.

"그래, 설명을 좀 해주면 좋겠구나."

엄마가 스크린을 향해 미친 듯 손을 흔들며 말한다.

엄마의 등 뒤로 체육관 출입문에 검은 그림자가 하나 서 있다. 익숙한 실루엣이다. 어디에서도 한눈에 알아볼 수 있다. 내가 남긴 메모를 보고 교실에서 나와 이곳에 와준 그에게 고맙다. 타이밍도 정확하다. 그는 이 장면을 직접 볼 자격이 있다. 난 가슴을 펴고 엄마에게 다가가 손을 내밀지만, 엄마는 내 손을 잡지 않는다. 마음이 아프다. 그래도 여기에서 멈추어선 안 된다.

"엄마, 사랑해. 난 엄마가 나를 위해 해주는 모든 것에 감사하고 있어. 아빠 떠난 후 엄마가 해준 모든 것들에 대해서."

"얼리사!"

엄마가 아연실색한 표정으로 속삭인다.

우리가 절대 입 밖에 내지 않는 진실을 내가 방금 큰 소리로 말해버린 것이다. 하지만 난 준비한 말을 계속한다.

"내가 곧 할 말도 엄마를 많이 힘들게 할 거 알아. 하지만 엄마, 난 동성애자야. 항상 그랬어. 엄마는 분명 나한테 묻고 싶은 게 있을 거야. 내가 그냥 대답할게. 날 이렇게 만든 사람은 없어. 누군가에게 상처를 받아서 이렇게 된 게 아니야. 엄마가 잘못한 거 아무것도 없어. 난 원래 이런 사람이고, 이런 나 자신이 자랑스러워. 엄마는 나에 관해서라면 뭐든 다 알잖아. 이걸 숨기느라 난 정말 힘들었어. 너무 힘들어서 더 이상은 못 하겠어. 엄마, 나 레즈비언이야."

엄마가 웃음을 터뜨린다. 불안함이 잔뜩 담긴 소리다. 두 눈은 재빨리 사방을 둘러본다. 얼마나 많은 사람이 이 모습을 보고 있는지, 자신의 굴욕을 목격한 눈들이 몇이나 되는지 파악하는 것이다. 엄마는 냉정을 유지하기 위해 싸우고 있다. 완벽한 모습을 유지하기 위해서, 완벽해지려고 분투 중이다. 엄마는 억지로 미소를 지으며, 내게 다시 속삭인다.

"얼리사, 됐으니 그만해라."

난 고개를 젓는다.

"아니야, 이 말을 너무 오래 미뤘어. 그래서 나한테 한없이 소중한 사람에게 용서를 구할 수 없을 정도로 큰 상처를 줬어. 에마 놀런이 프롬에 같이 가려고 한 사람은 나야, 엄마. 둘이 같이 가기로 했는데, 내가 그 애를 실망시켰어."

엄마가 눈물을 흘리기 시작한다.

"그만! 이제 그만해. 얼리사, 미안하지만 이건 네가 아니야. 네가 무엇을 느끼고 있든 그건 진짜가 아니다. 네가 아직 어려서 혼란스러운 거야."

"난 혼란스러운 게 아니야. 사랑에 빠진 거지."

엄마는 발을 쾅쾅 구르며, 글리크먼 씨와 앨런 씨에게 비난하듯 손가락질을 한다.

"다 저 사람들 탓이야. 저 사람들이 이상한 생각을 심어줘서 그런 거다. 네가 원하지 않는 사람이 되도록 널 몰아가고 있어. 넌 어려서 다른 사람들의 영향을 많이 받지. 더 이상 이런 꼴은 못 보겠다. 당장 그만해!"

엄마가 나타난 후 처음으로 글리크먼 씨가 입을 연다.

"지금 딸의 모습을 있는 그대로 받아주지 않으면, 앞으로 영영 보지 못하게 될지도 몰라요."

"뭐라고요?"

엄마가 눈을 치켜뜨고 말한다.

글리크먼 씨는 엄마에게 다가간다. 그리고 슬픔이 가득한 목소리로 조용히 말한다.

"곧 집을 떠나 대학에 갈 거고, 점점 소식 전하는 것도 잊겠죠. 다른 주로 이사를 가서, 어머니의 날 카드 정도나 보내게 될 거예요. 한동안은 크리스마스 때면 집에 오겠지만, 자신이 직접 만들어 낸 가족과 그걸 인정하지 않는 가족 중에서 하나만 선택해야 하는 순간이 올 거예요. 머지않아 전화 통화도 몇 달에 한 번 하게 되고, 얼굴은 몇 년에 한 번씩이나 볼 거예요. 그러다 어느 날 문득 당신은 이런 생각을 하게 되겠죠. 어쩌다 내 딸이 집을 떠나 다시는 돌아오지 않게 되었을까?"

"그런 일은 절대…."

엄마가 날카롭게 반격하려 하지만, 글리크먼 씨는 엄마의 손을 잡는다.

"절 믿으세요, 그린 부인. 그렇게 될 거예요."

체육관 전체가 침묵에 뒤덮인다. 관람석에서 훌쩍이는 소리가 들릴 뿐이다. 고개를 돌려 보니, 셸비는 케빈의 가슴에 얼굴을 묻었고 치어리더들은 서로를 부둥켜안고 있다. 농구팀 선수들도 마음이 불편한지 몸을 이리저리 뒤척인다. 하루 사이에 이렇게 많은 기적이 일어날 수 있다니!

엄마는 글리크먼 씨를 바라보다가 내게 고개를 돌린다. 바로 그 순간, 난 내가 그토록 두려워하던 얼굴을 본다. 지난 몇 년 동안 엄마를 괴롭혀 온 모든 아픔과 상처가 고스란히 드러난 얼굴이다. 그동안의 비극이 남긴 흰머리, 내가 만든 얼굴 주름도 있다. 하지만 엄마는 화를 내는 대신, 마음을 가다듬고 얼굴을 문질러 닦는다.

"너한테 이런 일이 생기지 않길 바랐는데."

엄마가 입을 연다.

"이 일로 네 삶은 모든 면에서 훨씬 힘들어질 거야. 내가 가장 두려워했던 일이지. 네 아빠가 돌아오게 하려고 그렇게 애를 쓴 것도 네게 어울리는 삶을 주고 싶어서였어. 세상은 그리 너그러운 곳이 아니란다, 얼리사."

몸이 떨린다.

"알아. 하지만 그런다고 진짜 내 모습이 변하진 않아."

엄마는 양손으로 내 얼굴을 움켜쥔다. 내 피부에 닿은 두 손은 차갑지만, 엄마의 두 눈에는 따스함이 담겨 있다. 엄마는 내 얼굴을 한참 들여다보더니, 한숨을 내쉰다.

온몸의 근육이 금방이라도 끊어질 듯 팽팽하게 당겨진다. 드디어 그 순간이 온 것인가? 엄마가 날 버리고, 난 영원히 엄마를 잃는 순간이? 난 꼼짝하지 않는다. 가슴이 아프다. 어떻게든 엄마 눈 뒤에 숨겨진 생각들을 읽어내려 하지만 아무것도 보이지 않는다.

엄마가 다시 입을 열기까지는 시간이 꽤 필요했다. 엄마는 바닥을 내려다보며, 아마도 적당한 표현을 찾는 것 같았다. 마침내 엄마가 천천히 입을 연다.

"얼리사, 넌 내 딸이야. 신께서 내게 주신 선물이지. 내게 가장 소중한 보물이다."

난 움직이지 않으려 애를 쓰지만, 속은 미친 듯 꿈틀거리고 있다. 난 아직도 이게 작별 인사인지 새로운 시작을 알리는 인사인지 모르겠다.

"엄마…."

엄마가 내 얼굴을 들어 마주 본다. 매니큐어를 완벽하게 칠한 엄마의 손톱이 내 관자놀이를 쓰다듬고, 엄지손가락은 내 뺨을 어루만진다. 그런 다음 엄마는 고개를 숙여 내 이마에 입을 맞춘다.

엄마의 향수 향과 함께 수백만 개의 추억들이 밀려온다. 크리스마스가 되면 우린 함께 쿠키를 구웠고, 담요로 몸을 감싼 채 같이 첫눈을 바라보았다. 한밤중에 악몽 때문에 잠에서 깨 엄마에게 가면 엄마는 두 팔로 나를 꼭 안아주었고, 내 두려움은 그 안에서 모두 타 없어져 버렸다.

지금 이 순간, 엄마의 말은 다시 한 번 내 두려움을 모두 태워버린다.

"사랑한다."

난 엄마에게 꼭 달라붙어 속삭인다.

"나도 엄마를 사랑해."

엄마는 나를 잠시 안았다가, 온기를 느낄 새도 없이 몸을 뒤로 뺀다. 그리고 계속해서 나를 바라보며, 진심을 담아 내게 말한다.

"오늘 밤에 다시 얘기하자."

말을 끝낸 엄마는 몸을 돌려 걸어간다. 고개를 똑바로 들고, 하이힐로 체육관 바닥을 또각또각 두드리면서 걷는다. 완벽하게 곧은 자세로 걷던 엄마가 우아하게 팔을 들어 머리카락 한 올을 쓸어 넘긴다. 엄마의 움직임에는 망설임이 없다. 엄마는 뒤돌아보지 않는다. 그럴 필요가 없다는 걸 알기 때문이다. 엄마는 필요한 말을 모두 했다. 날 사랑하고, 오늘 밤에 다시 얘기하자고 말이다.

조금 전 벌어진 일들이 갑자기 실감이 나면서, 머릿속에 요란한 천둥이 울린다. 다리에 힘이 풀려 흔들리면서도, 난 정신을 차리고 균형을 잡으려고 애써본다.

엄마가 안다.

이제 비밀은 없다. 더 이상 거짓말하고 내가 아닌 다른 사람인 척할 필요 없다. 이제부터 엄마는 진짜 내 모습을 보게 될 것이다. 아직 뭐라고 불러야 할지는 엄마도 모르고 있지만, 이제 엄마도 사실을 안다.

그리고, 그럼에도 불구하고, 믿을 수 없게도 엄마는 여전히 날 사랑한다.

프롬

25장

운동화 신은 줄리엣

#에마

그린 부인은 유황과 디자이너 사칭꾼 샤넬 넘버5의 짙은 향에 휩싸인 채 내 곁을 지나간다.

저렇게 꼿꼿하게 편 허리를 마지막으로 본 것은 병원 진료실에서였다. 의사 선생님이 선반에 넣어둔 작은 해부학 모형이 딱 저런 모양이었다. 그린 부인의 수직 흉추가 거칠게 흔들리는 게 보인다. 그린 가족 추수감사절 모임에 내가 초대받을 일은 없을 거라는 뜻으로 받아들이자.

이런 농담들은 연약하고 다치기 쉬운 내 안의 감정들을 보호하기 위한 강하고 무거운 방패다. 방문객 사무실에서 온 쪽지에는 나를 체육관으로 보내라는 메시지가 담겨 있었다. 이상한 일이었다. 그럼에도 난 제때에 체육관에 도착했고, 얼리사가 '모두를 위한 프롬'이라는 글자가 쓰인 스크린 앞에서 엄마에게 커밍아웃 하는 모습을 지켜보았다.

배리와 디디는 교장 선생님과 함께 서 있고, 어떻게 된 일인지 모르겠지만 골든위블스 선수들 대부분이 관람석에 앉아 있다. 언젠가 꿈에서 본 장면이 떠오른다. 꿈에서 난 알몸이었고 체육관은 주간고속도로 바로 옆에 있는 중국 정원이었지만 말이다.

난 조심스럽게 안으로 들어간다. 부츠 소리가 묵직한 소리를 내자 낮은 천둥 같은 메아리가 울린다. 관람석에서 곧 조롱과 비웃음이 터져 나올 줄 알았건만, 그런 일은 일어나지 않는다. 대신 얼리사가 기도를 올리듯 두 손을 포개 잡고 나에게 다가온다.

우리는 헤어진 사이지만, 제멋대로인 내 심장은 그를 향한 사랑을 아직 놓지 못하고 있다. 하긴 어떻게 그럴 수가 있겠는가?

그는 교회 피크닉에서 나와 은밀한 속삭임을 주고받은 한 사람이다. 한밤중에 내게 수달 사진을 보내고 내 귀에 사랑을 속삭인 사람, 내가 여전히 그의 마음을 알아내려고 기를 쓰는 사이에 먼저 용기를 내 내게 키스한 사람이다.

우리 몸 곳곳에 수없이 많은 추억이 새겨져 있다. 우리가 함께한 수많은 첫 경험들은 언제까지나 우리 둘만의 것이다. 그것들은 우리 두 사람의 비밀이고, 어느 한순간 결심을 한다 해서 사라지지 않는다. 그게 가능하겠는가? 그런 엄청난 일들은 포기할 수는 있어도 지울 수는 없다.

그러니 내 심장이 이상한 낙관론과 희망에 들떠 쿵쾅대는 것도 무리는 아니다. 하지만 난 방패를 결코 내리지 않는다. 그를 이토록 전적으로 사랑한다는 것은 그의 말 한마디에도 내가 상처 입을 수 있다는 뜻이기 때문이다. 난 스스로를 보호해야 한다. 섬세한 그의 손은 아직도 엄청난 힘을 쥐고 있다.

그 증거를 찾는 것은 어렵지 않다. 얼리사가 약 30센티미터 거리를 두고 내 앞에 서자, 그의 얼굴에 드러난 모든 감정이 아무렇지 않게 내 방패를 뚫고 들어온다. 그가 가까이 다가서는 순간, 난 모든 것을 내려놓고 싶다. 그의 팔에 안겨 그를 꼭 붙잡고 싶다. 간절함이 점점 커지자, 그의 온기와 부드러운 피부의 촉감이 이미 느껴지는 것 같다.

'안 돼. 하지 마.'

난 자제하려 애써본다.

어두침침한 불빛 아래에서 그의 두 눈이 빛난다. 주저하는 듯 희미한 미소도 함께 반짝인다. 그는 초조한 듯 침을 삼키고 두 손을 꼭 마주 잡는다.

"이게 다 뭐야?"

내가 묻는다.

할머니는 먼저 말 거는 사람이 지는 거라고 말씀하셨지만, 오늘만큼은 둘 중 누구도 지게 될 것 같지 않다. 내 말이 무슨 뜻인지 얼리사는 다 알 것이다. 하지만 난 스크린과 농구팀 선수들, 그리고… 디오라마? 아무튼 그것들을 고갯짓으로 가리킨다.

그는 파도치듯 넘실대는 긴 머리카락을 귀 뒤로 쓸어 넘기며, 입을 연다.

"널 위한 거야."

"그게 무슨 말인데?"

내가 묻는다. 물론 대충 알고는 있지만, 그가 자기 입으로 말하는 것을 듣고 싶다.

"모든 사람을 환영하는 프롬을 열고 싶다고 했잖아. 열리게 될 거야. 지금이 준비됐어. 교장 선생님과 앨런 씨, 글리크먼 씨가 도와주셨어. 장소를 꾸밀 위원회는 셸비와 케빈이 담당할 거고. 날짜랑 시간도 정해졌으니 홍보만 하면 되는데, 네가 같이 해주면 좋겠어."

믿을 수 없는 일이 벌어지고 있다. 머릿속이 너무 복잡해서 터질 것만 같다. 자신의 정체성을 숨기고 있던 내 전 여자 친구와 그릇된 판단으로 이곳에 오게 된 브로드웨이 스타 두 명이 이 일을 이루어 냈다고? 프롬은 그저 시간이 흐르면서 천천히 발전시켜 나갈 수도 있겠다고 생각한 작은 아이디어였다. 언젠가 실현될지도 모르는, 혹은 그렇게 되기를 기대하는 무언가였다.

이렇게 빨리, 그리고 이런 방식으로 이루어질 거라고는 생각도 못했다. 솔직히 말하면, 다른 사람이 아닌 나에게 이런 일이 생길 거라고 생각을 못 한 것이다.

얼리사에게 천 번도 넘게 키스했던 내 입술은 아무 감각이 없는 듯 멈춰버린다. 난 가까스로 입을 달싹여 묻는다.

"너희 엄마는?"

얼리사가 고개를 끄덕인다.

"때가 됐어. 날 위해 한 일이지만, 네가 꼭 봐주었으면 했어. 넌 그럴 권리가 있으니까."

그에게서 이렇게 멀리 떨어져 서 있는 게 점점 더 힘들어진다. 내 두 발이 내 허락도 없이 그를 향해 한 걸음 움직인다.

"너 괜찮아?"

얼리사는 대답하기 전 머릿속에서 긴 목록을 살펴보는 듯, 잠시 머뭇거린다. 하지만 곧 부드러운 미소와 함께 고개를 끄덕인다.

"응, 괜찮아. 아마 앞으로 몇 주 동안 저 알파벳 약자들이 무슨 뜻인지 수천 번은 설명해 드려야 되겠지. 하지만… 좋아. 나 정말 괜찮아."

난 속삭이듯 낮은 목소리로 말한다.

"정말 다행이야."

갑자기 얼리사가 미끄러지듯 다가오더니 내 손을 잡는다. 그는 두 팔로 나를 감싸고 가까이 끌어안는다. 그의 품속에서 다시 그의 심장 박동을 느끼는 순간, 난 온몸에 땀이 나는 것을 느낀다. 그는 나보다 아주 조금 키가 작다. 그래서 그가 내게 몸을 기울이자 그의 코가 내 코에 맞닿는다. 그는 눈을 들어 나를 올려다본다. 그의 눈은 나를 꿰뚫는 듯 깊다.

"사랑해."

그는 감정이 격해진 듯 흔들리는 목소리로 말한다.

"지난 일은 정말 미안해. 내가 더 빨리 말했다면, 이런 일은 애초에 일어나지도 않았을 거야."

그의 사과를 듣는 순간, 마음속에서 무엇인가 피어오르기 시작한다. 따스한 기운이 심장에서부터 온몸 구석구석으로 퍼져나간다. 프롬 날 밤부터 그의 사과를 기다렸다. 그가 사과만 하면 진심이라고 믿을 생각이었다. 하지만 그는 너무 많은 것을 자기 탓으로 돌리고 있다. 딱 그답다. 난 그를 용서할 뿐 아니라, 그에게 더 이성적인 사과 방법도 가르쳐 줄 셈이다. 난 그의 손을 꼭 잡고 고개를 젓는다.

"네가 하지 않은 일에 대해서까지 죄책감 느낄 필요 없어, 얼리사. '그날 바람 맞혀서 미안해'라고만 하면 돼."

"그날 가지 않아서 미안해."

그가 내게 속삭이자 따스한 그의 숨결이 내게 전해진다.

난 그의 숨을 들이마시고, 내 가슴 깊은 곳에 간직한다. 이제 훨씬 편한 마음으로, 그가 들어야 할 말을 할 수 있게 되었다.

"나도 미안해, 널 믿지 못한 거…. 너무 몰아붙인 것도 미안하고. 누구나 자기가 선택한 순간에 자기 방식대로 커밍아웃을 해야 하는데 말이야."

체육관 건너편에서 배리가 큰 소리로 말한다.

"우리도 미안하다!"

얼리사와 내가 웃으며 그를 바라본다.

"뭐가 미안해요?"

"너희를 이용해서!"

배리의 말에 디디도 고개를 끄덕인다.

"《뉴욕 타임스》가 우릴 아주 혹평했어. 커다란 굵은 글씨로 나르시시스트라고 썼지. 아마도 그 말이 사실이어서 아팠던 것 같아."

너무 이상한 일이 계속되고 있다. 난 다시 한 번 이게 꿈이 아닐까 의심하지 않을 수 없다. 하지만 만약 꿈이라 해도 이 정도면 대박이다.

"배우들은 다 나르시시스트 아니에요?"

디디가 고개를 뒤로 젖히며 정확한 발음으로 대답한다.

"맞아. 그런데 우린 그중에서도 최고거든!"

"그래서 우린 이미지 회복을 위해 도움이 될 만한 걸 찾기로 했어. 미디어에서 좋은 평가를 받아야 하니까. 해비타트(열악한 주거환경에 처한 사람들에게 편안한 보금자리를 만들어 주기 위해 창설된 국제 봉사 단체—옮긴이)랑 집을 지어볼까 생각했는데…."

디디가 배리의 말을 가로챈다.

"우린 건설에 대해서는 아는 게 아무것도 없거든."

"우리가 세상에서 가장 훌륭한 사람은 못 되지만, 여기 와서 너희 들과 너희 동네를 알게 된 뒤로… 갑자기 미디어의 혹평 따위는 중요 하지 않다는 생각이 들었어. 그래, 우리가 혹평 때문에 이곳에 온 건 사실이야."

그 순간, 디디가 자신의 손을 (설마! 그럴 리가!) 슬그머니 호킨스 교 장 선생님의 손 안에 밀어 넣으며(!!!!!!), 지금까지 했던 어떤 말과도 비교할 수 없을 정도로 따뜻하게 말한다.

"하지만 우리가 여기 남은 건 너희 때문이야."

관람석에서는 셸비가 자리를 박차고 일어난다.

"우리도 미안해. 그렇지, 케빈?"

체구도 작은 셸비가 말 안 듣는 강아지 벌세우듯 케빈을 잡고 일으 켜 세운다. 그가 강하게 고개를 끄덕이자 셸비는 그제야 포옹으로 상 을 준다. 그녀는 담쟁이덩굴처럼 남자 친구를 휘감은 채 다시 말한다.

"너도 다른 모든 사람들처럼 프롬에 갈 권리가 있어!"

"너는 날 싫어하는 줄 알았는데."

나는 슬그머니 얼리사에게 몸을 밀착시키며 말한다.

"너희들 모두 날 싫어했잖아."

"아, 그랬지. 케일리는 지금도 너 싫어해."

셸비가 순순히 인정하고는 배리를 향해 고개를 돌린다.

"그런데 우리가 월마트에 모여 있을 때 페커 씨가 갑자기 끼어들어서는 이런저런 얘기를 해줬어. 진지하게 생각해 볼 것들이었지. 정말 좋은 선생님이야."

배리는 살짝 고개를 숙이면서도, '아니야, 제발 그만하렴. 과찬이구나. 부끄럽다'라고 말하듯 셸비에게 손사래를 친다. 자신의 공은 공대로 인정하면서 동시에 겸손한 척까지 할 수 있다니, 너무 웃기는 일이다. 이 정도면 히어로급 슈퍼파워라고 해도 될 것 같다.

이런 순간에는 어떻게 행동해야 하는지 난 정말 모르겠다. 지금껏 내 삶에서 이렇게 일이 잘 풀린 순간은 단 한 번도 없었다. 이렇게 많은 사람들이 노래 한 곡, 혹은 월마트 주차장에서 갑자기 마주친 스타 때문에 마음을 바꾼다는 것은 믿기 힘든 일이다. 월마트 사건은 다음에 꼭 자세히 물어봐야겠다.

허세를 부리거나 농담을 던지는 등 내가 즐겨하던 행동들 대신, 난 그냥 솔직해지기로 한다. 난 얼리사의 팔에 몸을 기대며 이렇게 말한다.

"뭐라고 해야 할지 모르겠어."

"그래?"

엘리사가 약간 내숭을 떠는 듯 수줍게 말을 꺼낸다.

"곧 프롬이 열릴 거잖아. 그러니까···."

내 속에서 반딧불이가 환하게 불을 밝힌다.

"어, 그러니까···."

그는 내가 기다리는 질문을 하지 않는다. 문장의 뒷부분을 이어갈 생각도 없는 것 같다. 대신 그는 자신 없는 듯 미소를 지으며 높은 목소리로 노래를 부른다.

"난 당신과 춤추고 싶어요, 온 세상이 녹아 사라지도록 당신과 춤출 거예요···."

그러자 갑자기 사방에서 여러 목소리가 내 노래를 부르기 시작한다. 셸비는 케빈과 박자에 맞춰 몸을 흔들고, 관람석에 앉은 사람 중 음정이 맞는 사람은 아무도 없지만 모두가 가사를 따라 부르고 있다. 배리와 디디는 저마다 자신의 표현력을 더 과시하기 위해 점점 목소리를 높인다. 교장 선생님도 노래를 부르는 것 같은데, 디디와 배리 목소리에 파묻혀 알 수가 없다.

사람들이 내 노래를 부른다. 내가 쓴 가사와 내 마음을 노래하고 있다. 그들이 소리 내는 한 음 한 음이 나를 완전히 분해해서 새것처럼 깨끗이 씻고 다시 조립해 주는 것만 같다. 당연히 자부심도 느껴진다. 내가 만들어 낸 무엇인가가 내 바깥에서 생명력을 얻었으니 말이다.

하지만 이 순간은 무엇보다도 새로운 탄생이다. 난 몇 년 만에 처음으로 활력을 느낀다. 특별한 사람이 된 것 같다. 사람들이 마침내 나를 봐주고 사랑해 준다. 인디애나 에지워터에서 커밍아웃을 한다는 것은 이제 예전과 전혀 다른 의미를 가지게 되었다. 아름다운 경험이 된 것이다.

머리가 핑핑 돈다. 난 그저 얼빠진 표정으로 사람들을 바라보고, 얼리사의 두 눈을 바라보며 그 안에 녹아들어 간다. 난 다시 그녀의 품에 돌아왔다. 여기가 바로 내가 있어야 할 곳이다. 우린 한 치의 틈도 없이 서로에게 딱 들어맞으니까. 상처와 분노와 좌절감이 피닉스처럼 불에 타 사라진다. 이제 그것들은 기쁨과 흥분, 그리고 기대감이 되었다.

얼리사가 손을 빼내 내 얼굴을 감싼다. 그의 엄지손가락이 내 입술을 훑고, 그의 손톱은 부드럽게 내 뺨을 스친다. 그의 온기가 내 안에 스며들고, 난 그의 시선에 사로잡혀 꼼짝하지 못한다. 숨을 쉴 때마다 그의 몸이 더욱 바싹 다가온다. 내 노래가 그녀의 몸에서 울려 퍼지고, 내 마음은 음과 함께 점점 더 고조된다. 이건 전 세계에서 가장 대단한 프롬 프러포즈다. 이론의 여지 없이, 영원히 깨지지 않을 기록이다.

목소리가 잦아들 즈음, 난 넋을 잃고 얼리사의 이름을 한숨에 섞어 내뱉는다. 그를 다시는 놓지 않으리라. 그래야만 한다고 생각했지만, 이제 다시는 그를 놓아주지 않을 것이다. 불이 붉게 달아오르고 손바닥엔 땀이 흥건하지만, 난 그에게 꼭 달라붙어 있다.

"키스해! 키스해! 키스해! 키스해!"

셸비와 치어리더들이 팬픽션의 한 장면이 눈앞에서 펼쳐지기라도 한 것처럼, 갑자기 연호하기 시작한다.

"키스하면 승낙하는 거야."

얼리사가 경고하듯 말한다.

얼마든지! 난 그녀를 감싸 안고 살짝 들어 올린 후 그녀에게 키스한다. 이곳에 우리 둘밖에 남지 않을 때까지, 시간이 멈추고 세상이 다 사라질 때까지!

26장

쇼를
시작하자

#얼리사

글리크먼 씨와 앨런 씨가 이번 일을 위해
큰 금액을 기부해 주다니, 우린 정말 운이 좋다.

에마가 자신의 채널에 새로운 프롬 이야기를 올리자마자, 입장권
요청이 쏟아졌다. 인디애나 전역의 아이들뿐 아니라, 일리노이, 오하
이오, 켄터키 등 다른 주 사람들에게서도 연락이 왔다. 이렇게 많은
사람이 참석하기 위해서는, 새로운 접근이 필요하다.

프롬을 체육관 안에서만 할 게 아니라, 바깥 주차장까지 모두 활
용해야 한다. 우린 주차장 전체를 출입 통제하고, 플라스틱 창이 달
린 하얀색 대형 천막을 빌렸다. 내가 천막 한쪽 끝에 서서 양손을 천
천히 흔들자, 농구팀 아이들이 내가 지금껏 본 것 중 가장 큰 카펫 롤
네 개를 펼치기 시작한다. 그들은 내 쪽으로 커다란 롤을 굴려오는
내내, 끙끙 앓는 소리를 내고 숨을 헉헉 몰아쉰다.

프롬

"좋아."

마침내 카펫을 다 펼친 농구팀이 둥글게 말린 끄트머리를 발로 쿵쿵 밟는 것을 보며, 내가 말한다.

"다음은 칵테일 테이블이 필요해. 내가 만든 차트를 보고, 그대로 하면 돼. 테이블을 놓아야 할 자리에 정확히 갖다 놓는 거야. 그럼 수고해!"

난 활짝 열린 체육관 문을 향해 가볍게 뛰어간다. 안에서 무슨 일이 일어나는지 살짝 봐야겠다. 어떻게 한 것인지는 몰라도 셸비가 치어리더들을 모두 데려왔다. 뿐만 아니라 중학교 팀까지 합류해 일을 돕고 있다. 봉사 클럽도 와 있고, 명예학생단체 사람들도 보인다. 합창단도 대부분 도우러 와주었고, 학생회 아이들이 와준 것도 기쁘다.

우린 일손이 많이 필요하다. 글리크먼 씨가 몇몇 지인에게 '부탁' 전화를 한 덕분에 이틀 전 거대한 운송 상자 몇 개가 학교에 도착했기 때문이다. 운송 상자에는 주름종이나 플라스틱으로 만든 장식용 깃발보다 훨씬 좋은 것들이 들어 있었다. 먼저 아름다운 파란색 천이 있었는데, 이 반짝이는 커다란 천으로 우린 체육관과 무대를 장식했다. 판지 상자 두 개는 은박 나비로 가득 차 있었는데, 눈에 잘 보이지 않는 나일론 줄로 매달아 놓으면 날개가 펄럭인다.

비슷한 분위기의 물건들은 또 있다. 반짝이는 금박 랜턴은 테이블에 놓으면 되고, 깜빡거리는 꼬마전구가 달린 두꺼운 줄은 가로등 기둥 사이에 묶어두면 주차장 전체를 환하게 밝힐 수 있다.

마지막으로 아름다운 도시 경관이 그려진 커다란 액자들이 있다.

밑에 이동을 위한 바퀴가 달려 있어 옮기기도 편하다. 뒷면에는 등이 설치돼 있어서, 프롬 날 밤이 되면 작은 창문처럼 밝게 빛날 것이다.

"브로드웨이에서 〈성공시대〉를 공연하지 않은 지 꽤 됐거든."

글리크먼 씨가 대략적으로 설명한다.

"여길 〈성공시대〉 무대로 써도 손색이 없겠어."

말이 나온 김에 이야기하면, 글리크먼 씨는 체육관 한쪽에서 사람들을 즐겁게 해주는 중이다. 접의자에 걸터앉아 헬륨 가스로 풍선을 부풀리면서, 셀 수 없이 많은 자신의 브로드웨이 성공담을 늘어놓는다. 풍선이 커지면, 몇 안 되는 미옥지 회원이 건네받아 꼭지를 묶는다.

이렇게 준비된 풍선들은 커다란 상자에 모아둔다. 진주같이 뽀얀 파스텔 톤 무지개색 풍선들이 희미하게 빛난다. 우린 천장에 그물망을 치고 그 위에 이 풍선들을 쏟을 것이다. 그리고 마지막 노래가 시작되면 줄을 당겨 풍선이 댄스플로어 위로 둥둥 떠내려 오게 할 계획이다. 피날레치고는 좀 시시하지만, 호킨스 교장 선생님이 색종이 조각 대포는 안 된다고 하셨기 때문에 어쩔 수 없다.

앨런 씨는 배치와 이동에 일가견이 있는 것이 증명됐다. 그녀는 종종 날카롭게 손뼉을 치거나 바닥에 하이힐을 부딪쳐 사람들의 이목을 집중시킨다. 그런 다음 테이블 사이 공간으로 사람들을 데리고 걸어가서, 확신에 찬 동작으로 그들이 해야 할 일을 알려준다. 그녀가 지시를 내리는 사람들은 대부분 농구팀 선수들인데, 그들은 그녀의 손끝을 따라 테이블과 의자들이 완벽한 균형을 이룰 때까지 옮기고 또 옮긴다. 그녀가 자기 손으로 테이블을 들어 올릴 일은 절대 없다.

교장 선생님은 문에서 배달 온 물건들을 받고 관리한다. 지금까지 댄스 파트너 이름을 쓸 수 있는 댄스카드 기념품 두 상자, 다양한 성 지향성을 가진 성소수자 깃발 열쇠고리 한 팔레트, 대명사 배지(성별 인칭대명사 중 선호하는 것을 표시한 배지—옮긴이) 수천 개를 받았고, 지금은 음식 출장 업체 영수증을 들여다보고 있다.

우린 먼 곳에서 오는 손님들에게 제대로 된 식사를 대접할 계획이다. 음식 출장 업체 사람들이 커다란 쟁반들을 가져와 설치하고 있다. 타코와 펀치 볼 등 모든 음식들이 그 위에 차려질 것이다. 일단 커다란 사각형 케이크가 세 개 있고, 아이스티와 얼음물도 있다. 물론 셔벗 펀치와 쿠키도 준비할 것이다. 전통을 무시할 수는 없으니 말이다.

난 클립보드를 들고 체육관 한가운데 서서 준비 과정이 착착 진행되는 것을 지켜본다. 모든 것이 완벽하다. 꿈이 현실로 이루어지는 것 같다. 파티 조명 업체에서 온 여자들이 내 옆에 사다리를 놓더니, 그중 한 사람이 사다리를 타고 올라가 거대한 황금 디스코볼을 머리 위로 번쩍 들어 올린다.

설치가 완료되자 그녀의 조수가 불을 켠다. 갈라진 금색 빛줄기들이 바닥과 벽을 따라 춤을 춘다. 깜빡거리며 이동하는 밝은 불빛과 함께, 내 가슴속에서는 나비들이 되살아나 날갯짓을 한다. 체육관 반대편 끝에서 디제이가 웅웅 기계 소리를 내기 시작하더니, 곧 아리아나 그란데의 목소리가 스피커를 찢을 듯 울려 퍼진다.

갑자기 터져 나온 음악 소리에 놀라진 않았지만, 뒤에서 갑자기 나타난 손이 내 허리를 휘감을 때에는 정말 깜짝 놀랐다. 난 뒤로 넘어져 에마에게 몸을 기댄 채 어깨 너머로 그를 바라본다.

"넌 여기 오면 안 되는 거 몰라?"

내가 장난스럽게 말을 건다.

"프롬이 되기 전에 프롬 장소를 보면 재수가 없대."

그는 내 목에 키스하고 나를 끌어안는다.

"보지 않을게. 약속해. 하지만 모든 게 얼마나 환상적일지 안 봐도 다 알 것 같은데."

내가 웃는다.

"진짜 제대로 모습을 갖춰가고 있어. 전자 입장권은 어떻게 돼가?"

에마는 800명분의 전자 초대장을 준비했는데, 지난번에 얘기할 땐 입장권을 요청한 사람이 60퍼센트 정도라고 했다. 모든 사람을 초대하기 위한 가장 공평한 방법이기도 하지만, 동시에 공간적 제약이라는 현실을 고려한 선택이었다.

"다 나갔어."

그가 대답한다.

"컴포트인에 확인해 봤는데, 거기도 예약이 거의 다 찼대. 사람들이 진짜 올 건가 봐, 얼리사. 정말로 프롬이 열리는 거야."

에마의 말이 끝나자마자, 엄마가 체육관에 들어온다. 엄마가 이곳에 올 줄은 정말 몰랐다. 내가 커밍아웃 했던 날 밤, 엄마가 약속했던 대로 우린 이야기를 나눴다. 다 좋기만 한 것은 아니었다. 엄마는 지금도 내가 왜 남자애들과 데이트를 할 수 없는지, 왜 내 진심을 억누르고 그냥 평범한 아이가 될 수 없는지 이해하지 못한다. 몇 주째 교회에도 가지 않는다. 나에 대해 사람들에게 뭐라고 얘기해야 할지 모르기 때문이다.

하지만 엄마는 나를 자랑스럽게 생각한다고도 말해주었다. 성장해가고 있는 내 모습이 자랑스럽고, 나 자신의 원칙을 당당히 밝힌 것도 자랑스럽다고 말이다. (착각하지 마시라. 엄마는 자신의 원칙과 다른 내 원칙을 위해 내가 발 벗고 나선 것이 기쁘다고 하진 않았다. 아직 처음이니까 조금씩 나아지시겠지.)

우린 무엇보다 아빠에 대해 많은 이야기를 나누었다. 엄마는 마침내 아빠가 돌아오지 않을 것이라는 사실을 인정했고, 울음을 터뜨렸다. 나도 같이 울면서, 엄마에게 '틴더' 소개팅앱을 써보라고 했다. 엄마는 충격 받은 표정으로 단숨에 거절했다. 기독교 싱글들만 대상으로 하는 '크리스천밍글'을 먼저 권했어야 했는데, 내 실수다.

에마는 내 몸을 감고 있던 팔을 푼다. 난 에마가 엄마를 참아줘서 너무 고맙다. 에마는 냉소적이고 신랄하기도 하지만, 동시에 내가 아는 사람 중 가장 관대하고 또 너그럽다. 엄마와 에마가 친구가 될 것 같지는 않지만, 에마는 내게 두 사람 중 하나만 선택하라고 강요할 사람은 아니다. 난 그것만으로도 기쁘다.

엄마가 에마에게 어색하게 인사를 건넨다. (솔직히 이 정도만 해도 기대 이상이다!) 그리고 체육관 안을 둘러본다. 황금색 불빛 조각들이 엄마의 얼굴 위에서 이리저리 춤을 춘다.

"아주 잘해나가고 있구나."

"도와주는 사람이 엄청 많아."

내가 대답한다.

"그런데 무슨 일 있어? 엄마가 여기 올 줄은 몰랐는데."

엄마는 어깨를 으쓱하며 상자 하나를 들어 올린다.

"프롬이 열리면 난 항상 우리 할머니 펀치 볼을 빌려줬거든."

우와! 이게 엄마에게 얼마나 힘든 일인지 난 잘 안다. 엄마가 얼마나 애쓰고 있는지 얼굴에 다 보인다. 에마가 다가와 엄마에게서 상자를 받아 들고, 다시 조용히 뒤로 물러난다.

처음 겪는 일이다 보니, 아직 힘들 것이다. 난 가능한 한 엄마가 이일을 편하게 해나갈 수 있도록 도울 것이다. 난 두 팔로 엄마를 감싸고 꼭 끌어안는다.

"고마워, 엄마."

"이 정도 가지고 뭘."

엄마가 대답하며 나를 안는다.

프롬

27장   다시 프롬의 밤   #에마

                       "아니지, 스텝, 스텝, 발 딛고, 턴!"

할머니의 집은 다시 한 번 브로드웨이 사람들로 북적인다. 디디는 소파 팔걸이에 앉아 할머니가 구운 파운드케이크를 '시식'하고, 배리는 양손을 흔들며 내가 프롬 의상을 제대로 선보이도록 지휘 중이다.

두 사람은 이미 프롬 복장을 갖추고 있다. 디디는 오늘 밤 테마에 맞게 금색 옷을 입었는데, 반짝반짝한 그녀의 점프슈트는 눈을 두기 민망한 곳까지 깊게 파였다. 배리는 첫 번째 프롬에 갈 때 입으려고 샀다가 무용지물이 되고 만 은색 턱시도를 입고 있다. 청록색 나비넥타이와 장식허리띠까지 한 그는 파운드케이크의 유혹을 이겨내기 위해 쉴 새 없이 내게 지시를 내리는 게 분명하다.

난 다시 복도 뒤로 쭉 물러난다. 배리가 주문한 완벽한 모델 워킹을 한 번 더 시도하기 위해서다. 그는 내가 이런 걸 할 수 있을 것이라고 생각하나 보다. 어쩌면 그럴 수도 있다. 난 평소 옷에 거의 신경을 쓰지 않는다. 공공 음란죄로 잡혀 갈 순 없으니 그저 몸을 가리기 위해 입는 정도다.

하지만 이 옷은 다르다. 오늘 밤, 난 완전 멋지다.

이번엔 드레스가 아니다. 난 검정색 벨벳 재킷을 입었다. 보스가된 기분이다. 가라오케에 가서 모르는 사람들 앞에서 노래라도 부르고 싶다. 이건 정말 역대급 재킷이다. 따스하고 부드러운 감촉 때문에, 자꾸만 손으로 내 팔을 쓰다듬게 된다. 혹시라도 얼리사랑 다시 헤어지면, 이 재킷이랑 사귀어야겠다. 진심이다.

하얀색 셔츠는 몸에 딱 달라붙고, 칼라와 소매 끝에는 짙은 파란색 테두리가 둘러져 있다. 넥타이는 실크인데, 짙은 파란색과 자주색이 은하계 모양의 소용돌이를 일으키는 무늬가 길쭉하게 나있다. 바지는 밝은 파란색이고 발목이 보이는 길이다. 이름은 모르지만 매끄러운 재질이라 걸을 때마다 속삭이듯 바스락거린다.

배리는 모든 것이 몸에 딱 맞아야 한다고 고집을 부렸는데, 이제 보니 그의 말이 옳았다. 다트와 주름을 여기저기 잡은 덕분에 옷이 150퍼센트 더 멋있어졌다.

"가자!"

배리가 더 이상 못 기다리겠다는 듯 손뼉을 치며 소리 지른다.

"제대로 한번 걸어봐!"

난 환한 웃음과 함께, 어깨를 쫙 펴고 내 끼를 발산할 준비를 한다. 그리고 복도를 따라 쭉 걸어 거실에 들어선다. 스텝, 스텝, 스텝, 그리고 중심이 되는 발을 딛는 순간 난 결국 웃음이 터지고, 가까스로 턴을 마무리한다. 역시 이건 내가 소화할 수 있는 일이 아니었다.

난 소파에 뛰어들어 디디와 배리 사이를 파고든다. 그리고 고개를 들어 두 사람을 바라본다. 이 두 사람은 지금껏 내게 일어난 일 중 최악이자 최고이다. 이들이 〈갓스펠〉 순회공연 팀을 전부 데리고 학교 회의에 쳐들어와 시위를 했다는 게 아직도 믿기지 않는다.

이들은 분명 상황을 엄청나게 악화시켰지만, 지금 내 모습을 보라! 우아하게 차려입고 프롬에 같이 갈 여자 친구를 기다리고 있지 않은가! 이 프롬은 단순한 졸업파티가 아니다. 그보다 훨씬 큰 의미가 있다. 이 두 사람이 없었다면 이런 일은 절대 일어나지 않았을 것이다.

내겐 이 세상 무엇보다 날 사랑해 주는 할머니가 계신다. 그리고 이제 내겐 두 명의 수호 요정(가끔 잘못된 판단을 내리기도 하고, 늘 자기애가 넘치는 요정)도 있다. 난 수많은 다른 아이들에 비해 훨씬 많은 것을 누리고 있다. 고마운 마음이 달콤한 황금색 파도를 타고 밀려온다. 난 배리와 디디를 차례로 바라보고, 말한다.

"고마워요."

"뭐가?"

배리가 능청스럽게 묻는다. 그는 내 입으로 직접 듣고 싶은 것이다.

눈썹을 아치처럼 둥글게 들어 올린 디디가 먼저 대답한다.

"일단 프롬에 필요한 돈을 다 대준 것부터 감사할 일이지."

배리는 그녀를 노려보고, 난 다시 웃음이 터진다. 난 배리의 어깨에 머리를 기대며, 입을 연다.

"에지워터에 와서 제 인생을 무너뜨려 주신 거요. 그런 게 필요했어요."

"그래?"

배리가 내 팔을 쓰다듬으며 말한다.

"무너뜨렸다기보다 리모델링을 좀 했지."

"뭐라고 부르든, 잘하신 거예요. 덕분에 저도 여전히 여기 있고, 두 분도 아직 이곳에 계시고, 중서부 전역의 동성애자 아이들도 이곳으로 온다잖아요."

배리가 미소를 지으며 나를 팔꿈치로 쿡 찌른다.

"네 공도 있어."

"그래, 자기 공은 자기가 찾아 먹어야 된다. 가만히 기다린다고 누가 챙겨주지 않아. 스스로 나서서 낚아채야 하지. 인정사정 봐주지 말고…."

디디가 의미심장한 표정으로 한참 얘기하더니, 갑자기 톤을 바꿔 작품 출처를 밝힌다.

"〈테니슨〉이라는 뮤지컬이야. 브로드웨이 오리지널 캐스트였지, 19… 됐다. 그만할래."

할머니가 몸을 앞으로 기울인다. 동그란 할머니 얼굴은 마음을 편하게 해주고 위로가 된다. 할머니는 오늘 밤을 위해 머리카락 한 줄기를 연보라색으로 물들이고, 손톱에는 무지개색 매니큐어를 칠했다. 오늘의 파티 룩을 완성해 줄 의상은 앞판에 '모두를 위한 프롬', 뒤판에는 '인솔자'라고 쓰인 검정색 티셔츠다. 사소한 것까지 다 신

프롬

경을 쓴 게 느껴진다.

"디디 말이 맞아. 넌 끔찍한 상황 속에서 아름다운 무언가를 이뤄내는 데 분명히 한몫을 했단다. 네가 정말 자랑스러워."

난 소파에서 일어나 할머니를 꼭 껴안는다. 등 뒤에서 디디의 목소리가 들려온다.

"배리, 들었어? '디디 말이 맞아'라잖아."

할머니는 내 양쪽 볼에 입을 맞춘 후, 재킷을 손으로 매만지고 칼라를 잡아당겨 펴고, 넥타이 모양을 손봐준다. 할머니 눈에 눈물이 고여 있다. 혹시 아빠 생각을 하는 것일까? 할머니는 나를 받아들이면서, 아들을 잃었다. 난 그게 늘 내 탓인 것만 같았다. 내가 우리 가족을 망가뜨렸다는 죄책감에 시달렸다. 하지만 지금은 아니다.

우린 누구나 선택을 하고, 그 선택은 하나하나 다 중요하다. 난 언제나 내 모습 그대로였다. 자기 모습을 지키지 못하고 실패한 사람은 아빠다. 하지만 끔찍한 상황 속에서도 아름다운 무언가가 이루어진 예는 여기에도 있다. 내겐 세상 무엇과도 바꿀 수 없는 할머니가 생겼기 때문이다.

할머니는 배리와 디디가 나타나기 훨씬 전부터 나의 챔피언이었다. 그리고 지금도 할머니는 내가 세상에서 제일 좋아하는 사람이다. (대난투 스매시 브라더스 게임을 할 때 속임수를 쓰기도 하지만 말이다.) 나도 할머니에게 그런 사람이면 좋겠다. 분명 그럴 것이다.

휴대폰에서 알림음이 울린다. 방 안에 있던 사람들이 사이렌 소리라도 들은 듯 허리를 곧추세우고, 소리 나는 쪽을 바라본다. 난 휴대폰을 향해 돌진하진 않는다. 그 정도 자제력은 있다. 하지만 재빨리 방을 가로질러, 휴대폰을 집어 들고 잠금 화면을 푼다. 얼리사의 이름이 보이는 순간 난 미소를 감출 수가 없다. 세상이 환하게 밝아지는 것 같다.

'거의 다 왔어. 보고 싶다!'

"오고 있다니?"

디디가 묻는다.

"당연히 오고 있겠지."

배리가 디디에게 핀잔주듯 말하고는 초조한 얼굴로 나를 바라본다.

"오고 있지? 맞지?"

난 두 사람이 직접 볼 수 있도록 휴대폰 화면을 돌려 그들 앞에 내민다. 두 사람이 이런 질문을 하는 것도 이해는 된다. 나 역시 어젯밤에 잠을 거의 자지 못했다.

여러 이유 중 하나는 너무 큰일이 벌어지고 있는 데다 모든 시선이 에지워터에 쏠려 있다는 점이다. (아직도 그렇다.)

지난 이틀 동안 부대라고 해도 좋을 정도로 많은 뉴스 팀들이 우리 동네에 나타났다. 지역 방송국만 있는 게 아니다. 베글린 팬케이크 하우스 앞에 CNN 차가 주차돼 있고, 지역 NBC가 아닌 진짜 그 NBC 차가 창밖으로 카메라를 삐죽이 내밀고 학교 주변을 돌고 있다.

어젠 새로운 시위자들도 등장했다. 하지만 그들은 곧 길 건너편 옥수수밭으로 쫓겨났다. 그들은 이곳 사람들도 아니다. 그저 돈을 벌기 위해 매스컴의 관심을 쫓아다니는 서부 교회 사람들이다. 어떤 면에

프롬

서는 영광이라고도 할 수 있겠다. 전국에서 가장 편견이 심한 무리들이 우리 동네에 나타났으니, 대성공의 증거가 아니겠는가!

시위 중 가장 좋았던 건 〈갓스펠〉 출연자들이 테러호트에서 주간 공연을 마친 뒤 의상을 그대로 입은 채 돌아왔던 것이다. 지역 신문 첫 페이지에는 이 성경 속 인물들이 외지인들 앞에서 익살 부리는 사진이 커다랗게 실렸다. 모든 방송국이 어제 저녁 뉴스에 이들 영상을 내보냈고, 지금도 트위터에서는 이들 이야기가 돌고 있다.

하지만 내가 잠을 자지 못한 또 다른 이유가 있다. 난… 어떻게 표현해야 할지조차 잘 모르겠다. 두려움까지는 아닌 것 같고, 불안이라고 하는 게 그나마 정확하겠다. 이번에는 꼭 얼리사가 나타났으면 하는 간절한 마음에 온몸이 아플 지경이다. 그렇게만 되면 모든 것이 전과 달라질 텐데!

난 두뇌 세포를 모두 동원해 날 설득했다. 얼리사는 당연히 나타날 것이다. 이미 상황은 전과 달라졌으니까! 하지만 조그마한 은색 걱정 벌레 한 마리가 내 속을 꿈틀꿈틀 돌아다니면서, 찢어질 듯 가느다란 소리로 계속해서 이렇게 외친다.

"만약에 오지 않으면?! 혹시라도 안 오면 어쩔 거야?!"

얼리사의 문자가 도착한 지금 이 순간, 그 벌레는 완전히 죽어버렸다. 난 이제 전혀 다른 이유로 초조하다. 이제 곧 프롬에 가야 하기 때문이다. 이 역대급 슈트가 내게 힘을 주고 있다. 밖에서 엔진 소리가 들리는 순간, 난 현관으로 뛰어가 문을 열어젖힌다.

이런! 옆집 사는 마틴 씨가 자동변속기 공장 근무를 마치고 들어와 차를 대고 있다. 난 아저씨에게 손을 흔들고, 문틀에 매달린 채 거리를 바라본다.

어느새 내 뒤로 다가온 배리와 디디까지, 우리 셋은 숨을 죽이고 또 다른 엔진 소리를 기다린다. 500만 년쯤 흘렀을까? 드디어 검은색 차가 미끄러지듯 우리를 향해 다가온다. 반질반질 윤이 나는 검정 자동차는 이 작은 마을과 전혀 어울리지 않는다. 완벽하다!

"안으로 들어가!"

디디가 명령하듯 말한다.

"무관심한 척 행동해. 약간 신비롭게 말이야. 네가 목매고 있단 느낌을 주면 안 돼."

하지만 당연히도 난 리무진이 멈춰 서는 순간 집 밖으로 뛰쳐나간다. 지붕 위까지 뛰어오를 수 있을 것만 같다. 하지만 아무리 마법 같은 순간일지라도 중력은 존재하는 법! 현관 계단에서 뛰어내리는 것조차 내겐 쉬운 일이 아니다. 난 한 번에 깔끔하게 착지하지 못하고 휘청거린다. 하지만 괜찮다. 얼리사가 리무진에서 뛰어나와, 나를 향해 달려온다. 우린 마당 한가운데에서 부딪칠 듯 서로를 만난다.

"너 정말 멋지다!"

"맙소사, 너 너무 근사해."

그녀와 내가 동시에 말을 한다. 우린 계속해서 서로에게 말을 한다. 사실 무슨 말을 하는지도 모르겠지만, 기쁨과 긍정으로 가득 찬 소리들이다. 중간중간 키스도 빠지지 않는다. 사람들이 다 보는 데서! 집 앞마당에서 말이다!

프롬

시스젠더(트랜스젠더와 반대로, 생물학적 성과 성정체성이 일치하는 사람—옮긴이)와 이성애자들은 얼마나 많은 사람들이 보이지 않는 곳에서 몰래 키스를 하고 사는지 전혀 모를 것이다. 컴컴한 극장에서 몰래 손을 잡는 것도 좋지만, 탁 트인 거리에서 손을 잡는 것은 믿을 수 없을 정도로 좋다. 공원에서 포옹을 하고, 콘서트에서 코를 비비고… 인디애나에서는 커밍아웃을 한 후에도 이런 일은 절대 불가능해 보였다.

물론 정말 불가능한 것은 아니다. 할 수도 있다. 하지만 무섭고 위험한 일인 것은 분명하다. 주변 사람들이 그 모습을 보고 어떤 반응을 보일지 알 수 없기 때문이다.

그러니 지금 이 순간에 이런 행동을 하는 건… 숨이 멎을 것만 같다. 난 햇살과 햇살에 젖은 키스에 취해 균형을 잃고 비틀거린다. 얼리사가 나를 붙잡고, 나 역시 곧 그를 붙잡는다. 우린 그렇게 뒤엉켜, 아름답고 서투른 순수한 감정 뭉치가 된다. 그의 아이섀도가 빛을 받아 반짝거리고, 그의 립스틱에서는 딸기 맛이 난다. 난 감정이 벅차올라 터져버릴 것만 같다.

"너 주려고 꽃을 가져왔어."

그가 리무진을 가리키며 말한다.

"차에 두고 내렸는데."

누구도 내게 꽃을 사준 적은 없다. 난 기절할 듯 황홀한 기분에 그의 손을 꼭 잡는다.

"여기서 기다려. 너한테 줄 코르사주 가져올게."

난 몸을 돌려 집 안으로 뛰어 들어간다. (현관 계단을 두 개씩 뛰어넘은 것 같다.) 배리와 부딪칠 뻔했지만, 난 두 팔을 벌려 그를 끌어안아 버린다. 난 사랑으로 가득 차 폭발할 것만 같다. 난 그를 꼭 껴안고 이렇게 말한다.

"저랑 꼭 한 곡 춰야 해요."

"두말하면 잔소리지!"

그는 내 손을 잡고 한 걸음 뒤로 물러서서, 내 모습을 마지막으로 한 번 더 점검한다. 붉어진 그의 얼굴에 따뜻한 미소가 피어오른다. 잘 모르는 사람이었으면, 분명 '저 사람 곧 울겠네!'라고 생각했을 것이다. 하지만 그는 한 손으로 얼굴을 부채질하며 이렇게 말한다.

"어서 나가보렴. 여자 친구가 기다리겠다!"

난 까치발로 서서 그의 볼에 입을 맞추고, 몸을 돌려 할머니에게 코르사주가 든 상자를 받아 든다. 할머니는 내 뺨을 쓰다듬고, 갑자기 험악한 표정을 지어 보이며 장난스럽게 내 볼을 꼬집는다.

"통금 시간 기억하지?"

"그런 거 없잖아요!"

내가 키득거리며 대답한다.

"그렇지! 잘했다."

할머니는 웃으며 나를 놓는다.

난 디디가 마지막으로 하고 싶은 말이 있지 않을까 하는 마음에 그녀를 바라보지만, 그녀의 눈은 파운드케이크와 티슈 상자에 고정돼 있다. 딱히 할 말은 없다는 뜻으로 이해하고, 난 끼를 장착한 뒤 걸음을 옮긴다. 내가 손을 흔들자, 디디도 나를 향해 손을 흔든다. 난 다시 문 밖으로 나와 계단을 내려간다. 그리고 얼리사에게 간다.

손목 코르사주가 얼리사의 드레스 색과 잘 어울린다. 연보라색 리본과 흰색과 연보라색 카네이션의 만남이다. 코르사주를 그의 손목에 채워주자, 그는 마치 티파니 팔찌라도 되는 듯 그것을 바라본다. 그렇지 않아도 이미 눈물을 글썽이는 사람들이 많은데, 그런 그의 얼굴을 보니 나까지 눈물이 터질 것 같다.

"완벽해."

얼리사가 말한다.

"마음에 든다니 다행이다."

내가 대답한다.

그런 다음에 난 다시 그에게 키스한다. 우린 그럴 수 있으니까, 우리는 지금 집 앞마당에 있고 여기까지 오기 위해 가파른 오르막길을 힘겹게 올라왔고, 그녀는 아름답고, 난 그럴 수 있으니까 말이다. 난 꽃잎처럼 부드러운 그의 입술에서 내 입술을 떼지 않는다. 짜릿함과 열기가 나를 가득 채우고, 난 두 손으로 그녀의 허리를 꼭 잡는다.

"준비됐어?"

"당연하지."

그가 검은 두 눈을 반짝이며 대답한다.

그렇게 우린 리무진 안으로 뛰어들어, 석양 속으로 사라진다. 물론 우린 진짜 사라지는 게 아니라 프롬에 가는 것이다.

난 많은 것을 바란 적이 없다. 얼리사의 손을 잡고 체육관 문을 통해 안으로 들어가는 것, 그 안에서 나는 두 손으로 그의 허리를 감싸고 그는 두 팔로 내 목을 감고 빠른 음악에 맞춰 천천히 춤을 추는 것, 그리고 손으로 그린 포토부스 간판 아래에서 함께 사진을 찍는 것, 그것뿐이었다.

화려한 조명이 그의 피부 위에서 반짝이는 것을 보고, 후끈 달아오른 체육관에서 대단찮은 펀치 한 컵을 그와 나눠 마시고 싶었을 뿐이다.

그 모든 일들이 오늘 밤 일어날 것이다. 감히 꿈도 꾸지 못했던 일이 일어나는 것이다. 이 역사적인 현장은 모두에게 열려 있다. 우리 학교 학생들과 멀리서 오는 아이들, 게이와 레즈비언, 팬젠더(모든 성정체성을 다 가지고 있는 사람—옮긴이)와 바이섹슈얼, 그리고 에이스플럭스(무성애자의 정체성을 가지고 있으나 그 안에서 변화를 겪는 사람—옮긴이)와 트랜스젠더도 있다. 논바이너리(이분법적 성별 구분을 벗어난 성정체성을 가진 사람—옮긴이)와 시스젠더 아이들도 올 것이고, 이성애자와 아직 정체성을 고민 중인 아이들도 참여할 것이다. 우리는 새로운 가족이다. 우리는 자신의 모습을 당당히 드러내고 우리들만의 위대한 밤을 즐길 것이다.

우린 모두를 위한 프롬을 계획했다. 길 건너편에서 우리를 지켜보는 카메라를 통해, 우린 이 계획이 성공했음을 전 세계에 보여줄 것이다. 〈갓스펠〉 공연 팀이 주차장에 나와 참석자들을 에스코트 한다. 혼자 들어가는 사람은 아무도 없다. 우리는 체육관과 대형 천막 안으로 줄을 지어 들어간다. 셀카도 찍고 음식도 먹고, 절대 빠질 수 없는 끔찍한 펀치를 마실 때는 움찔하기도 한다.

드럼 비트가 사람들을 댄스플로어로 불러내고, 우린 기꺼이 초대에 응한다. 그리고 아무도 쳐다보지 않는 것처럼 춤을 춘다. 요란한 음악 속에서 누가 누구와 함께인지는 아무도 신경 쓰지 않는다. 길 건너편에 있는 그 불행한 사람들은 아직도 항의 시위 중일까? 그들에게도 쿵쾅거리는 베이스 소리가 들리겠지? 그들 역시 행복해져야 한다.

나는 어떤지 궁금한가? 나는 그저 얼리사와 춤추고 싶었을 뿐이다. 교회 피크닉에서 만난 내 사랑, 그리고 우리 학교 학생회장인 얼리사 그런 말이다. 우린 결국 해냈고, 여기까지 왔다. 조명 아래든 별빛 아래든 혹은 디스코볼 아래든, 대형 천막 안에서도 주차장에서도, 인디애나 에지워터의 모든 거리에서, 아니 그 외의 모든 곳에서도 이제 시작이다!

다 같이 춤을 추자.

《브로드웨이 스코어!》는 디디 앨런과 배리 글리크먼이 최근 흥미로운 프로젝트에 열정을 쏟고 있다는 소식을 듣고 두 사람을 만났습니다. 바로 '모두를 위한 프롬'입니다!

(1면에서 이어짐)

(…) 두 사람의 사무실은 플랫아이언(뉴욕의 랜드마크로 건물 모양이 다리미를 닮아 플랫아이언이라는 이름이 붙었다—옮긴이)에 당당히 자리 잡고 있습니다. 바깥 풍경을 감상할 수 없는 내부 공간이지만 밝은 편이고, 벽에는 작년 인디애나주 에지워터에서 열린 프롬 사진들이 걸려 있습니다. 그곳의 한 동성애자 학생이 자신이 차별당한 이야기를 공개하면서 온라인을 뜨겁게 달군 바 있죠. 글리크먼은 흥을 주체하지 못해 의자에 앉은 채 계속 들썩였고, 앨런은 당장 카메라를 가져다 대도 좋을 정도로 완벽한 포즈로 책상에 걸터앉아 있습니다. 두 사람은 한마디로 사기충천한 모습입니다.

브스!: 그땐 학교에서도, 트럭 경주에서도 야유를 받았다죠? 그다음엔 무슨 일이 있었나요?

배글: 비극이 일어났죠. 말도 안 되는 끔찍한 일이었어요.

디앨: 사람들이 가짜 프롬을 열어서 그 아이 혼자만 참석하게 했어요. 아

이의 마음은 산산조각 났고, 저희 역시 좌절했죠. 며칠 동안 잠이 오지 않더라고요.

브스!: 그랬겠네요. 하지만 그 후 에마가 바로 그 놀라운 영상을 올렸고 전 세계에서 응원이 쏟아졌잖아요. 저도 그 영상을 백 번 넘게 본 것 같아요.

배글: 아직도 그 생각을 하면 목이 멘답니다.

디앨: 깜짝 스타라고 해야 할까요? 거의 하루 만에 수백만 뷰를 기록했으니까요. 저희는 그 아이를 키멜 쇼에 내보낼 생각이었어요. 하지만 그 정도 뷰라면 굳이 그럴 필요가….

배글: 결국 키멜 쇼에 나가긴 했죠. 얼리사도 같이요.

디앨: 맞아요. 나갔죠. [잠시 먼 곳을 바라본다.] 내가 마지막으로 키멜 쇼에 나간 게 언제더라….

배글: 기억이 나면 용하지요.

[두 사람 모두 웃는다.]

브스!: 영상이 유명해진 뒤, 두 분께서 모두를 위한 프롬을 여셨죠. 에마의 소원을 이루어 주신 셈이네요.

디앨: 돈을 아낌없이 펑펑 썼답니다.

배글: 에마의 여자 친구인 얼리사 그린이 설계자였어요. 프롬 프로젝트의 브레인이었죠.

디앨: 하지만 세상에 돈 없이 되는 일은 없잖아요! 결국 일이 되게 한 건 저희 둘이었어요!

브스!: 그 일이 오늘까지 쭉 이어졌습니다. 두 분은 '모두를 위한 프롬'이란 단체를 만드셨죠. 전국적으로 더 많은 포괄적 댄스파티를 열기 위한 비영리 단체입니다. 다음엔 어디의 문을 두드릴 생각이신가요?

디앨: 아이오와주요.

배글: 아이다호주요.

디앨: 또 다른 촌구석 벽지 마을로 가야죠. 아주 재미있는 곳이에요. 사람들 관심이 한곳에 딱 집중되거든요.

<u>브스!</u>: 그다음은요?

배글: 미국 전역으로 확대하는 거예요. 브로드웨이 순회공연 팀이 가는 곳마다 저희가 그 뒤를 따라가는 거죠. 그리고 다른 것도 준비 중인데….

디앨: 저희 둘이 극본을 쓰고 있답니다!

[두 사람이 조용히 이야기를 주고받는다. 잠시 후, 글리크먼이 둘을 대표해 입을 연다.]

배글: 맞습니다. 저희 둘이 극본을 쓰고 있어요. 스토리는 다 됐고, 지금은 좋은 작곡가를 찾기 위해 노력 중이죠. 허황된 꿈을 꾸는 건지도 모르겠지만, 케이시 니콜로가 안무와 연출을 맡아주면 어떨까 생각해 봤어요.

<u>브스!</u>: 멋지네요! 어떤 내용인가요?

디앨: 저희 두 사람이 인디애나에 갔다가 돌아올 때까지의 이야기예요. 고통과 환희가 모두 담겨 있죠. 물론 저희 역할은 저희가 직접 할 겁니다.

배글: 제목은 '프롬'으로 할까 해요.

이 책은 지금까지 내가 해온 것 중 가장 행복한 작업이었다. 에마와 얼리사의 이야기를 종이 위에 옮기는 역할을 맡게 되어 영광이다. 밥 마틴, 채드 베겔린, 매튜 스클라르의 놀라운 브로드웨이 쇼가 없었다면 불가능했을 일이다. 나를 믿고 글 쓰는 작업을 맡겨준 그들에게 감사한다.

환상의 호흡과 연기로 내 글 하나하나에 영향을 준 케이틀린 키누넨, 이자벨 맥칼라, 브룩스 애시맨스카, 베스 리벨에게 감사한다. 이 책이 세상에 나올 수 있게 힘써준 바이킹과 〈프롬〉 팀에게도 깊은 감사를 드린다. 그들과 함께한 시간이 내게는 특권이자 영광이었다.

이 프로젝트에 날 참여시키고 나와 온갖 시련을 함께해 준 멋진 편집자 데이나 라이디히에게도 사랑과 감사를 전한다. 그녀는 래번클로와 슬리데린이 매우 위험한 조합이라고 말한 적이 있다. 우리 두 사람도 엄청난 일을 해내는 대단한 조합이다!

마지막으로 나의 에이전트 짐 매카시에게 감사하고 또 감사한다. 그는 2012년 이후 꾸준히 내 꿈을 이루어 주고 있다. 이번 일에 대해, 그리고 지금까지 우리가 함께 해온 모든 일들에 대해 감사하고, 더욱 밝아진 내 미래에 대해서도 그에게 감사한다.

—손드라 미첼

* * *

케이시 니콜로가 보여준 리더십과 도리 번스타인과 빌 대마시크의 대단한 배짱, 잭 피르텔의 영리함과 이자벨 맥칼라의 인간애, 브룩스 애시맨스카의 대담함, 베스 리벨의 벨트, 앤지 슈어러의 다리, 크리스 시베르의 머리카락, 케이틀린 키누넨의 확고한 케이틀린다움, 그리고 손드라 미첼의 우리 작품에 대한 깊은 유대감과 빈 곳을 채워준 영리한 재능에 감사한다. 더불어, 거래를 성사시킨 케이트 호이트와 에린 멀론, 그리고 그 거래를 현실화시킨 펭귄랜덤하우스의 데이나 라이디히와 아일린 크레이트에게 감사드린다.

—밥 마틴, 채드 베겔린, 매튜 스클라르

* * *

뮤지컬 〈프롬〉의 제작자 도리 번스타인, 빌 대마시크, 그리고 잭 레인은 브로드웨이 기획자 잭 피르텔, 감독이자 안무가 케이시 니콜로, 쇼 크리에이터 밥 마틴, 채드 베겔린, 매튜 스클라르, 〈프롬〉의 화려한 출연진, 그리고 커튼 뒤에서 수고해 준 모든 〈프롬〉 식구들에게 감사드린다. 또한 총괄 매니저 에런 러스트베이더, 레인 마시, 닉 긴스버그와 우리 프롬의 공동 제작자와 투자자들에게 감사드린다. 마크 보르사크, 알렉스 울프, 케니 누네즈와 롱에이커 극장 스태프를 포함한 관리팀 전체에 깊이 감사드린다. 클리트 본드, 메건 딕슨 그리고 온더리알토 팀, 맷 포크, 콜건 맥닐, 켈리 스톳마이스터를 포함한 포크&컴퍼니, 데이미언 바사도나, 피파 벡슨, 리언 더럼이 이끄는 시추에이션 팀, 그리고 스콧 무어, 제이콥 마츠미야를 포함한 우리 AKA 식구들에게도 감사드린다. 마지막으로 로즈 폴리도로에게 특별한 감사 인사를 전한다.

뮤지컬 〈프롬〉 히스토리

제작진 인터뷰

2010년 5월. 채드, 매튜, 캐시 니콜로와 나는 신망 있는 제작자이자
작가이자 예술 감독이며 모든 면에서 뮤지컬계의 권위자라고 할 수
있는 잭 피르텔을 만난다. 캐시가 우리를 웨스트 44번가에 있는 주잼
신 시어터 사무실로 데려갔고, 잭은 그곳에서 우리에게 아이디어 하
나를 들려주었다.

"작은 도시에 사는 한 여자 아이가 동성의 파트너와 프롬에 가려고
하는데, 학교에서 허락하지 않는다. 한 무리의 브로드웨이 배우들이
문제를 해결하려고 그곳에 가는데, 오히려 상황을 악화시킨다."

그의 말 그대로는 아니고, 내가 기억하는 내용이 이러하다. 간단히
말해서, 잭은 마음을 움직이는 흥겨운 코미디 뮤지컬 기획안을 우리
에게 제공했다. 냉혹한 사회정치적 현실에 뿌리를 두지만 우스꽝스
러운 캐릭터들이 바보 같은 짓을 벌이는 쇼를 생각한 것이다. 우리는

그의 제안을 수락했다.

 2018년 11월. 브로드웨이에서 공연을 시작한다. 8년 동안 많은 일이 있었다. 각본을 쓰고 고쳐 쓰고, 워크숍을 하고, 안무를 짜고, 연습하고 또 연습했다. 하지만 그보다 중요한 것이 있었다. 사회정치적 상황이 이 쇼를 기획할 때와 비교해 너무 많이 달라진 것이다. 쇼를 준비하는 과정에서, 이러한 내용이 더 이상 무의미할 수도 있겠다는 지적이 등장하기도 했다. 성소수자의 권리와 관련해 많은 진전이 이루어지고 있었고, 앞으로의 전망도 대체로 낙관적이었기 때문이다. 그런데 마치 오페라에서 볼 법한 사건들이 줄줄이 벌어지고, 격렬한 논쟁을 불러일으킨 선거가 이 나라를 둘로 쪼개버렸다. 사람들은 도저히 메울 수 없는 거대한 간극을 사이에 두고 양쪽으로 갈라지게 되었고, 우리 쇼는 갑자기 그 어느 때보다 의미 있는 작품이 되었다.

 〈프롬〉을 기획안에서 뮤지컬 작품으로 이끌어 간 많은 사람들이 이 일에 그토록 열정적이었던 이유도 바로 이것이다. 우린 모두 희망을 간절히 바라고 있다. 에마가 주변 모든 사람들이 그녀 몰래 음모를 꾸몄다는 사실을 깨달았을 때 느낀 고통을 우리는 공감한다. 배리가 마침내 프롬에 가게 되었다는 말을 듣고 기쁨에 넘쳐 모텔 방에서 춤출 때 우린 그와 함께 울고, 그린 부인이 딸의 모습을 자기가 원하는 대로가 아닌 있는 그대로 보려고 노력할 때 우리 역시 그녀와 함께 분투한다. 출연진과 스태프, 제작에 참여한 모든 사람들이 리허설을 할 때마다 엉망이 되었다. 작품 곳곳에 고통스러운 진실이 담겨 있기 때문이다. 〈프롬〉은 문화 전쟁을 벌이는 인디애나 에지워터의 양 진영 사이에 곧 무너질 듯한 작은 다리가 세워지는 이야기다. 우린 〈프롬〉을 보는 모든 사람들, 그리고 이 이야기를 듣는 모든 사람들이 웃고 울면서, 자신들만의 작은 다리를 만들어 가기를 기대한다.

—밥 마틴

프롬

다음은 뉴욕에서 〈프롬〉 개막 행사 도중, 출연진 중 한 명인 조시 라몬이 크리에이티브 팀의 밥 마틴, 채드 베겔린, 매튜 스클라르와 진행한 인터뷰 일부를 발췌한 것이다.

조시 라몬: 작사가이자 책의 공동저자 입장에서 보실 때, 기획 단계에서 지금까지 이 작품이 어떤 변화를 겪었다고 생각하세요?

채드 베겔린: 아주 많은 변화가 있었죠. 계속해서 조금씩 수정하고 손을 보고 있지만, 사실 가장 큰 변화는 바로 이 세상 자체예요. 저희는 이 세상이 훨씬 더 포용적이 될 거라고 생각했고, 그런 상황에서 과연 우리 작품이 의미가 있을까 걱정했어요. 그런데 이런 생각들이 어느새 과거가 되어버리고, 우리 작품은 갑자기 시의성을 가지게 된 거예요. 전혀 예상하지 못했던 일이죠. 전 과정이 정말 대단했어요. 훌륭한 출연진들 덕분에 각본 쓰는 작업도 너무 재미있었죠. 정말 좋았어요.

저희는 반대편 사람들을 완전히 희화화하지 않기 위해서 대본과 악보에 마지막까지 집중했습니다. 모든 캐릭터가 공정하게 다뤄져야 했죠. 인물들은 각자 다른 믿음을 가지고 있고, 이야기가 진행되는 동안 그것을 일관되게 보여줘야 했어요.

조시 라몬: 제가 〈프롬〉에서 가장 좋았던 건 웃기면서도 진지하다는 점이에요. 실제로 일어났던 일에 대해 이야기하잖아요.

밥 마틴: 정확히 말하면, 여러 일들이죠. 〈프롬〉은 이 아름다운 나라에서 과거에 일어났고 현재도 일어나고 있는 여러 가지 사건들을 바탕으로 만들어졌어요.

조시 라몬: 진지한 소재와 코미디를 섞는 작업은 어땠나요?

밥 마틴: 저는 불쾌할 수도 있는 진실들을 받아들이기 쉽게 만드는 작업을 좋아합니다. 당신 같은 사람들이 곁에 있을 때 특히 그렇죠. 당신은 삼키기 힘든 약을 달콤하게 만들어 주는 설탕 같은 존재예요. 이 작품이 특별한 이유는 사람들이 이걸 보면서 울지만 동시에 깔깔대고 웃을 수 있다는 점이에요. 아시다시피, 이 작품의 중심에는 진지하고 아주 현실적인 이야기가 있지만, 이 모든 것을 코미디가 넓게 감싸고 있어요. 공연이 끝난 뒤 저희를 찾아온 사람들이 감동받은 모습을 보는 것은 정말 놀라운 경험이에요. 어떤 여자분은 고개를 푹 숙이고 제게 다가와, 자신이 이 이야기 속 엄마 같은 사람이라고 고백했어요. 눈에 눈물이 가득 고여 있었죠. 바로 이런 이유 때문에 이 작품이 감동적이라고 생각하는 겁니다.

조시 라몬: 제작 과정 중 독특한 부분이 있었다면요?

매튜 스클라르: 아무것도 없는 상태에서 완전히 새로운 것을 쓰는 작업은 이번이 거의 처음이었어요. 그전에 쓴 것들은 원 자료들이 좀 있었거든요. 그래서 제게는 더욱 큰 기회였죠. 저는 이 사람들(채드 베겔린과 밥 마틴), 그리고 케이시 니콜로와 함께 일하는 게 정말 좋아요. 서로 시너지를 일으키고 있어요. 스토리는 정말 감동적이죠. 스토리 윤곽이 잡히고 이야기가 어떻게 전개될지, 노래가 어느 부분에 들어갈지 정해진 뒤에는 양쪽이 서로를 보완해 주는 느낌이 들었어요. 코미디와 극적인 요소들 말이에요. 정말 즐거운 작업이었죠.

옮긴이 **신윤경**

서강대에서 영어영문학과 불어불문학을 복수 전공하고, 같은 대학 대학원에서 석사학위를 받았다. 영국 리버풀 종합단과대학과 프랑스 브장송 CIA에서 수학했으며, 현재 프리랜서 번역가로 활동하고 있다. 주요 역서로 《청소부 밥》, 《소문난 하루》, 《마담 보베리》, 《포드 카운티》 외 다수가 있다.

프롬

초판 1쇄 인쇄 2022년 8월 1일
초판 1쇄 발행 2022년 8월 25일

지은이 | 손드라 미첼, 밥 마틴, 채드 베글린, 매튜 스클라르
옮긴이 | 신윤경
발행인 | 강봉자, 김은경

펴낸곳 | (주)문학수첩
주소 | 경기도 파주시 회동길 503-1(문발동633-4) 출판문화단지
전화 | 031-955-9088(대표번호), 9532(편집부)
팩스 | 031-955-9066
등록 | 1991년 11월 27일 제16-482호

홈페이지 | www.moonhak.co.kr
블로그 | blog.naver.com/moonhak91
이메일 | moonhak@moonhak.co.kr

ISBN 978-89-8392-000-3 03840